속·끝 이야기

ZOKU · OWARI MONOGATARI

FAUST BOX 는 (주)학산문화사가 일본 KODANSHA BOX 와 제휴하여 발행하는 소설 브랜드입니다.

속·끝 이야기

續·終物語

니시오 이신

西 尾 維 新

FAUST BOX

최종화 코요미 리버스

7

최종화 코요미 리버스

H AC HIKUJI MAYOI

001

아라라기 코요미를 둘러싼 이야기는 아시는 바와 같이 끝을 고했다. 그것에 대해서 덧붙일 말은 특별히 없다. 여러 가지로 해결되었고, 여러 가지로 해결되지 않았다. 장래로 미룬 것은 있지만 그것도 일단락 난 것이나 다를 바 없다. 빛이 있으면 어둠이 있듯이, 시작이 있으면 끝이 있다. 그리고 끝이 있으니까 또 시작도 있는 것이다. 그림자가 있을 때, 반드시 그곳에 빛이 있다고만은 할 수 없지만. 그 경우에는 그림자가 아니라, 어쩌면 어둠이라고 해야 할까? 뭐, 어찌 되었든 한 치 앞이 어둠이라면 이미 그곳은 어둠일 것이다.

그렇다고는 해도 시작하는 것보다 끝내는 것 쪽이 어렵다는 것도 세상사인지라, 가벼운 마음으로 시작해 버린 일을 끝내기 위해 치러야 하는 노력은 그리 만만하지 않다. 실제로 나도, 봄방학 때에 죽어 가던 흡혈귀를 선뜻 구해 버린 장면에서 시작되는 수많은 이야기에 종지부를 찍기 위해 죽을 만큼 고생했다. 아니, 그렇다기보다 정말로 수도 없이 죽었다. 결코 요령 좋게 행동했다고는 말할 수 없고 정말 깔끔하게 정리했다고도 말할 수 없지만, 그래도 아라라기 코요미의 한 시대를 끝냈다는 것만큼은 틀림없다.

수많은 잘못을 저질렀지만, 그것만큼은.

틀림없다.

잘못되지 않았다.

그러므로 이제부터 시작되는 것은 끝의 다음이다.

원래 없었을 세계관. 있을 수 없었던 미래.

흡혈귀의 영락한 몰골, 오시노 시노부.

고양이에게 홀린 반장, 하네카와 츠바사.

게에게 잡힌 소녀, 센조가하라 히타기.

달팽이에게 길을 잃은 유령, 하치쿠지 마요이.

원숭이에게 소원을 빈 후배, 칸바루 스루가.

뱀에게 휘감겨 뱀을 삼킨 뱀, 센고쿠 나데코.

벌에게 찔린 여동생, 아라라기 카렌.

불사조 그 자체, 아라라기 츠키히.

시체 인형, 오노노키 요츠기.

돌아온 소꿉친구, 오이쿠라 소다치.

전문가들—방랑 중년·오시노 메메, 사기꾼·카이키 데이슈, 폭력 음양사·카게누이 요즈루, 관리자·가엔 이즈코, 인형사·테오리 타다츠루.

그리고 오시노 오기.

그들과 그녀들의 이야기의—다음.

말하자면 덤 같은 것이지만, 그러나 덤이라는 것도 좀처럼 얕볼 수 없다. 사람은 승리보다 패배에서 보다 많은 것을 배우는 법이니까.

그러니까.

열심히… 배우도록 합시다.

002

다음 날, 평소처럼 두 여동생—카렌과 츠키히에게 두들겨 맞고 일어나…는 일은 없었다. 나는 그 사랑스런 두 여동생들로부터,

"오빠도 이제 고등학생이 아니니까, 내일부터는 아침에 혼자서 일어나."

"맞아, 맞아. 카렌이 말하는 대로야!"

라는 선고를 들었던 것이다.

그 선고는 아무리 늦더라도 내가 중학교에 진학하기 전에 해뒀어야 하는 종류의 선고가 아니었나 생각하고, 또 어째서 츠키히가 카렌의 부하 같은 느낌이 되어 있는지 조금 의문스러웠지만 어쨌든 나는, 다음 날.

요컨대 오늘 아침, 혼자서 일어나게 되었다. 어젯밤에는 늦게 잔 것도 있었고, 그리고 더 이상 아침에 일찍 일어날 필요가 없다는 점도 있어서 오래간만의 늦잠이었다.

위화감이 가득하다.

그것은 딱히 여동생들이 깨워 주지 않았기 때문은 아니다. 그러나 전혀 관계가 없는가 하면 그런 것도 아니라서, 내가 지금 이렇게 느끼고 있는 기묘한 감각의 정체는 확실했다.

"아아…. 그렇구나."

그렇게 나는 가만히 오늘의 첫 한마디를 흘렸다.

감정을 담아서 중얼거린다. 그렇구나.

나는 더 이상, 오늘부터 '나오에츠 고등학교 3학년'이 아니구나, 라고. 당연한 일이며 당연한 일일 뿐이었지만, 그것이 이제까지 경험해 왔던 어떤 불가사의한 괴이담보다도 기묘한 일처럼 여겨졌다.

납득할 수 없을 정도로 이상한 느낌이었다.

그 자체는 중학교에 진학했을 때에는, 혹은 그 중학교, 공립 나나햐쿠이치 중학교에서 사립 나오에츠 고등학교에 진학했을 때에는 이런 위화감과는 전혀 인연이 없었지만. 그만큼 나에게 사립 나오에츠 고등학교에서 보낸 고교생활이 강렬했다고 해야 할까.

특히 마지막 1년이다.

라스트 원 이어.

봄방학의 지옥에서 시작되어서 마지막에는 진짜 지옥에까지 이르렀던 1년간을 체험하고, 그래도 여전히 이렇게 살고, 오래 살면서 고등학교를 졸업할 수 있었던 기적을, 나는 지금 음미하고 있는 것이다. 아니, 이것은 그렇게 깨끗하고 이모셔널한 감각이 전혀 아니다.

많은 일들이 있었다고 하자면 중학교 때도 많은 일들이 있었고, 초등학교 시절도 만만치 않았다. 오이쿠라와 관련된 일을 기억해 낸 뒤로 연쇄적으로 떠오른 수많은 트라우마는, 나를 매일 밤마다 후회의 바다에 빠지게 만든다.

어푸어푸, 다.

수면 아래서 익사할 것 같다.

만약 오늘 이렇게 살아 있는 것에 감동한다면, 어제 살아 있던 것에도 감동해야 했던 것이다. 그러나 아무리 그런 말을 듣는다 해도 십대 청소년이 매일매일 감동하면서 살아갈 수 있겠는가.

그렇게까지 정서가 풍부하면 설령 흡혈귀라도 죽어 버릴 것이다.

우선, 나는 어제 나오에츠 고등학교의 체육관에서 치러진 졸업식에 출석하지 않았다. 고교생활 마지막을 마무리하는 기념행사를 보이콧했다고 하면 상당히 아나키하므로 자칫하다간 후배들의 동경의 대상이 되어 버릴지도 모르겠는데, 그러나 그 후에 내가 교무실 바닥에 무릎을 꿇고 넙죽 엎드리게 되었던 에피소드를 곁들이면 백년의 사랑조차 식어 버릴 것이다.

이런 말을 하는 건 뭐하지만, 마지막의 마지막에 그 고등학교는 나에게 두 번 다시 가까이 가고 싶지 않은 금단의 땅이 되어 버렸다.

무슨 전설을 만든 거야.

최악의 마무리다.

할 수만 있다면 목을 매고 싶다.

뭐, 그러니까, 라고 말하는 것도 이상하고 억지를 부리는 것처럼 보이지만, 그래도 말해 버리자면. 그러니까 고등학교를 졸업한 것 자체, 고교생이 아니게 된 것 자체에는 느껴지는 것이

거의 없다는 게 솔직한 심정이다. 기껏해야 이제부터 여동생들이 깨우러 오지 않게 되어서 속이 시원해졌다는 것 정도다.

여동생들아, 너희에겐 이제 볼일 없다!

기본적으로 '허세 넘치는' 나로서는, 졸업식이라든가 하는 일로 음울해지거나 갑갑해지거나 하는 것은 사양하고프다. 무릎 꿇고 엎드려 비는 것만큼이나 사양하고프다. 다만 이번 '졸업'이 이제까지의 '졸업'과 명확히 다른 점은 '졸업'의 그다음이 아직 정해져 있지 않다는 점이다.

심히 불확실하다.

초등학교를 졸업한 시점에서 나는 나나햐쿠이치 중학교로 순조로운 진학이 결정되어 있었고, 나나햐쿠이치 중학교를 졸업할 때에 나는 동경하던 나오에츠 고등학교(당시)에서 합격 통지를 받은 상태였다. 요컨대 이제까지의 졸업은 나에게는 그저 직함이 바뀌는 일일 뿐이었다.

말하자면 단순한 이동移動이자 이동異動일 뿐이었다.

이번에는 그렇지 않다.

나오에츠 고등학교를 졸업하긴 했지만, 나는 앞으로 나라는 녀석이 어떻게 될지 전혀 모르는 것이다. 사실대로 말하면 지망하는 대학의 합격 여부가 3월 16일 현재, 아직 나오지 않았다.

장래가 미확정이고.

미래가 불확정.

그런 것은 누구든 무엇이든 마찬가지라고 할 수도 있겠지만, 그러나 이제까지 이름과 병렬인 것처럼, 혹은 동렬인 것처럼 당연하다는 듯 직함을 얻고 있던 나로서는, 당연하다는 듯 그것이 소멸한다는 상황은 이상한 기분이었다.

도저히 위화감을 금할 수 없다.

그저 직함이 박탈된, 누구도 아닌 나 자신.

있는 그대로의 나 자신.

고교생도 아니다.

수험생도 아니다.

대학생도 아니고 재수생도 아니다.

물론 직장인도 아니다.

아무런 표식도 없는, 그대로의 아라라기 코요미다. 소중한 것은 잃고 나서야 비로소 깨닫는다고들 하는데, 신분 보장이 없어진다는 것이 고도로 발달된 현대사회에서 이렇게나 불안정한 일이라고는 생각도 해 보지 않았다.

재학 중에는 중퇴까지 각오했던 나오에츠 고등학교를 나는 결코 좋아했던 것도 아니었고, 이렇게 돌아봐도 그리 만족스러운 고교생활이었다고는 빈말로도 할 수 없다. 하지만 막상 그 직함을 잃어버리니 이상할 정도로 개방적인 느낌이다.

개방적이고, 불안하다.

칸바루 스타일로 예를 들자면, 알몸으로 길거리를 걷고 있는 기분이다. 그렇구나, 지금의 나는 나일 뿐이구나, 라고.

아무리 치장하더라도, 아무리 변하고 아무리 성장하더라도 나는 나일 테지만, 아라라기 코요미는 아라라기 코요미일 뿐이겠지만, 역시 마음에 들든 들지 않든 주위도 환경도 나 자신을 형성하는 뭔가라는 점은 틀림없는 듯하다.

만일 지금 경찰로부터 불심검문을 받는다면 나는 대체 뭐라고 대답해야 좋을까… 하고.

거기까지 생각하다가 실소하고 말았다.

이상함에 우스워진다.

역시 이것은 고등학교를 졸업해서 감상적이 된 것뿐일 것이다. 그런 어린애 같은 모습이 부끄러워서 낯간지러워서 인정하고 싶지 않아서 이리저리 억지를 부리고 있을 뿐이다. 혹은 대학 입시 결과를 기다리는 것이 정신적으로 힘들어서, 진짜 고민에서 눈을 돌리려고 현실도피를 하고 있는 것뿐이다. 응, 나도 상당히 자신을 객관적으로 볼 수 있게 된 것 같다.

애초에 나 같은 입장에서 그런, 아이덴티티의 상실 같은 고민을 품다니, 아주 주제 넘는 짓이다. 여신…이 아니라 하네카와는 졸업식이 끝난 그 당일 중에, 누구도 아닌 있는 그대로의 자신으로서 화려하게 세상을 향해 여행을 떠났다.

불심검문은 고사하고 군인이 말을 걸지도 모르는 지역부터 돌아다닌다는 말에(어째서 그런 짓을 하지?) 웃는 얼굴로 배웅했어야 했던 내가 마지막에는 매달려 울며 말렸지만(호들갑스럽게 과장한 표현이 아니라 진짜로 울었다), 그러나 여행을 떠나는 하네카와 쪽이 웃는 얼굴이었다.

가볍게 넘겨 버렸다고도 할 수 있다.

대수롭지 않게 반응했다고도.

…뭐, 이런 식으로 말하며 일부러 쓸쓸함을 배가시킬 필요는

없다고도 생각하지만, 이제부터 앞으로 그 녀석에게 나나 히타기와 보낸 고등학교 생활은 아마도 대수롭지 않은 것이 되어 가겠지.

…라고 생각한다.

절절이 생각한다.

마주하는 우리는, 하네카와 이상의 인재를 이후로 좀처럼 만날 수 없겠지. 언제였던가, 히타기가 말했던 "하네카와는 진짜야. 우리하고는 그릇이 달라."라는 말의 의미를 나는 최근이 되어서야 뒤늦게나마 간신히 이해하기 시작했다.

그릇이 다르다고 할까.

이야기가 다르다고 할까.

어쨌든, 다르다.

그러나 그녀에 대한 나의 그런 콤플렉스가 고교생활 종반을 위험한 빛깔로 덧칠했던 것을 생각하면, 그런 약한 소리를 하고 있을 수만도 없다. 잠에서 깨어난 위화감 따위, 세수라도 해서 깔끔히 씻어 내야 한다.

오늘을 헛되이 보내서는 안 된다. 다행히 여동생들이 깨워 주지 않아서 문자 그대로 무의식중에 늦잠을 자 버리긴 했지만, 아직 오전 중이다.

장년기의 어른은 인생을 하루로 비유하면 아직 정오도 되지 않았다며 스스로를 고무하곤 하는 모양인데, 이쪽은 리얼하게 정오도 되지 않았다. 입시 공부에서 해방되었다고 해서, 멍하니 마당이라도 바라보며 차를 마시기에는 이 아라라기 코요미는 너무 젊다(그야 당연하다).

활동하도록 하자.

고작 며칠의, 그야말로 돌아보면 눈 깜짝하는 순간일 뿐인 '직함 없는 나'를 즐겨 보도록 하자. 뭐, 만약 불심검문이라도 받게 되면 이렇게 대답하면 된다.

"아라라기 코요미. 보이는 그대로의 남자라고."

……연행되겠네.

지원 병력을 부르려 할지도 모른다.

포위당할지도 모른다.

그런 생각을 하면서, 이제 와서 아침밥을 먹을 시간도 아니니 일단 밖에 나가자, 그 BMX도 마냥 빌려 쓸 수도 없으니, 그렇지, 목적지 없는 사이클링을 하러 나가자, 라며 나는 잠옷에서 옷을 갈아입는다.

버릇 때문에 하마터면 교복을 입어 버릴 뻔했던 것은 귀여운 실수다. 지금쯤 해외의 땅에 내려섰을 그 '진짜'를 본받자는 의미도 담아서, 8월쯤인가에 하네카와에게 빌려 주었던 청바지와 셔츠를 입었다.

그것으로 나는 단숨에 정신이 바짝 든 기분으로 방을 나왔다. 부모님은 이미 출근했을 시간이다. 그건 그렇고 여동생들은 어떡하고 있을까?

그 녀석들도 학교는 이미 방학에 들어갔을 텐데…. 계단을 내려가기 전에 여동생의 방을 엿볼까 하고 생각했지만, 직전에서 멈췄다.

아침에 깨워 주지 않았으니 어린애처럼 토라져 있는 것은 아니다. 어쨌든 그 녀석들도 이제 초등학생이 아닌 것이다. 내 쪽이야말로 여동생에 대해 적절한 거리를 둘 수 있게 되어야 한다.

간신히 불화가 해소되고 제대로 대화할 수 있게 된 상황인데, 여기서 다시 거리를 두려 하는 것도 어쩐지 아쉬운 일이지만, 그러나 오빠 따로 여동생 따로는 남매의 필연이라고도 할 수 있다.

만약 대학에 합격해도 한동안은 이 집에서 통학할 생각이지만, 그래도 언젠가는 나도 집을 나갈 것을 생각하면 한발 앞서 어른이 된 오빠로서는 그 녀석들의 자립을 재촉해야 한다. 자립自立이라고 할까, 자활自活이라고 할까.

나 없이도 세상을 헤쳐 나갈 수 있도록.

…아주 여유롭게 헤쳐 나갈 것 같지만.

아무래도 카렌 쪽은 다음 달부터 고등학생이 되기 때문에 최근에는 '언니'의 자각이 싹트기 시작한 모양이니(어쩌면 그 반동으로 츠키히 쪽이 저렇게 옆에 찰싹 붙어 있게 되었는지도 모른다. 그렇다면 플러스마이너스 제로라고) 걱정은 필요 없겠지만…. 그런 생각을 하면서 나는 여동생들의 방을 지나쳐서 아래층으로 내려갔다.

…참고로 여동생의 방에는 두 여동생 외에 또 한 명, 이라기보다 또 한 개, 뭔지 잘 알 수 없는 인형이 무표정한 식객으로 지내고 있는데, 그 문제에 대해서는 좀 더 근본적인 곳에서 넘기

기로 한다.

괜히 말을 걸었다간 그 동녀는 사이클링에 따라오겠다는 말을 할지도 모르니 말이야. 그 애에게 꼬투리를 주어서는 안 된다. 일단은 내 감시역이라는 임무를 맡고 있는 이상, 그것은 그 인형에게 다해야 할 정당한 업무라고 할 수 있겠지만.

그렇다면 오히려 들키지 않도록 발소리를 죽이며 몰래 출발해야겠다고 생각하고, 실제로 그런 발걸음으로 나는 세면실로 향했다.

욕실에 아무도 없는 것을 확인하고 나서(카렌이 조깅 후의 땀을 씻으러 아침의 욕실에 들어가 있을 케이스가 상정되었다) 세수를 한다.

옷을 갈아입은 것으로 이미 잠은 완전히 깨었지만, 얼굴에 차가운 물을 뒤집어쓰면 역시 개운한 기분이 된다. 이것만으로 완전히 뭔가를 전환할 수 있을 기분이 되니, 나도 참 단순하다.

작년 봄방학부터 한 번도 자르지 않은 머리카락은 1년의 시간을 보내는 동안 상당히 길게 자라서, 세수를 하다가 튄 물에 젖은 것을 말리기 위해 드라이어가 필요할 정도였지만, 뭐, 세수는 호쾌하게 해야 하는 법이다.

"…후우."

그렇게.

나는 정면을 향했다. 세면대 거울을 보았다.

그곳에는 내가 있다.

아라라기 코요미가 있다.

거울 면에 좌우가 반전되어 아라라기 코요미가 비치고 있다. 당연한 말을 하고 있는 듯하지만, 이것은 바로 어제까지는 당연한 일이 아니었다.

원래 본인인 나로서는 질리게 본 얼굴이지만 이런 식으로 빤히 보는 것은, 실은 정말 오래간만이다.

사연이 있어서.

2월부터 줄곧 아라라기 코요미는 거울에 비치지 않았던 것이다. 이런 식으로 거울과 마주해도, 어떠한 특수기술처럼(크로마키였던가?) 배경만이 비칠 뿐이었다.

마치 전설의 흡혈귀처럼.

나는 거울에 비치지 않았다.

…뭐였더라, 나르시시스트의 어원에 샘에 비친 자신의 모습을 넋 놓고 보고 있다가 물에 빠져 죽었다는 이야기가 있었는데, 그 에피소드에서 아무런 교훈도 얻지 못할 정도로 나는 이때 거울을 빤히 응시하고 말았다.

몰입해 버렸다.

소중한 것은 눈에 보이지 않는다고 하는데, 역시 눈에 보이는 것도 중요하구나, 하고 즉물적인 생각을 한다.

"…응?"

뭐, 그렇다고 해도 이제부터 얼마든지 볼 수 있는 얼굴이고, 또한 아무리 부득이한 사정이 있다고 해도, 설령 고등학교를 졸업했더라도 아직 아슬아슬하게 사춘기인 남자로서 마냥 거울을 바라보고 있는 모습은 그리 멋진 것은 아니므로(그야말로 이런 모습을 그 봉제인형 동녀가 목격하기라도 했다간 평생 이야깃거리가 될 거다), 나는 스윽 하고 거울 안의 나에게서 시선을 돌렸다.

그러나.

거울 안의 나는, 나에게서 시선을 떼지 않았다.

"어… 어라?"

뭐야.

수행의 성과로 내 움직임이 빛의 속도를 넘어서, 그 결과, 거울에 비친 상의 움직임이 따라오지 못했던 건가, 라며 당황했지만 그렇지는 않았다.

애초에 나는 수행 같은 것을 한 적이 없고, 가령 내 안에 잠들어 있던 힘이 갑자기 눈을 떴다고 해도 거울의 상은 다시 바라보는 내 움직임을 따라하지 않았던 것이다.

비치지 않았다. 반영하지 않았다.

그저 나를 바라보고 있다. 응시하고 있다.

거울을 통해서, 내가 나를 보고 있다.

그 눈은, 마치….

나는 무의식중에 거울로 손을 뻗었다. 바보 같다, 뭘 확인하려고 했던 걸까. 이 거울이 실은 창문 유리여서, 지금까지 나라고 생각하며 보고 있던 것이 밖에 있는 누군가였다는 거야?

쌍둥이 남동생? 지금 와서? 이제 와서 그런 설정을 늘리려는 건가? 그건 역시나 무리수겠지. 지나친 억지 설정이다. 애초에 미스터리의 트릭 같은 것이라면 모를까, 현실에서 창문 유리와 거울을 착각하는 일이 있을 리 없다.
실제로 물론 세면대에 설치되어 있는 그것은 창문 유리 같은 건 아니었다. 그러나 건드려 보니 거울이라고도 말하기 어려웠다.
왜냐하면—**푹**, 하고.
닿은 손끝이 그 표면을 **파고 들어갔기** 때문이다.
파고 들어갔다고 할까, **가라앉았다**고 할까.
마치 샘물처럼… 아니.
진흙탕처럼.
"…시, 시노부!"
발밑을 향해 소리쳤지만, 이미 늦었다.
거울이.
조금 전까지 거울이었던 그것이, 정체불명이 된 그것이, 그 순간 전체가, 거울 전체가 자줏빛으로 물들고….

003

물들고… 나는 세면실에 있었다.
평소에 사용하는 아라라기 가의 세면실이다. 그곳에 엉덩방아를 찧고 있었다.
"…어라?"
어라?

곧바로 일어나서 거울을 확인해 보지만, 그곳에 있는 것은 특별할 것 없는 평범한 거울이다. 쓸데없는 것이 비치지 않는, 변함없는 내가 비치고 있는 거울이다. 비치고 있는 나는 제대로 좌우가 반전되어 거울의 움직임을 따라 한다.

그야말로 거울이다.

재빠르게 움직여 봐도 제대로 그 움직임을 따라왔다. 물론 자줏빛으로 물들지도 않았다. 그런 색의 거울 같은 게 있겠는가. 바라보아도 쓰다듬어 보아도, 어디까지나 그냥 평범한 거울이다.

…확실히 학교 시청각실에 있을 법한 오버헤드 프로젝터에서 스크린을 향해 같은 사진을 계속 비추면, 그 빛이 새겨져 버려서 전원을 끈 뒤에도 스크린에서 사라지지 않는 현상이 있는 모양인데, 조금 전에 봤던 것은 어쩌면 그런 종류의 현상이었을까?

아니면 단순한 눈의 착각일까.

잠이 덜 깬 것일까.

그러나 하네카와의 환각을 보는 경우라면 몰라도 내 환각 같은 것을 볼까?

세수를 해서 잠에서 깼다고 생각했는데, 의외로 아직 잠에서 덜 깬 상태인지도 모른다. 그렇게 생각하고 나는 다시 한 번, 마지막 결정타를 날리듯이 정성 들여 세수를 해 두기로 했다.

차가운 물로 산뜻하게, 라고.

…생각했지만, 그러나 수도꼭지를 잘못 돌렸는지 뜨거운 물로

세수를 하게 되고 말았다. 뜻하지 않게 버라이어티 방송 같은 꼴을 당하고 말았는데, 냉수로 세수를 하는 것 이상으로 정신이 확 들었으니 좋다고 치자.

흠.

그리고 고개를 들어 보니, 그곳에 있는 것은 역시 평범한 거울이다. 거울은 거울이며, 거울이다. 혹시 또 어떠한 괴이 현상과 조우해 버린 걸까 하고 당황했는데, 그런 드라마틱한 일이 자주 일어날 리도 없나.

그렇게 생각하면 김이 샌다고 할까, 아주 조금 실망스런 기분이 없지는 않았지만, 간신히 오기와의 문제가 일단락된 상황이니 하다못해 한동안은 평온하게 지내고 싶은 참이다.

의미도 없이 시노부를 불러 버렸는데, 다행히 야행성인 그녀는 깨지 않았는지, 그림자에서는 아무런 반응도 없다.

잘됐네, 잘됐어.

제멋대로인 그 유녀를 별다른 용무도 없는데 불러내 버렸다간 나중에 도넛을 얼마나 바쳐야 될지 알 수 없다고. 의지는 되지만 여러 가지로 대가가 큰 유녀다.

어쨌든—유령의 정체, 알고 보니 마른 참억새.

마른 참억새는 고사하고 거울에 비친 나 자신에게 겁을 먹다니, 기가 막힐 노릇이다. 1년에 걸쳐 수많은 괴이와 사투를 벌여왔던 아라라기 군도 영락해서 초라해졌나 보다.

이거야 원. 그렇게 스스로에 어이없어 하면서 수건을 손에 들고 머리카락을 벅벅 문질러 닦는다. 당연히 거울 속의 나도 완

전히 같은 움직임으로 그가 왼손을, 그리고 내가 오른손을 서랍의 드라이어로 뻗었을 때,

"아, 오빠. 일어나 있었네."

그렇게.

문이 열리는 소리에 이어 욕실 쪽에서 목소리가 들렸다. 큰 여동생, 카렌의 목소리였다.

어라?

세수를 하기 전에 확인했다고 생각했는데, 카렌이 입욕 중이었나? 그 커다란 몸뚱이를 어디에 감추고 있었던 거지? 애니메이션 판하고 달리, 우리 집 욕실은 어디까지나 보통 사이즈인데. 그러면 욕조 안에 잠수라도 하고 있었던 건가?

전언철회다, 아무리 시간이 지나도 어린애로군.

그렇게 생각하며 그쪽을 보았더니,

"……어?"

그렇게 나는 말을 잃게 되었다. 아니, 납득했다고 말해도 좋을지 모른다. 그렇구나, '**그런**' 모습이라면 욕조가 아니어도 욕실의 어딘가에 숨을 수 있었을지도 모른다, 라고 납득했다고 말해도 좋을지도…. 이 오빠의 키를 추월한 이후로 많은 세월이 지나, 지금은 180센티미터에 육박했고, 그러면서도 여전히 성장 중인 여동생, 아라라기 카렌.

아라라기 카렌의 머리가.

나보다도 훨씬 아래에 있었다.

"오빠, 수건 좀 집어 줘."

말을 잃고 있는 나를 향해, 특별할 것 없다는 눈치로 카렌은 선반 위쪽에 있는 목욕타월을 가리켰다. 그 손가락의 위치가 간신히 내 얼굴 정도 높이다.

몸을 펴서 손을 뻗으면 닿겠지만, 서 있는 것은 오빠라도 사용하겠다는 정신인 듯하다. 아니, 머리가 나보다 훨씬 아래란 말은 과언이라고 해도.

이거, 150센티미터도 안 되는 거 아니야?

츠키히보다도 작은… 센고쿠 정도?

“뭐야, 오빠. 내 알몸에 뭐라도 묻었어?”

가격 감정을 하는 듯한 내 시선을 그때서야 미심쩍게 느꼈는지, 카렌은 갓 욕실에서 나온 몸을 비틀려고 했다.

“아, 아니.”

나는 그렇게 대답에 난처해 하면서도, 우선 시키는 대로 목욕타월을 집어 주었다.

“땡큐~.”

받아 든 카렌은 몸을 닦기 시작했는데, 어쨌든 표면적이 작으므로 눈 깜짝할 사이에 그 작업은 끝났다.

“팬티하고 브라 좀 집어 줘.”

“아, 으응.”

마치 심부름꾼처럼 따르는 오빠.

입혀 달라고 하면 그것조차도 시키는 대로 해 버릴 것 같았지만, 그러나 마냥 혼란에 빠져 있을 수는 없다.

“저기, 카렌…이지?”

나는 그렇게 속옷을 건네면서 질문했다.

"응? 응, 그렇다고. 카렌이야. 카렌이 아니면 내가 어디의 누구라는 거야."

영문을 모르겠다는 듯이 대답하는 그녀, 아라라기 카렌.

응, 그렇지.

설령 신장이 다르더라도, 사이즈가 변화하더라도 가족을 잘못 볼 리도 없다. 다만 그것을 잘 알면서도 말하자면, 키가 커지는 일은 있어도 작아진다는 것은 10대에서는 그리 없는 일이라고 생각하는데.

그것도 하룻밤 만에.

"……."

역시나 그 작업을 나에게 명령하지는 않고, 직접 브라부터 입기 시작하는 카렌을 바라보면서, 나는 안 좋은 가능성에 생각이 미친다. 확실히 초등학교 무렵의 카렌이 이 정도의 키였지.

초등학교 고학년의 카렌이… 아니, 아니.

말도 안 돼.

있을 수 없어.

로리 카렌 같은 거, 어디에 수요가 있다는 거야.

그야말로 언제까지나 어린애잖아. 그 역할은 네가 아닌 다른 사람이잖아.

그렇게 생각하면서,

"카렌, 너 이번 생일로 몇 살이 되더라?"

라고 나는 슬쩍 물었다. 카렌은 브래지어의 호크를 걸면서 생

일 선물을 기대하는 눈으로(가슴이 아프다),

“열여섯 살이야.”

라고 대답했다.

흠.

아무래도 로리 카렌은 아닌 듯하다. 뭐, 카렌이 브래지어를 하기 시작한 것은 중학생이 된 이후고, 키는 어떨지 몰라도 몸집이나 다리, 몸통의 발육 상태가 초등학생의 그것이 아니었으므로 그것은 질문하기 전부터 왠지 모르게 알고 있었지만, 어쨌든 이것으로 ‘이런, 타임 슬립한 거 아냐?’라는 오싹한 가능성을 우선 지울 수 있었다.

다행이다.

타임 슬립이라는 황당무계한 일은 한 번 하면 충분하다. 사실은 한 번도 해서는 안 되는 일이었으니까. 그러니 황당무계함으로 말하면 장신의 여동생이 하룻밤 새에 쪼그라들었다는, 30센티미터나 작아졌다는 것도 타임 슬립과 막상막하의 좋은 승부다.

어떻게 생각해도 보통 일이 아니다.

무슨 일이 있었을 때에 그것을 전부 괴이 탓으로 하는 사고방식은 좋지 않다고 오시노에게 신물 나게 들었고, 조금 전에도 그런 스스로를 반성했지만, 또다시 이 여동생이 도시전설의 피해자가 되어 있는 것은 아닐까 하는 생각을 하지 않을 수 없었다. 그렇지만 그것을 입 밖에 내기는 꺼려졌다.

“……?”

그렇게 이상하다는 듯이 보는 나의 시선을 오히려 이상하게 여기는 것으로 봐서, 본인에게는 전혀 그 자각이 없는 것 같고….

말이 막힌 상태에서는 회복되었지만, 역시 섣불리 입 밖에 낼 수는 없다. 애초에 카렌은 지난번의 벌에 관한 사건 때도 자신이 괴이의 피해를 입었다는 인식은 없을 테니까.

티 나지 않게 아라라기 가가 조금씩 요괴 하우스가 되어 가고 있는 현재 상황을 전혀 깨닫지 못하고 있는 여동생의 정신은, 건전한 채로 유지하게 해 주고 싶다. 그렇지만 그런 게 있던가?

키를 줄어들게 만드는 괴이….

나처럼 몸집이 작은 남자에게는 세상에서 가장 무서운 요괴일지도 모르지만, 보통 생각하면 그것의 무엇이 무서운지 잘 모르겠다. 미코시뉴도*처럼 커다랗게 변하는 괴물 이야기라면 어딘가에서 들은 적이 있지만….

"오빠, 오늘은 어떡할 생각이야? 센조가하라 씨랑 데이트 할 거야?"

"아, 아니, 특별히 그럴 예정은 없어…. 그래서 혼자 사이클링이라도 하러 갈까 하던 참인데."

"흐응. 나하고 츠키히는 이제부터 쇼핑이야. 파이어 시스터즈의 해산 축하 준비라고나 할까."

"으, 으응…. 역시 해산이구나. 그렇구나, 너도 이제 슬슬 나

※미코시뉴도(見越し入道) : 쇠몽둥이를 든, 키 큰 중의 모습을 한 요괴.

이가 찬 꽃다운 고교생이니까.”

“응. 뭐, 나보다는 츠키히의 심경 변화란 기분도 들지만. 여러 가지로 생각하는 바가 있는 모양이야.”

“흐음…?”

츠키히의 ‘생각하는 바’라는 것은 (나쁜 의미로) 신경 쓰이는 이야기지만, 그것이야 어쨌든, 대화는 제대로 성립하는 모양이다.

커뮤니케이션을 취할 수 있다면 괴이는 그렇게 무서워하지 않아도 된다고 누군가가 말했던가….

기분 탓인지 왠지 모르게 카렌의 목소리가 좌우 반전되어 있는 것처럼 느껴지지만, 그것은 분명 욕실이 가까워서 소리가 반향되기 때문이겠지.

목소리가 반전되다니, 대체 뭐냐고.

어떻게 표현하는 거냐고, 그거.

“후~. 그렇다기보다 오빠, 좀 나가. 여동생이 속옷을 입고 있잖아.”

이제 와서 새삼스럽게 카렌이 말했다.

팬티를 다 입고 났을 즈음에.

알몸은 괜찮아도 속옷은 안 된다는 복잡한 소녀의 마음일지도 모르지만, 말해 줘서 이쪽이 안심했을 정도다. 나는 언제까지 여기에 있어야 되지, 라는 생각이 들고 있었다. 나는 고분고분히, 태연한 태도를 가장하며 세면실 밖으로 나왔다.

머리를 다 말리지는 못했지만, 그것은 이미 신경 쓰이지 않았다. 그 걸음으로 나는 계단을 올라가서 조금 전에 지나쳤던 여동생의 방문을 노크도 없이 열었다.

“우왓, 오빠. 일어났구나.”

“너희는 나를 잠자는 숲 속의 공주라고 생각하고 있는 거냐?”

첫 한마디에 카렌과 같은 반응을 보이는 그녀, 아라라기 츠키히는 과연 아라라기 츠키히였다.

아라라기 츠키히.

아니, 그 이야기를 하자면 아라라기 카렌도 어디까지나 아라라기 카렌이었지만, 그러나 적어도 츠키히는 신장이 커지거나 줄어들지는 않았다.

고저차는 생기지 않았다.

노멀 사이즈다.

1/1 스케일의 아라라기 츠키히다.

발목까지 오는 긴 머리카락도, 어제까지와 똑같다. 카렌은 이제부터 쇼핑을 하러 나간다고 했는데, 츠키히는 아직 실내복인 유카타 차림이었다.

“왜? 혼자 일어날 수 있었으니 잘 했다고 칭찬받으러 온 거야?”

그런 식으로 비웃는 츠키히로부터는 아무런 위화감도 느껴지지 않는다. 굳이 말하면 역시 목소리의 톤이 조금 변한 기분도 들지만, 그것은 분명 의심을 품고 있는 이쪽의 심리 문제일 것이다.

어디가 이상하냐는 질문을 받는다면, 전혀 대답하지 못하겠고 말이야.

“저기…, 츠키히. 카렌이 조금 이상해지지 않았어? 조금 전에 욕실에서 만났는데….”

“아, 카렌, 목욕 다 하고 나왔구나. 그러면 다음에 나~. 난 땀이 잘 나니까, 아침 목욕은 거를 수 없어~.”

이쪽의 이야기를 전혀 듣지 않고, 질문에도 대답하지 않고(그 대신 물어보지도 않은 것을 대답하고 있다) 내 옆을 지나가는 츠키히. 아니, 그 대사에서 추측하기로는, 츠키히는 카렌의 키에 대해 아무런 의문도 느끼지 않는 눈치다. 같은 방에서 숙식하면서 저 변화를 깨닫지 못할 수는 없을 텐데…. 그렇다면 내가 잘못 본 건가?

욕실의 수증기 때문에 빛이 굴절되어서 평소보다 작게 보였다든가…. 이론을 붙이자면 그런 느낌이겠지만—아니, 아니. 역시 무리가 있겠지.

전혀 이론을 붙일 수 없다.

이해도 따라잡지 못한다.

“츠… 츠키히.”

저도 모르게 붙잡아 버렸지만,

“응? 왜 그래? 오빠.”

대답과 함께 복도에서 발을 멈추고 돌아본 그녀에게, 그러나 할 수 있는 질문이 없었다.

카렌, 어쩐지 좀 작아지지 않았어?

너보다도 말이야.

그렇게 질문해야 할지도 모르지만, 만약 내 착각이라면 이것은 제정신인지 의심받을 수도 있는 내용이다.

그래서 난처해진 나머지, 나는 "…또 유카타 입는 법이 잘못되어 있어."라고 지적하는 선에서 멈췄다.

"어라. 그랬던가. 어느 쪽이 맞는 건지 몰라 헷갈리니까. 뭐, 이제 곧 벗을 거니까 괜찮지만."

그렇게 말하더니, 아직 욕실까지는 한참 남았는데도 벌써 옷의 띠를 풀면서 계단을 내려가는 츠키히였다. 말괄량이 짓에도 정도가 있다.

카렌의 이야기로는 요즘 들어 심경의 변화가 있었다고 하는데, 그러나 저 행동거지로 봐서는 역시 성장도 변화도 하지 않은 것처럼 보인다.

저 녀석만큼은 오기에게 어떻게든 해 달라고 하는 편이 좋았을지도 모르겠네, 라는 평화롭지 못한 생각을 하고 있는데.

"귀신 오빠."

그렇게.

아무도 없게 된 여동생의 방 한구석에 장식되어 있던 인형이, 목소리를 발했다. 말할 것도 없이, 오노노키 요츠기.

시체 인형.

전문가들이 남기고 간 선물이다.

"흠. 판에서 수많은 복선을 회수하며 왠지 모르게 깔끔하게 시리즈를 정리한 듯한 분위기를 내고 있는데 말이지, 언니와 마찬가지로 평생 [illegible] 수 없는 저주가 걸려 있었을 [illegible]

타다츠루가 평범하게 신사의 경내를 걷고 있지 않았던가?"

"……."

츠키히가 없어지자마자 입에서 나온 한마디가 그런 메타 시점의 발언인 것을 보면 평소대로의 오노노키인 것 같았지만, 그러나 그 어조는 전혀 평소대로가 아니었다.

평소대로의 무뚝뚝한 국어책 읽기 톤이 아니었고.

그리고 평소대로의 무표정도 아니었다.

시체 인형, 사후경직의 오노노키 요츠기는.

왠지 모르게 멋진 얼굴로 그렇게 말하고 있었던 것이다.

004

타다츠루가 신사의 경내를 평범하게 걷고 있었던 건에 대해서는, 그곳은 지옥이며 사후 세계이니까 '평생' 안에 들어가지 않으므로 걸어도 괜찮을 것이라는 해석으로 정리하기로 하고,

"과연 능숙한 앞뒤 맞추기네. 뭐, 그 건에 대해서는 그것으로 됐다고 하기로 하지. 너그럽게 말이야. 응원하고 있으니까 다음 번에도 그 분위기로 힘내."

라고 멋진 얼굴인 채로 말하는 오노노키는, 옷차림도 평소대로가 아니었다. 평소에는 어울리지도 않는 드레이프 스커트를 입고 있었지만, 오늘의 그녀는 주인님(오노노키가 말하는 '언니')을 연상시키는 팬티 룩이다. 의외로 잘 어울리는 것을 보면

멋쟁이인 츠키히가 옷을 갈아입힌 것뿐일지도 모르지만, 말투와 표정은 츠키히의 '옷 갈아입히기 놀이용 인형'으로는 설명이 되지 않는다.

설마 피겨처럼 얼굴 부품을 갈아 끼울 수 있는 것도 아닐 것이다.

"그러고 그 라스트 신에서 『꽃 이야기』로 어떻게 이어지는지는 조금 알기 힘들다고 생각하는데…."

나는 높은 시점에서 계속 딴죽을 걸어오는 오노노키를 남겨두고 집에서 밖으로 나왔다. 아니, 냉정히 생각하면 명백히 이상한, 카렌 정도 수준을 넘어서 딴죽 걸 곳이 잔뜩 있는 오노노키였다. 오히려 이쪽에서 이것저것 물어봐야 했을지도 모르지만, 유감스럽게도 그녀의 멋진 얼굴이 상식적으로는 생각할 수 없을 정도로 짜증 나는 얼굴이어서 싸움이 나기 전에 집을 나왔다는 것이 실상이다.

무표정 캐릭터가 처음으로 표정다운 표정을 지었을 때는 더욱 매력적으로 변할 거라고 생각하고 있었는데, 현실은 좀처럼 그런 드라마투르기*를 따르지는 않는 듯하다.

뭐, 카렌하고도 그렇게 이야기가 맞물리지 않았고, 이상이 생긴 본인에게 사정을 물어본들 원하는 답을 얻을 수 있을 거라는 생각도 들지 않는다. 아무리 오노노키가 괴이의 전문가라고 해도 말이다.

※드라마투르기(Dramaturgie) : 연극이론, 혹은 연출법.

자기 방에 돌아가는 것이 아니라 밖으로 나온 것은, 이 시간이라면 실외 쪽이 그림자가 더 또렷하게 생기기 때문이다. 조금 전에 세면실에서 불렀을 때에는 깨어나지 않은 듯했고, 그때는 그게 다행이라고 생각했지만.

그러나 이렇게 되면 시노부의 힘에 의지하지 않을 수 없다. 내 그림자에 사는, 그 괴이살해자 흡혈귀의 지식에 의지하지 않을 수가.

정확히는 흡혈귀의 영락한 몰골.

철혈이자 열혈이자 냉혈의 흡혈귀의 남은 찌꺼기. 구 키스샷 아세로라오리온 하트언더블레이드이자 현 오시노 시노부의 이름을, 나는 다시 큰 목소리로 불렀다.

…흡혈귀를 불러내기 위해서 태양 아래로 나온다는 것도 상당한 모순을 느끼지만(오노노키로부터 매서운 딴죽이 들어올 것 같다), 어쨌든 나는 자신의 그림자를 향해서 말을 걸었다.

그러나 대답은 없었다. 무반응이었다.

아무래도 상당히 깊이 잠들어 있는 것 같다. 무리도 아닌가.

어제 졸업식을 땡땡이쳤을 때에 그 유녀를 상당히 무리하게 만들었고, 또한 그저께까지도 나는 그 녀석에게 의지하기만 했다. 그 녀석에게 의지하지 않았던 적은 거의 없다. 상당히 폐를 끼쳐 왔고, 간신히 일단락이 났다고 할까 한숨 돌린 오늘, 그녀가 어지간한 일로 깨어나지 않을 수면 상태인 것은 필연이다.

의지하지 않을 수 없다고 생각하지만, 집 밖에서, 그림자를 향해 계속 말을 거는 것도 체면상 한계가 있다. 소중한 파트너인 그녀를 쉬게 해 주고 싶기도 하다.

다만, 그렇다고 깨어날 때까지 기다리기에는 갑작스레 우리 집을 덮친 이변에서 그녀가 영향을 받지 않았으리라는 보증이 없었다.

카렌에게 이변이 있었던 것처럼, 오노노키에게 이변이 있었던 것처럼, 시노부의 몸에 무슨 일이 일어났고 그것 때문에 이렇게 반응이 없을지도 모른다고 생각하면 '울 때까지 기다리겠다, 두견이*'라면서 태평스런 소리를 하고 있을 수는 없다. 막부를 일으킬 계획 따윈 나에게는 없는 것이다. 행운은 누워서 기다리라는 이야기도 아닐 것이다. 츠키히가 아무런 영향도 받지 않은 모습을 보면, 이것은 지나친 걱정인지도 모르지만.

거기까지 생각하다가, 그러면 **나는** 어떨까, 하는 생각에 이른다. 체감하는 한, 혹은 거울을 보는 한, 이변은 없는 것처럼도 생각된다. 하지만 이런 경우의 자가진단 정도로 들어맞지 않는 것도 없을 것이다.

카렌이나 오노노키에게는 자신의 변화에 대한 위화감이 전혀 없는 듯했다. 자각증상은 제로였다. 그러기는커녕 옛날부터 자신의 키는 이 정도로 작았으며, 옛날부터 자신의 멋진 얼굴은 이 정도로 짜증 났다고 말하는 것만 같았다.

※울 때까지 기다리겠다, 두견이 : 일본 전국시대의 장수인 오다 노부나가, 도요토미 히데요시, 도쿠가와 이에야스 세 명의 성격을 비교하는 일화에서 온 말. '어떻게 두견새를 울게 할 것인가'라는 문제에 대해 오다 노부나가는 '울지 않는다면 죽어 버려라, 두견이', 도요토미 히데요시는 '울지 않으면 울게 만들겠다, 두견이', 도쿠가와 이에야스는 '울지 않는다면 울 때까지 기다리겠다, 두견이'라고 했다고 한다.

나도 스스로는 깨닫지 못하고 있을 뿐이고, 실은 어제까지의 나하고는 완전히 달라져 버렸는지도 모른다. …의심하기 시작하면 끝이 없지만.

고등학생이라는 직함을 잃은 것뿐만 아니라, 좀 더 소중한 것을 잃었는데 그것을 깨닫지 못하고 있는지도…. 예를 들어 나는 사실 좀 더 키가 컸다든가, 좀 더 근육질이었다든가, 좀 더 어깨가 넓었다든가, 좀 더 머리가 좋았다든가 하는 경우가 있을 수 있지 않을까?

있을 법한 이야기다, 실제로 있을 법한.

극단적으로 말하면, 나는 어제까지 하네카와 츠바사였는지도 모르지 않나…. 아니, 만약 내가 어제까지 하네카와였다고 한다면 오늘 아라라기 코요미가 되어 버리는 최악의 실수를 저지르지는 않을 테니, 그럴 가능성만은 없다고 해도.

다만 아침에 일어났더니 다른 사람은 고사하고 이상한 벌레가 되어 있었다는 그레고르 잠자 씨의 사례도 있고…. 그런데 『변신』의 작가인 프란츠 카프카 씨에 대해 말하면, 그 약력에 의하면, 사후에 자신의 소설을 처분해 달라고 친우에게 부탁했지만, 그 부탁을 어기고 친우가 작품을 발표해서 지금처럼 유명해졌다고 한다.

그런 짓을 하는 인물을 과연 친우라고 불러도 괜찮을까 하고 생각했지만, 그러나 그 뒤에 카프카의 성가신 성격을 알게 됨에 따라 '처분해 줬으면 좋겠다'라는 말은, '하지만, 알지?'라는 의미였는지도 모른다고 생각하게 되었다. 그 속뜻을 파악했다고 한다면, 과연 그는 친우다.

세리눈티우스* 급이다.

어쨌든 『변신』이 여동생 모에 소설인지 아닌지에 대해서는 논의의 여지가 있다고는 생각하지만(없다고) 지금은 국어 시간이 아니다. 어라, 해외문학도 국어라고 해도 괜찮은가?

안 돼, 생각이 어수선해진다.

혼란에 빠진 증거다. 지금부터라도 집으로 돌아가서 전문가인 오노노키의 의견을 들어야 할까. 하지만 저 짜증 나는 멋진 얼굴과 오만한 말투를 얼마나 오래 견딜 수 있을지, 인간이 덜된 나는 자신이 없다….

고등학교를 졸업한 정도로는 그렇게까지 어른이 되지는 못한다.

무표정과 무뚝뚝한 국어책 읽기 톤의 캐릭터성을 능숙하게 중화시킨 왠지 모를 4차원 계열 포지션에 정착해 있었는데, 역시 막상 같은 자리에 서 보니까 그 애는 그냥 성격 고약한 기분 나쁜 애구나….

게다가 역시 겉으로 척 봐도 알 수 있는 뚜렷한 이변이 일어난 오노노키와 상담해서 올바른 답을 얻을 수 있을 것이라는 생각은 들지 않는다. 중이 제 머리 못 깎는다는 이야기는 아니지만.

※세리눈티우스 : 소설가 다자이 오사무의 작품 『달려라 메로스』의 등장인물. 메로스의 친우로, 메로스를 위해서 목숨을 담보로 잡힌다.

그렇다고 해도 오시노나 가엔 씨는 더 이상 이 마을에는 없고, 카게누이 씨에 이르면 북극에 있다. 전문가에게 의지할 수는 없다.

엄밀히 말하면 가엔 씨가 알려 준 전화번호는 아직 살아 있을 것이라 생각하지만, '뭐든지 알고 있는' 그 사람의 경우, 현 시점에서 전화가 걸려 오지 않는다는 것은 스스로 어떻게든 하라는 의미로도 받아들일 수 있다. 섣불리 도움을 청했다간 '정말인가?'라고 생각될 정도의 터무니없는 대가를 요구받는 일이 있고 말이야.

이런 경우, 뭐든지는 몰라도 알고 있는 것은 아는 친구를 의지하는 것도 한 가지 방책이기는 한데, 그러나 해외에 있는 그녀에게 전화를 건다는 행동에는 조심하게 된다.

전화비 문제가 아니라.

애초에 하네카와가 지금 있는 나라에 휴대전화 전파가 닿을지 어떨지도 알 수 없다.

그렇다고 해도, 그렇게 되면 이제는 이대로 시노부가 활동을 개시하는 밤을 기다리는 정도밖에 떠오르지 않는다. 오시노에게 영재교육을 받아서 전문적인 지식을 어느 정도 가지고 있는, 괴이살해자인 그녀가 깨어나기를 기다리는 정도밖에…. 아니면 신에게 빌기라도 하라는 건가?

"음…. 아, 그렇지."

그렇게 나는 뒤늦게나마 깨달았다.

전문가인 것은 아니고 전문적인 지식을 가지고 있다고도 생각되지 않지만, 지금 이 마을에는 **신**이 있지 않은가.

하치쿠지 마요이 대명신이 있지 않은가. 아니, 대명신은 아니겠지만 마을의 이변을 다스리기 위해서 키타시라헤비 신사에 새로이 모셔진 옛 유령 소녀는, 신사의 신으로서 저 산 위에 세워질 때에 가엔 씨로부터 나름대로의 강의를 받았을 것이다.

뭔가 알고 있는지도 모른다.

아니, 지금 발생한 이 이변 자체가 그 녀석을, 거의 억지로 신으로 앉힌 부작용이라고 생각할 수도 있지 않을까. 나의 돌발적인 행동에서 우발적으로 생겨난, 혼란을 수습할 멋진 아이디어로도 생각되었지만, 역시 냉정하게 생각하면 신사가 텅 빈 것을 구실로 한 번은 지옥에 떨어졌던 소녀를 신으로 앉힌다는 것은 조금 무리가 있는 해결책이기는 했으니까 말이야.

하치쿠지가 신이 된 것과 카렌의 키가 줄어든다든가 오노노키에게 표정이 생겨난다든가 하는 일의 인과관계는 전혀 모르겠고, 원인은 다른 곳에 있을지도 모른다. 그러나 어떠한 단서도 없는 현재 상황에서, 그 녀석에게 물어본다는 것은 결코 무가치한 행동이 아닐 것이다.

이변에 대해서는 제쳐 두더라도, 키타시라헤비 신사에 있는 그 소녀의 신으로서의 모습을 한번 놀려 주자는 계획도 있었고.

너무 우쭐해 있다면 훈계해 줘야 하겠지.

친우로서 말이야!

기묘하게도 사이클링의 목적지가 결정되어 버린 느낌이지만.
그렇게 결정되자마자 나는 오기에게 빌린 BMX에 올라타고 키타시라헤비 신사가 자리하고 있는 산을 향해 페달을 밟기 시작했다.

산을 자전거로 오를 수는 없지만(계단을 오를 수 있다는 이 BMX라면 가능할지도 모르지만 나에게는 그럴 만한 기술이 없다), 신사로 들어가는 입구까지라면 언덕길이기는 해도 자전거를 타고 가는 편이 빠르다.

당연한 일이라는 듯이 그렇게 생각했는데, 너무 서둘렀던 탓인지, 아니면 익숙하지 않은 자전거 때문인지(몇 달의 공백이 있다) 도착할 때까지 생각 외로 시간이 걸리고 말았다.

자전거 타는 법은 한 번 익히면 잊어버리지 않는다는 설은 거짓말이었던 걸까.

몇 번이나 넘어질 뻔했고, 길도 잘못 들었다. 산에 결계를 쳤다는 이야기는 듣지 못했지만, 어쩌면 신이 강림한 신역神域으로서, 현재 키타시라헤비 신사는 괴이적 성질을 띠고 있는 내가 다가가기 어려워져 있는지도 모른다.

그렇다면 그리 가벼운 마음으로 방문할 수 없는데 말이야…. 그림자에 흡혈귀를 깃들이고 있으니 당연할지도 모르지만, 신역에게 거부당한다는 것은 상당히 울적해지는 이야기네….

그렇게 생각하면서 나는 멈춰 선 자전거에 체인을 감고(도둑맞으면 오기가 얼마나 기뻐하며 나를 책망할지 알 수 없다), 지금은 완전히 익숙해진 산길을—내가 계속 다니는 것 때문에 반 년 전에 비해서 훨씬 다니기 쉬워졌다고 해도 과언이 아닌 산길을(짐승의 길이 아닌 나의 길이다)—오르는 것이었다. 트래킹을 마치고 신사 앞의 토리이를 지날 무렵에는, 해가 딱 머리 꼭대기에 떠 있었다.

정오를 맞이한 것이다. 다만 괴이가 등장할 것 같지는 않은 시간이었지만… 뭐, 모든 괴이가 야행성도 아닐 것이다.

작년에 다시 세운 키타시라헤비 신사, 청소가 잘된 그 경내에는 아무도 없었다. 신이 있든 없든, 이렇게 구석진 장소에 있는 신사에 참배하려는 자는 좀처럼 없으려나.

그 부분은 어떠한 대책을 세우지 않으면 결국 또다시 신앙이 쇠해 가게 될 것 같다…. 내가 할 수 있는 일이 있을지도 모른다는 생각은 들지 않지만, 하치쿠지가 신이 된 경위를 생각하면 어떻게든 힘이 되어 주고 싶다.

오미쿠지御神籤, 신사에서 길흉을 점치는 제비라도 팔아 보는 게 어떨까?

하치쿠지 오미쿠지.

어감은 좋다.

어감이 좋은 게 뭐가 대수냐는 말을 들을지도 모르지만, 하치쿠지에게는 중요한 요소다.

이번 일의 상담을 겸해서 하치쿠지와 그런 쪽 의논을 해도 좋을지 모른다. 그런데 정작 중요한 그 하치쿠지 마요이가 없는데…. 신사 본당 안에 있나? 어제도 마을 안에서 만났었으니 지금도 여기저기 돌아보는 중, 요컨대 산책 중일지도 모르고…. 외출을 좋아하는 신이라니, 상당히 위엄이 없다고 할까, 풋워크가 너무 가볍다는 기분도 드는데….

"하치쿠지~, 어~이."

그런 느낌으로 말을 걸면서 새전함 앞에 선다. 설령 건물 안에 있다고 해도 멋대로 들어가는 것은 역시나 좋지 않겠지….

그림자에 괴이를 깃들이고 있는 몸이 이제 와서 뭐가 무섭냐고 할 수도 있지만, 그러나 역시 천벌이 내릴 것 같아서 위축된다. 그 벌을 내리는 것이 하치쿠지라고 생각하면, 적당히 봐주기보다는 오히려 더욱 가차 없이 벌을 내릴 것 같다.

아, 그렇지.

새전함에 돈을 넣어 보면 어떨까?

처음 만났을 때를 떠올려 보면 그 녀석은 돈에 대해 현실적인 소녀였으니까…. 후후후, 새전함에 돈을 넣는 것으로 신을 불러내려 한다는 참신한 아이디어는 좀처럼 나올 수 없는 착상일 것이다.

나도 성장했다고.

듣기로는 그 불쾌한 사기꾼도 정월 초부터 이 신사에 다니고 있었다고 하는데, 이런 부분에서 나처럼 오리지널리티 넘치는 아이디어를 낼 수 있을지 어떨지가 그 녀석과 나를 가르는 벽이라고도 할 수 있을 것이다.

그렇게 생각하면서 지갑을 꺼낸다. 집을 나올 때에 대충 집어서 주머니에 쑤셔 넣었기 때문에 얼마가 들어 있는지는 잘 모르겠지만…. 뭐, 그렇다고 해도 새전이니까.

좋은 인연이 있기를 기원하며, 5엔 동전이면 되겠지.

그렇게 생각했는데 그 5엔 동전이 없었다. 대신 1엔 동전이 네

개 있어서, 그것으로 대용하기로 했다.

'사'라는 수는 재수가 없다고 여겨지기도 하지만, '소녀'의 'ㅅ'으로 시작하는 것을 보면 그렇게 나쁜 숫자로도 생각되지 않는다.

개수가 많아서 이득 본 듯한 기분이 들 수도 있고.

한순간 뭔가가 잘못되어 있는 거 아닌가 하는 기분도 들었지만, 씩씩한 나는 그런 묘한 기분에는 상관하지 않고, 1엔 동전 네 개를 새전함으로 던져 넣었다. 두 번 절하고 두 번 박수, 그리고 한 번 절이었는지 뭔지 하는 작법을 배웠던 기분도 들지만, 제대로 기억이 나지 않아서 하다못해 마음만은 전해지도록 내 스타일의 인사를 한 뒤, 딸그랑딸그랑하고 종을 조금 많이 울렸다.

아무 일도 일어나지 않았다.

신사의 문이 열리며 안에서 기운차게 신이 등장한다든가 하는 일은 없었다. 환불을 요구하고 싶은 기분이었지만, 그러나 호소할 상대도 없다.

역시 산책 중인가….

신이 되든 지옥에 떨어지든, 그 녀석은 얌전히 있는 타입이 아니니까 말이야…. 그렇게 되면 이제부터 산을 내려가서 정처 없이 마을 안을 산책하는 것 정도밖에 방법이 없다.

살짝 낙담하면서, 하지만 신이 된 하치쿠지가 어떤 의미에서 이제까지와 변함없이 활발하게 활동하고 있다면 그것은 그것대로 좋은 일로 봐야 할 거라고 생각하면서 내가 발걸음을 돌리려고 하던 그 순간….

“아라라기 구———웅!”

그렇게.

등 뒤에서 몸통 박치기를 날리듯이 누군가가 나에게 안겨 들었다. 전혀 예상하지 못했던 그 보디어택에 나는 그대로 밀려 넘어졌고, 패닉에 빠진 채로 바닥에 깔려 관절 꺾기를 당했다.

“갸악~!”

그렇게 비명을 지르는 나였다. 그도 그럴 것이, 눈 깜짝할 사이에 제대로 관절이 꺾였다. 뭐지, 이 군대식 격투기 같은 굳히기는?

온몸의 관절이 전부 고정된 듯한 기분이다.

저항할 수도, 도망칠 수도 없다.

체격은 비슷한 상대지만 숙련도가 전혀 다르다고 할까, 몸을 움직일 수 있을 만한 틈새가 어디에도 없었다. 진공 팩에 포장이라도 된 것처럼 온몸을 꼼짝 못 하게 만드는 관절기였다.

“만나러 와 줬구나, 기뻐!”

“갸아~!”

아니, 그 굳히기 기술 자체는 제쳐 두고, 밀착한 상태에서 사정없이 뺨을 비벼 오는 그 인물의 행동이 기분 나빠서 나는 비명을 질렀다. 마치 민달팽이가 온몸을 기어 다니고 있는 것 같았다.

누, 누구지? 뭐지?

대체 무슨 일이 일어나고 있는 거지?

극도의 혼란에 빠진 나를 상관하지 않고 범인—이렇게 말해도 지장은 없을 것이다—은 계속해서 나에게 꾹꾹 밀착해 온다.

“갸아~! 갸아~!”

“기뻐, 기뻐, 기뻐~! 에잇, 외로웠다고! 신이 된 것은 좋지만 전혀 손님이 와 주지 않고 말이야. 정말이지, 이 누나는 신 같은 건 때려치우고 신을 내려갈까 하고 생각했었어! 에에이, 좀 더 안게 해 줘, 좀 더 사랑하게 해 줘, 쓰담게 해 줘~!”

“갸아~!”

“정말 참, 날뛰지 말라니깐! 전부 누나에게 맡기면 돼! 부드럽게 빼앗아 줄 테니까!”

“갸아~!”

아니, 잠깐.

누나?

단편적으로 들린 소리를 주워듣고 아슬아슬하게 고개를 움직여 보니—고개도 돌아가지 않아서, 엄밀히 말하면 움직인 것은 시선뿐이다—확실히 신역에서 나를 깔아 누르고 온몸을 얽어 오는 그 인물은 여성이었다.

힘으로 보면 상당한 근육질 같지만, 그러나 듣고 보니 부드러움도 유연함도 느껴진다. 그것보다 아픔 쪽이 훨씬 강하지만.

…그렇다기보다, 나는 이 사람을 알고 있다.

“가욱!”

“아얏!”

얼굴 앞에 있던 귓불을 깨물어 보니, 그런 (새된) 비명을 지르며 그녀는 나에게서 떨어졌다. 일어선 것을 보면 늘씬한 장신.

머리 뒤에서 하나로 묶은 머리카락에, 조금 전까지의 변태적인 행위를 전혀 느끼게 하지 않는 단정한 얼굴. …그렇다.

나는 이 사람을 만난 적이 있다.

다른 시간축에서 만난 적이 있다.

“하… 하치쿠지, 마요이 씨?”

“응.”

그렇게 그녀는 웃는 얼굴로 대답했다.

팔짱을 끼고, 성장한 가슴을 강조하듯이.

“하치쿠지 마요이 누나, 스물한 살이야.”

005

말할 것도 없이.

내가 아는 하치쿠지 마요이는 확실히 열 살 소녀이지 스물한 살의 변태녀가 아니다. 실례, 누나가 아니다.

다만 눈앞에 서 있는 누나가 하치쿠지 마요이인 것 또한 확실했다. 그것을 나는 알고 있다.

11년 전, 이미 거의 12년 전이 되는데, 교통사고로 목숨을 잃었던 하치쿠지 마요이가 **만약 그 사고를 피할 수 있었을 경우**에 도달했을 미래의 모습이 이 누나다.

멸망한 세계 속에서도 씩씩하게 살아남아 있던 그녀의 모습을, 나는 보고 왔다. 분위기는 다소 다른 것처럼 생각되지만(그렇다기보다 성격이 전혀 다르다), 그러나 단순한 외견은 그야말로 딱 이 이미지였다.

“왜 그래? 아라라기 구운. 그런 식으로 나에게 뜨거운 시선을 보내고. 그러면 안 돼, 누나는 이제 모두의 누나라서 아라라기 군 한 사람의 것은 될 수 없다니까?”

“우선 저를 아라라기 구운이라고 부르지 말아 주세요.”

어디 보자….

그리고 나는 생각한다.

생각한다고 할까, 머리를 끌어안는다.

왠지 모르게 이해되기 시작했다는 기분도 들지만, 좀처럼 정리가 안 된다…. 카렌의 변화, 오노노키의 변이, 그리고 하치쿠지의…. 요컨대 아라라기 가만의, 개개인의 문제가 아니라 **세계 자체가**…. 하지만 그렇다면 츠키히는 어떤 거지?

그 녀석에게는 아무런 변화도 없었는데?

아니면 내가 깨닫지 못한 것뿐인가?

“아라라기 군.”

그렇게 하치쿠지가, 하치쿠지 누나가 조금 톤을 바꿔서 나에게 말을 걸었다.

“아무래도 뭔가 오늘은 진지해 보이네. 누나한테 일이 있으면 물론 누나는 상담을 받아 주려는데?”

“…….”

그런 말을 듣게 되니, 역시 이 사람은 하치쿠지구나 하는 확신을 얻을 수 있었다. 자상하게 대해 주면 의지하고 싶어져 버린다.

다만 오노노키에게 의지하지 않았던 것과 마찬가지로, 여기서 이변이 일어난 하치쿠지 자신에게 뭔가를 물어본들, 얻을 수 있는 것이 있을지는 의심스럽다….

하지만 세상 그 자체에 이변이 일어나 있다고 한다면, 누구를 상대한다고 해도—극단적으로 말하면 밤이 되어 시노부가 깨어난다고 해도—이렇게 되면 마찬가지라고도 할 수 있다.

그렇다면 각오의 기어를 한 단 높게 올리는 편이 좋을 것이다.

"…확인했으면 하는데요."

하치쿠지를 상대로 정중한 말투를 쓰는 것도 어쩐지 위화감이 들지만 스물한 살이라면 어쩔 수 없다고 생각하고, 나는 말을 고르며 이야기했다.

"신…이죠? 마요이 누나."

"그런데? 이제 와서 새삼스레 무슨 소릴 하는 거야? 아라라기 군이 나를 신으로 만들었잖아. 그저께 일이었는데 벌써 잊어버린 거야?"

"……."

그 부분의 인식은 일치하고 있는 듯하다.

사실관계도 거의 변하지 않은 것 같다.

그렇다면 눈앞의 하치쿠지 누나는 살아 있는 사람은 아니고, 괴이인가. 생각해 보면 열 살에 목숨을 잃은 하치쿠지가 스물한 살까지 계속 살았을 경우의 'IF'는 세상의 멸망과 맞바꾼 것 같은 구석이 있었다.

자전거로 산까지 달려오면서 본 풍경을 엿보기로는, 우리 마을은 무사했다. 키가 작은 카렌을 앞에 두었을 때에도 생각한 일인데, 적어도 그 시간축으로 다시 날아왔을 가능성은 역시 없다.

다만 신으로서 봤을 때에도, 센고쿠의 사례가 있다. 현인신이라고 할까, 살아 있는 신이라고 할까, 죽어 있지 않더라도 그런 패턴도 생각할 수 있었다.

으음~.

그렇다고 해서 살아 있는지 죽어 있는지를 눈앞의 인물에게 대놓고 질문하는 것도 어쩐지 꺼려지네…. 조금 전에 안겼을 때의 육감으로 판단하는 것도 가능해 보이지만(귓불도 깨물었고), 그러나 유령 소녀였을 때도 그냥 만질 수 있었던 것을 생각하면 그것은 판단 기준이 되지 않는 것으로 생각되기도 한다.

“정말, 무슨 일이야? 아다다니 도. 설마 스스로 채점해 봤더니 입시를 완전 망쳤다든가? 괜찮아, 괜찮아. 그렇다면 누나가 자상하게 위로해 줄게.”

“아뇨, 그런 게 아니라… 저기….”

당황한 끝에.

나는 결국 하치쿠지 누나에게 모든 것을 밝히기로 했다. 모든 것이란 오늘 아침부터 이어지는 일련의 이변들 전부다.

카렌의 체격의 변모, 오노노키의 표정과 말투의 변모(그리고 깜빡 잊을 뻔했는데 자연스럽게 복장도 바뀌어 있었다). 그리고 하치쿠지의… 내가 아는 하치쿠지로부터의 변모.

말을 걸어도 시노부가 깨어나지 않는 것.

그리고 이것은 관계없다고 생각하지만, 세수를 했을 때에 거울에 비친 내 모습에 위화감을 느꼈던 것도 덧붙였다. 내 정신 상태를 측정하는 데 참고가 될지도 모른다고 생각했기 때문이다.

…어쩐지 머리로 생각하고 있을 때는 그야말로 깊은 의미를 지니고 있는 것처럼 생각되었던 일련의 사태였지만, 그러나 막상 입 밖에 내고 보니 아주 우스꽝스럽다고 할까, 단순히 내 착각인 것처럼 느껴지기도 했다.

적어도 내가 누군가로부터 이렇게 알 듯 말 듯 모호한 이야기를 듣는다면, '사춘기에는 흔한 일'로 끝내 버렸을지도 모른다. 뭐였더라, 자메부*라고 하던가?

옛날부터 당연히 알고 있었을 것을 처음 안 것처럼 느끼는 감각. 카렌의 키는 옛날부터 그랬을지도 모르고 오노노키의 캐릭터도 옛날부터 그랬을지도 모른다고.

하치쿠지도 내가 열 살이라고 생각하고 있었을 뿐이지, 실은 스물한 살이었을지도… 아니, 이건 정말로 그랬다고도 말할 수 있지만.

그러면, 시노부는?

이전에 이런 느낌으로 아무리 불러도 시노부가 그림자에서 나오지 않았을 때는 '어둠'에 의해 페어링이 끊어져 있었다는 사정이 있었는데, 그 이후로 시노부와의 페어링은 계속 끊어져 있었

※자메부(jamais vu) : 평소 익숙했던 것들이 갑자기 생소하게 느껴지는 현상.

다든가?

그렇다고 한다면 아무리 그래도 너무 중요한 걸 깜빡한 것인데…. 그것은 그것대로 충분히 나로서는 환영할 수 없는 이야기지만, 다만 데자부도 자메부도 아니라고 한다면 현재 상황을 합리적으로 설명할 방법이 하나도 없는 것은 아니다.

불합리를 설명하는 합리.

그 가설도 그 가설대로 받아들이기 어려운 것이긴 하지만, 설마 하고 생각되는 그것이기는 하지만, 과연….

"으음, 아라라기 군."

그렇게.

내 이야기를 다 듣고 난 하치쿠지 누나는 찌푸린 얼굴을 하더니 말했다(얼굴을 찌푸리니 의외로 이지적으로 보인다).

"확인할게. 키가 큰 카렌이 키가 작아졌단 거지? 무표정인 오노노키가 표정이 풍부해졌고. 두 키스샷 아세로라오리온 하트언더블레이드가 부름에 응하지 않게 되었고. 그리고 어린애일 하치쿠지가 마요이 누나가 되어 있다는 거지?"

"아, 네…. 맞아요."

"요컨대, 모두 어떠한 형태로 **역전**되어 있어. 그렇게 생각해도 되는 거지?"

"역전이라… 뭐, 그렇죠."

그렇게 표현할 수도 있을까?

아니, 하지만 시노부에 대한 건 아직 알 수 없다(자고 있는 것뿐인지도 모른다)고 해도, '모두'라고 하기에는 츠키히에게 아무런 이변도 없었다. '역전' 같은 것은 하지 않았다.

그것이 오히려 사태를 복잡하게 만들고 있다고도 할 수 있지만….

"그러네. 그건 나중에 생각하기로 하고. 하지만 츠키히가 입고 있던 유카타가 반대이지 않았어?"

"음? 반대라니… 아아."

왼쪽이 앞.

…이 되어 있었다. 그것은 죽은 사람의 옷을 입힐 때의 방법이다.

일본 전통복장 애호가를 자처하는 주제에 아무리 시간이 지나도 입는 법을 제대로 익히지 못하는 녀석이라며 단순히 멸시하고 있었는데, 그것이 그 녀석에게 생겨난 이변이라고 한다면….

그렇다면 어떤 의미에서, 가장 알기 쉽다.

역전…이라고 할까, 반전?

마치 거울에 비춘 것처럼… 반전.

착각이 아니라, 반사각.

좌우가 반대로…. 그리고 그렇다면 아무리 불러도 시노부가 반응하지 않는 것도 당연하다고 할 수 있다.

그도 그럴 것이, **흡혈귀는 거울에 비치지 않으니까**.

그것은 내가 이제까지 체험해 왔던 일이다. 요컨대.

"요컨대 아라라기 군. 모두가 변한 것도, 세상이 변한 것도 아니야. 물론 너 자신에게 변화가 있었던 것도 아니야. 그저 단순히 네가 '이쪽 편'으로 들어온 것뿐이야."

하치쿠지 누나는 말했다.

신으로부터의 신탁이었다.

"나는 거울 속에 들어온 거야."

"……!"

나는.

사실은 내 안에서도 이미 옛날에 나왔던 그런 결론이 정면으로 들이밀어져서, 저도 모르게 말했다.

"그, 그런 느슨한 기획으로 괜찮은가요?!"

006

느슨하든 느슨하지 않든, 괜찮든 괜찮지 않든 기획은 기획으로서, 곧 사실은 사실로서 받아들여야만 한다.

그 말을 듣고 신사의 토리이 부근에 있는 표기를 확인해 보니 그곳은 '키타시라헤비 신사'라고, 말 그대로 좌우가 반전되어 있었다. 그리고 다시 꺼내서 확인할 수는 없지만, 떠올려 보면 동전을 새전함에 던져 넣을 때에 느꼈던 '잘못되어 있는 기분'은, 동전의 숫자 부분 요철이 좌우 반대가 되어 있기 때문에 느낀 감각일 것이다.

이 산에 올 때에 타고 왔던 BMX를 제대로 컨트롤할 수 없었던 것도, 자전거의 구조가 '좌우 반대'가 되어 있었기 때문일까. 왼쪽 브레이크가 앞바퀴, 오른쪽 브레이크가 뒷바퀴가 되는 것만으로도 상당히 달라지고, 또한 마을의 지도도 반전되어 있다면 길을 헤매게 되는 것도 당연지사다. 그것을 예전의 미아 소녀, 하치쿠지 마요이로부터 배운 것이란 점도 어쩐지 반전된 느낌이지만.

세수를 할 때 찬물과 더운물을 잘못 튼 것도 수도꼭지 위치가 반대가 되어 있었기 때문에…. 그리고 모두의 목소리가 어쩐지 반향 아닌 반전되어 들리는 듯한 기분이 든 것도 그것 때문이었구나.

그렇구나, 되돌아 보면 단서는 여기저기에 산재해 있었으니, 〈진구와 철인병단*〉 애호가를 표방하는 몸으로서는 좀 더 빨리 알아차려도 좋을 뻔했다. 거울 세계.

거꾸로 뒤집힌 세계.

카렌이, 오노노키가, 하치쿠지가… 반전된 세계.

시노부가 그림자 속에 '없는' 것도, 그렇다면 납득할 수밖에 없다. 거울에 비치지 않는 흡혈귀는 이 세계에 존재하지 않는 것이다.

세계관이 다른 것이다.

…츠키히에 대해서는 유카타가 좌우 반대인 것뿐이고, 역시 잘 모르겠지만.

"하, 하지만 오기하고 현세와 지옥을 오가며 그렇게나 사투를

※진구와 철인병단 : 〈도라에몽〉의 장편 시리즈 중 하나. 극장판 애니메이션으로도 제작되었다. 작품 내에서 주인공 일행은 사건에 휘말려 거울 세계에 들어가게 된다.

벌인 직후인데 이렇게 느슨한…."

집요하게 말하는 나에게 하치쿠지 누나는,

"상관없지 않아? 저기 왜, 요즘에는 느슨한 캐릭터 같은 것이 유행하고 있으니까, 느슨한 월드가 있어도 말이야. 느슨월드가 있어도."

그렇게 격려하듯이 빙그레 웃었다.

격려를 받아도.

그리고 느슨월드라니.

절묘한 촌스러움이 느껴진다.

…참고로 하치쿠지 누나의 이 대사도 이후의 대사도 전부 반전된 상태였지만, 역시나 읽기 힘들 것이라 생각해서 화자의 특권을 구사해서 여기서부터는 번역해서 기술한다.

"오기, 라고?"

하치쿠지 누나는 그렇게 의미심장하게 중얼거리는가 싶더니,

"그리고 어쩌다 보니 '거울 속'이라고 말해 버렸는데, 과연 어떤 걸까?"

그렇게 말하며 어깨를 축 늘어뜨렸다.

"우리로서는 **이쪽**이 당연한 세계관이니까, **그쪽**이야말로 '거울 속'인데 말이지. 아라라기 군의 인식에 맞춰서 말하자면 말이야. 다만 한마디 거들어 주자면, 이건 아라라기 군이 생각하는 정도로 느슨한 상황도 아닌 거 아니야? 다급한 상황 아닌가?"

"무, 무슨 말씀인가요?"

느슨하지 않다는 말을 들으면 그것은 그것대로 당황하게 된다.

"그도 그럴 것이, 아라라기 군이 말하는 '원래 세계'로 돌아갈 방법이 없잖아."

"……."

돌아갈 방법?

그렇다, 기획의 느슨함에 정신이 팔려서 아직 거기까지 생각이 미치지 않고 있었다. 여기가 다른 세계, 이세계異世界라고 한다면 당연히 나는 나의 세계로 돌아가야만 한다는 전개가 될 텐데… 그 방법이 전혀 떠오르지 않는다.

아라라기 가의 세면실 거울.

세면실에 있는 그 거울을 건드렸을 때에 '이쪽 편'으로 끌려왔다고 가정한다면 그곳을 통해 돌아갈 수도 있을 것 같지만, 그러나 거울에 이변을 느낀 직후에 나는 확인했다. 그것이 평범한 거울이라는 걸.

혹은 단순한 거울로 '돌아가' 있는 것을 확인했다. 단순히 그 거울을 건드린다고 오고 갈 수 있는 상황은 아니다.

일시적으로 열려 있던 문이 닫힌 것일까, 아니면 일방통행인 문이었을까. 금세 불안해지기 시작했다.

하네카와 이야기는 아니지만, 낯선 외국에 홀로 남겨진 기분이다. 설령 그것이 활기찬 관광지였다고 해도, 다른 문화의 땅이란 역시 불안한 법이다.

그야말로 예전에 시간 이동이라든가 지옥처럼 다른 세계관에 보내진 적은 있었지만, 이번에는 세계의 법칙이 다르다….
룰이 다른 세계관.
알고 있는 인물의 캐릭터가 다르다는 것은… 뭐라고 할까, 나만 정신을 바짝 차리면 괜찮다는 문제도 아니다. 예를 들어 카렌이 나보다 키가 작다는 한 점만을 집어 놓고 봐도, 나라는 인간을 형성해 온 요소(여동생에게 신장을 추월당했다는 콤플렉스)가 붕괴해서, 내가 내 자아를 유지할 수 없게 된다.
…음, 뭐라고 해야 할까. 하치쿠지 마요이의 성장한 모습과 이런 형태라고는 해도 다시 만났다는 것은 기쁘지 않을 것도 없지만…. 그러고 있는데.
그 하치쿠지 누나가,
"에잇."
하며 나를 가까이 잡아당겼다. 조금 전처럼 난폭하게 끌어안는 것이 아니라, 자상하게 내 머리를 끌어안듯이.
"괜찮아, 괜찮아. 그렇게 무서워하지 않아도. 아라라기 군은 괜찮다고 누나가 보증해 줄게."
근거는 없지만 신의 보증이야, 라면서 내 머리를 톡톡 두드리는 하치쿠지 누나. 어쩐지 젖먹이 아기가 된 것 같아서 부끄럽다. 그런 식으로 위로받을 나이는 아니다, 이쪽은 어제 고등학교를 졸업했다며 뿌리치려고 했지만, 생각을 고치고 그냥 하는 대로 내버려 두었다.
이세계이며, 말하자면 거울에 비친 환상 같은 것일지도 모르지만, 그래도 하치쿠지가 성장한 모습이란 그것만으로 나에게 감개 깊었다. 스물한 살 그녀의 입장에서 나는 남동생 같은 존재이겠지만, 열 살의 그녀를 가장 잘 알고 있는 내 입장에서는 딸의 성장한 모습을 본 것 같았다.

그런 의미에서는 기분이 완전히 엇갈리는 현재 상황이긴 했지만, 그래도 나는 열 살의 하치쿠지에게도 계속 위로받고 도움받기만 했으니까 그것과 큰 차이 없다고 할 수 있다.

"…그렇다고는 해도 실제로는 어떡해야 하려나."

간신히 나를 풀어 주고서 하치쿠지 누나는 경내를 어슬렁거렸다. 어쩐지 침착하지 못한 신이다.

어슬렁거린다고 할까, 나를 중심으로 빙글빙글 원을 그리면서.

"전에 아라라기 군이 교통사고를 당한 나를 구하기 위해 11년 전으로 타임 슬립했던 적이 있었지? 그때는 어떻게 갔다가 어떻게 돌아왔더라?"

그녀는 걷는 속도를 늦추지 않으면서 그렇게 질문했다.

11년 전의 교통사고 같은, 그런 쪽 역사는 유지되고 있는 모양이었다. 그렇다는 건, 이 하치쿠지 누나는 역시 그때 죽었다는 이야기일까.

덤으로 정확하게 말하면, 11년 전으로 타임 슬립한 것이 하치쿠지를 구하기 위해서였다는 것은 날아갈 시간대를 잘못 설정했기 때문에 나중에 갖다 붙인 이유이며, 사실은 하루 전쯤으로 돌아가서 여름방학 숙제를 하기 위해서였지만 그 부분을 일부러 정정할 필요는 없을 것이다.

"어떻게, 라고 해야 할지…. 그때는 그 신사의 토리이를 게이트로 만들어서… 아니, 게이트가 이 신사였다는 것에는 그다지 의미는 없지만요…."

당시에는 폐 신사였던 키타시라헤비 신사에 모인 영적 에너지를 이용해서 시노부가 게이트를 열었다. 그 행위는 이후에 마을 전체를 말려들게 하는 대소동으로 이어졌지만, 그것은 타임 슬립 자체와는 무관하다.

"흐음…."

그렇게 생각에 잠긴 얼굴이 되는 마요이 누나.

첫인상이 첫인상이었으므로 채신머리없는 누나라는 이미지가 강했던 그녀였지만, 그렇게 진지하게 생각해 주는 모습은 아주 본격적이라 상당히 듬직하게 느껴졌다. 예전에 멸망한 세상에서 만났던 그녀와 통하는 것이 있었다.

"그렇다면, 같은 이론이 통할지 어떨지는 알 수 없지만 그 게이트를 만들면 돌아갈 수 있는 거 아닐까?"

"아뇨, 그건…."

게이트를 만든 것은 내가 아니라 시노부다, 라는… 해 봤자 소용없는 말을 하려고 하다가, 여기가 거울 속이란 사실을 떠올렸다. 그렇다면 오시노 시노부, 즉 구 키스샷 아세로라오리온 하트언더블레이드는 원래부터 존재하지 않았다는 이야기가 되지 않을까.

하치쿠지 누나를 상대로 시노부의 이름을 꺼내 봤자 '그건 누구야?'라는 반응이 돌아오지 않을까. 하지만 조금 전에 '구 키스샤 아세로라오리온 하트언더블레이드'라고, 조금 남남인 느낌이긴 했지만 시노부의 이름을 말하기는 했었지?

아니, 따지고 보면 역시 이제까지의 내 인생이 부정되어 가는 것 같으니, 이것은 느슨한 전개라고는 말하기 어렵다.

하지만 만일 시노부가 존재하지 않는다면 내가 그 공원에서 하치쿠지와 서로 알게 될 일도 없었을 텐데…. 그 부분의 앞뒤 맞추기는 어떤 식으로 이루어져 있을까.

"앞뒤는."

그렇게.

내 마음속을 꿰뚫어 본 것처럼, 하치쿠지 누나가 말했다.

"맞지 않아도 괜찮을 거야. 이 경우에는."

"……."

"이 경우…라고 할까, 이 세계. 거울 안에 패러독스는 없어. 아니, 오히려 모든 것이 패러독스가 된다고 말하는 편이 좋을지도 몰라."

논리학이지, 라고 말하는 하치쿠지 누나.

하치쿠지의 입에서 논리학이라는 말이 등장하는 것 자체가 하나의 패러독스라는 기분도 들지만, 어쨌든 그녀는 말을 이었다.

"'아라라기 군은 로리콘이다'라는 말은 참이어도, 그것을 반전시킨 '로리콘은 아라라기 군이다', '아라라기 군이 아니면 로리콘이 아니다'라는 말은 거짓이 되는 것처럼, 패러독스도 모순도, 있어도 괜찮은 거야. 물론 뒤집어도 성립하는 명제도 있을 테니까 '모든 것이 패러독스가 된다'란 말은 지나치겠지만, 그래도 기준이 되는 세계에서 온 아라라기 군으로서는 아마 상당수의 일들이 '앞뒤가 맞지 않는' 것처럼 느껴지는 게 아닐까?"

예를 들어, 나는 자각할 수 없지만 아라라기 군이 보기에 나는 상당히 모순에 가득 찬 존재 아니야?

하치쿠지 누나는 그렇게 말했다.

그런 말을 듣고 보면 그야말로 그렇다.

하치쿠지가 스물한 살까지 성장했다면 그때까지는 살아 있다는 이야기가 되는데 11년 전의 사고는 '있었다'는 모양이니, 현인신이라고 해도 그 경우에는 나와 알게 될 기회는 없을 텐데, 나를 알고 있는 분위기다.

모순의 덩어리 같은 누나다.

앞뒤가 하나도 맞지 않는다.

그러면서도… 확실히 존재하고 있다.

…그리고 예시가 너무 잔혹하다.

아라라기 군이 아니면 로리콘이 아니라니, 무슨 소리야.

"앞뒤가 맞지 않아도 괜찮은 세계…. 이러니저러니 해도 상황의 앞뒤 맞추기로 모든 것을 해결해 온 아라라기 군에게는, 느슨하기는커녕 조금 하드한 세계관일지도 모르겠네. 아하하."

"……."

쾌활하게 웃는 것으로 기운을 북돋아 주고 있는지도 모르지만, 하고 있는 말은 그야말로 하드했다.

정보가 부족한 이 상황에서 부지런히 가설을 세우는 것에 얼마나 의미가 있는지는 모르겠지만 굳이 정의해 본다면, 내가 오늘 아침에 그 거울을 보았을 때, 거울 안과 움직임이 연동하지 않게 된 그 순간에 비치고 있던 '세계'가 그냥 반전했던 것뿐이며 역사까지 거슬러 올라가서 반전한 것은 아니다, 라는 정도일까……?

"그런 정도일지도 모르겠네. 그도 그럴 것이, 나는 아라라기 군이 말하는 오시노 시노부 씨, 구 키스샷 아세로라오리온 하트언더블레이드에 대해서 알고 있는걸. **하지만 동시에 이 세계에는 흡혈귀가 없다는 것도 알고 있어**. 존재하지 않는 괴이의 이름을 알고 있으며, 게다가 이렇게 이야기를 해도 그것을 '이상하다'라고 생각하지 않아. '생명을 소중하게'라고 말하면서도 매일 식사를 하는 것처럼, 태연히 모순을 받아들이고 있어. 어느 한쪽이 거짓말인 것도 아니고 말이지."

"……."

모순이 있을 수 있는 세계관.

…작가에게는 꿈같은 세계관이네. 오노노키에게서 그런 딴죽을 받지 않고 넘어갈 수 있다면. …그렇지만 동시에 오히려 복잡할 것 같기도 하다.

오즈마 문제*라고 하던가?

오른쪽과 왼쪽의 차이를 우주인에게 말로 설명하는 어려움이라고 했던가…. 그러나 이 세상에 완전한 구체가 존재하지 않는

※오즈마 문제(The Ozma Problem) : '보편적 물리현상 중, 현상이나 법칙이나 물질에 좌우비대칭성은 존재하는가?'라는 문제. 흔히 '외계인에게 왼쪽과 오른쪽을 올바르게 전달할 수 있는가'로 바꿔 말하기도 한다. 미국의 수학자 마틴 가드너가 당시 외계지적생명체 탐사계획인 '오즈마 프로젝트'에 빗대어 명명했다.

것처럼 엄밀히 말하면 이 세상에는 좌우대칭 같은 것도 존재하지 않을 테니, 내가 아는 세계와 지금 있는 이 거울 세계에서는 모든 것이 어긋나 있다는 이야기가 된다….

“아니, 그런 것도 아니라고 생각해, 아라라기 군. 모든 것이 뒤집혀 있는 것은 아니야. 그래서 성가신 것들이 보다 늘어나 있다고 표현할 수도 있지만.”

“네? 무슨 말씀인가요?”

“예를 들어 카렌의 예를 보면, 모든 것이 ‘반대’가 된다면 ‘여동생’이 아니라 ‘누나’나 ‘남동생’이 되어 있어야 하지 않겠어? 욕실에 없었을 그 애가 욕실에서 나타난 것은 ‘반대’였기 때문일지도 모르지만, 욕실에서 나와서 수건으로 몸을 닦는 것은 지극히 당연한 일이잖아. 이것도 엄밀히 반대가 되려면 수건에 파묻혔다가 그 뒤에 물을 뒤집어써야 한다고 봐.”

“그래야 한다고 보지는 않는데요….”

기행 정도의 소동이 아니다.

아무리 그래도 그런 상황이 되면 나도 그 시점에서 잠자코 있지 못했을 것이다. 카렌이 제정신인지 물어봤을 것이다.

모든 것이 반대가 된 것은 아니다.

그렇다면 ‘무엇’이 반대가 된 거지?

반전되는 기준을 모르겠다. 자전거의 구조나 수도꼭지의 위치, 글자의 반전을 고려하면 경치는 일률적으로 반대가 되어 있는 것 같지만, 캐릭터에 관해서 생각하면….

“아라라기 군의 또 다른 여동생인 츠키히에게 변화가 없다는 것이, 아무래도 한 가지 열쇠가 될 것 같기는 한데…. 지식 쪽은 어떨까? 저기, 아라라기 군. 1 더하기 1은?"

"십진법으로 대답할까요? 2진법으로 대답할까요?"

"헛소리 집어치워라, 꼬맹이. 얼른 대답해."

위협당했다.

연상의 누나에게 위협당했다.

"나는 진지하게 묻고 있으니까, 아라라기 군도 진지하게 대답해 주지 않을래?"

그리고 자상하게 달래 주었다.

사람을 들었다 놨다 해서 정신이 없다.

열 살의 하치쿠지 마요이가 상대였더라면 이 정도의 가벼운 잽부터 시작해서 세 시간 정도는 수다를 떨 수 있었을 것이다. 그러나 뭐, 11년이나 경과했으니 당연한 일이겠지만, 내가 아는 하치쿠지의, 이른바 하치쿠지다움을 이 누나는 이미 벗어 버린 듯하다. 한 번도 '아라라기 군'을 말할 때 혀를 깨물지 않았고 말이야.

오히려 (귓불을) 깨문 것은 내 쪽이었다.

그것에 대해서는 일말의 아쉬움이 있긴 하지만 스물한 살이나 되어서도 그 무렵과 같은 행동을 하고 있다면 진짜 걱정스러우므로 이것은 이것대로.

"……."

아니, 그것도 역시 어쩌면 하치쿠지의 성격이 '반전'되어 있는 부분인지도 모른다. 생각하면 생각할수록 깊은 늪 속에 푹푹 빠져 들어가는 것 같다.

"2예요. 1 더하기 1은."

어쨌든, 나는 깊이 생각하지 않고 대답했다. 부끄럽지만.

"흠. 그러면 100 빼기 50은?"

"50."

"9 곱하기 7, 9 나누기 3은?"

"63, 3."

사칙연산을 하나씩 테스트했다.

산수의 법칙은 어느 지역에서나 반드시 일치한다고 하는데 역시나 이 거울 나라에서도 그런 모양인지,

"응. 그러면 산수 이외에도 질문할게."

라고 마요이 누나는 말했다.

"네, 얼마든지 오세요."

"우선 과학 쪽이 좋을까."

"네, 알겠습니다."

"해마는 무슨 류야?"

"아뇨, 모르겠어요."

조금 더 일반적인 질문을 해 주세요.

"태양계에서 가장 커다란 별은?"

"토성."

"그렇구나. 우리 쪽에서는 태양이지만."

"함정 문제 내지 마!"

"어? 연상의 누나에게 그 말버릇은 뭐니? 나는 아라라기 군을

위해서 여러 가지로 정성을 다하고 있는데."

"……."

껄끄럽네….

사실은 이미 아는 심술쟁이 퀴즈여서 대답이 태양임을 알면서도 열 살의 하치쿠지를 그리워하는 의미에서 걸려들어 보았는데, 전혀 대화가 흥이 나지 않았다.

대화할 때의 연령 차이란 역시 아주 중요하다는 것을 절실히 깨닫게 된다.

"그리고 심술쟁이 퀴즈라고 해도, 우리 쪽에서의 답은 목성이지만 말이야."

"그랬었지!"

일부러 걸려든 데다, 답도 오답이었다. 이래서는 발표를 기다릴 것도 없이 입시 결과도 빤하다.

원래 세계로 돌아가고 싶다는 모티베이션이 깎여 나가는 기분이었다. 아니, 이런 모순투성이의 세계에 뼈를 묻을 생각은 없지만.

그렇다고 해도, 그 후에도 하치쿠지 확인을 계속해 보기로는 지식, 일반 상식 면에서 커다란 차이는 없는 듯하다. '누구누구의 오른팔'이라든가, '오른손이 한 일을 왼손이 모르게 하라' 같은 관용구도 딱히 반대가 되지는 않았다.

내가 보기에는 많은 사람이 왼손잡이가 된 것처럼 보여도, 그것은 '왼손잡이'를 '오른손잡이'라고 말하는 이론인 듯하다. 으음, 그야말로 오즈마 문제다.

"뭐…. 인과관계라고 할까, 물리법칙 쪽까지 뒤집혀 있지는 않다는 것이 다행이네요. '○○을 하면 ××가 된다'라는 읽기나 추리까지 뒤집혀 있으면 앞으로의 대책을 세울 방도도 없죠."

"방심하지 말라니까? 어디까지나 확인한 것들 중에서 그런 거니까. 하지만 너무 주의 깊어도 그것은 그것대로 '역'효과일까."

마요이 누나는 그렇게 말하며 내 머리카락을 쓰다듬어 온다. 어쩐지 스킨십 과잉이네, 이 누나.

한창 나이의 남자로서는 낯간지러운 구석이 있다.

"뭐, 지금까지의 이야기를 일단 정리하기론, 아라라기 군이 원래 세계로 돌아갈 방법은 하나밖에 없어 보이네."

"하나밖에 없다? 갑자기 좁혀졌네요."

좀 더 폭넓은 가능성을 고려해 줬으면 하지만, 그러나 신에게 빌러 왔던 몸으로서는 사치스러운 소릴 하고 있을 수 없다.

생각해 보면 4엔의 새전으로 뻔뻔스럽게 공덕을 입으려 하고 있으니, 잠자코 경청할 수밖에 없을 것이다.

갑자기 다른 세계에 길을 잃고 들어와서 당황스러운 마음이 있는 한편, 이때 나는 불근신하게도 조금 기대가 되기도 했다. 이세계이든 뭐든, 신으로서 신인(신신新神이라고 해야 하나?)인 하치쿠지에게 이것은 첫 업무일 것이다.

경청이라고 할까, 실력을 보여 줬으면 좋겠다.

자아.

하치쿠지 누나는 나를 어떻게 도와주는 걸까?!

…사람은 혼자 알아서 살아날 뿐이라는 신조의 오시노 메메가

들으면 경멸할지도 모를 생각을 한 데 대한 벌이 떨어진 것일까, 그러나 하치쿠지 누나가 이야기한 아이디어는,

"구 키스샷 아세로라오리온 하트언더블레이드에게 게이트를 열어 달라고 할 수밖에 없겠네."

…였다.

"……."

"뭐야, 그 불만스러운 얼굴은? 내가 생각하는 한, 그 괴이살해자는 뭐든지 가능한 반칙 캐릭터였으니까, 거울 나라에 출입구를 만드는 일 정도는 할 수 있을 거 아냐."

"아뇨, 뭐, 그야…. 불가능하지는 않겠지만요."

모르겠다.

시간 이동은 막대한 에너지가 있으면 물리적으로 가능하다는 학설도 없지는 않다…고 하는데, 그러나 물리 수업에서 다른 세계로의 이동을 배우지는 않을 것이다.

그러나 시간 이동도 일종의 세계간 이동이라고 한다면 혹시나 그 귀중종이며 괴이의 왕이며 예외적 존재인 괴이…가 만약 전성기였다면 가능했을지도 모른다, 라는 정도는 말할 수 있다.

전성기의 그 녀석은 마인 부우* 수준으로 뭐든지 가능했으니까.

그러나 그것은 요컨대 유녀 상태인 지금은 도저히 불가능하다

※마인 부우 : 만화 『드래곤볼』의 등장인물. 자유롭게 변신하는 능력 외에도 다양한 능력을 지니고 있다.

는 이야기이겠지만. 그것은 어떻게든 한다고 해도 애초에,

"이 세계에는 시노부가 없잖아요."

라고 나는 다시 한 번 말했다. 그녀의 부재를 고했다.

"거울 나라니까 흡혈귀는 존재할 수 없어요. 어쩌면 시노부의 권속인 저라면 같은 일을 자력으로 할 수 있는 게 아닌가 하고 생각하고 계신지도 모르겠는데, 무리예요. 여기에 제가 있다는 것은 페어링이 끊어져 있는 것에 한없이 가까운 상태일 거예요. 지옥에 떨어졌을 때하고 마찬가지로 시노부와 떨어져 있는 지금, 저는 평범한 인간 같은 존재예요."

"아라라기 군에게 그런 무리한 요구를 하고 있는 게 아니야. 게이트를 여는 것은 어디까지나 구 키스샷 아세로라오리온 하트언더블레이드야."

일일이 풀 네임을 말하는 것치고는 여전히 하치쿠지 누나와는 이야기가 전혀 맞물리지 않았다.

"하, 하지만 그러니까 시노부는 이쪽에는 없…."

"**이쪽**에는 없더라도, **저쪽**에서 열어 달라고 하면 되잖아."

그렇게.

신은 말했다.

"이쪽에 없다는 건 저쪽에 있다는 이야기잖아? 그리고 아라라기 군과 떨어져 있다는 것은 그 전설 씨는 지금 속박에서 해방되어 전성기의 파워를 되찾고 있다는 이야기가 되지 않나?"

"……."

흠잡을 데 없는 명안…이라고는 말하지 않겠다.

세세하게 따져야 하는 조건이 있을 것이다. 그러나 그것은 내가 떠올리지 못했던 기가 막힌 방식임은 확실했다.

내 바람에 착실히 대답해 주었다.

뭐야, 이 녀석.

내가 걱정할 것도 없이, 착실히 신의 업무를 처리하고 있잖아.

"핫핫핫. 이것이야말로 『단 하나뿐인 깔끔한 방법*』이라는 거지. SF 3대 멋진 타이틀 중 하나."

읽은 적은 없지만 말이야, 라고 장난치듯이 말하는 부분에서 흐릿하게 11년 전 하치쿠지의 편린을 보는 것도 가능할 것 같지만.

"…참고로 나머지 두 가지는요?"

"『달은 무자비한 밤의 여왕』하고 『안드로이드는 전기 양의 꿈을 꾸는가』. 양쪽 다 안 읽었어."

"양쪽 다 안 읽은 건가요…."

좀 읽으라고.

내가 처해 있는 현재 상태가 SF인지 판타지인지는 접어 두고, 그러나 한 줄기 광명을 얻은 것은 확실했다. 시노부 쪽에서 게이트를 열어 달라고 한다.

남겨진 시노부가 보기에 내가 어떠한 이변에 휘말린 것 같다

※단 하나뿐인 깔끔한 방법 : 제임스 팁트리 주니어의 1985년 작 소설 제목. 『The Only Neat Thing to Do』.

는 사실은 금방 알아차릴 것이고, 흡혈귀이기에 거울 나라에 들어오는 것은 불가능하더라도, 전성기로 돌아와 있다면 문을 여는 정도는 가능할 것이다.

커지거나 작아지거나를 반복하게 만들어서 요즘 들어서는 정말로 폐만 끼치고 있는데, 이렇게 되면 문제는 어떻게 그 아이디어를 다른 세계에 있는 그 녀석에게 전할까 하는 점이다.

집으로 돌아가서 그 거울을 쿵쿵 두드리면 되는 걸까?

노크하면 되는 걸까?

아니, 그 거울은 이미 평범한 거울로 돌아갔고, 가령 그 거울 자체에 뭔가가 있다고 해도 반드시 시노부가 그 앞에 서 있어 줄 거라고는 할 수 없다….

전성기로 돌아왔다고 한다면 지금의 그 녀석은 거울에 비치지 않을 테니, 굳이 거울을 보지는 않지 않을까. 만약 거울에 빨려 들어가기 직전에 내가 외친 목소리가 전해졌다면 또 다르겠지만.

하지만 그 녀석은 요즘 들어서 말 그대로 커지거나 작아지거나 하느라 지친 것도 사실이니까 말이야…. 그런 이유로 일어나지 않았다고 해도, 그것은 당연한 일이다. 눈을 떠 보니 갑자기 내가 사라졌다면 그냥 혼란스러울 뿐일 테고, 설마 내가 거울 나라의 아라라기(어조 나쁨)가 되었다고는 생각하지 않을 것이다.

그렇게 되면 파워가 너무 강하기에 결코 두뇌파라고는 할 수 없고, 또한 너무 오래 살아온 탓에 멘탈도 완전히 마모되어 있는 그 녀석은 그저 공황상태에 빠질 뿐이라 내 행방의 추적은 불가능할지도 모른다. …이거 난처하게 됐네.

“편지를 써서 책상에 놔두면 그것이 저쪽에 도달하는 일 같은 건 없을까?”

“아뇨, 딱히 저쪽의 움직임과 이쪽의 움직임이 연동하고 있는 것도 아닌 것 같아요…. 끊어졌던 건 어디까지나 그 한순간….”

그런 이야기를 하자면, 어째서 그 순간에 아라라기 가의 세면실 거울이 이세계로 통하는 게이트가 되었는가 하는 의문이 있다.

뭔가 이유가 있는 걸까?

괴이에는 그것에 상응하는 이유가 있다, 라고 전문가는 말했다. 하지만 너무나 뜬금없어서 그것에 필연성이 있었다고는 좀처럼 생각되지 않는다.

우연한 초상현상超常現象으로 그렇게 되었다고 생각하는 편이 그나마 가능성은 높을 것 같다. 이른바 신에 의한 납치, ‘카미카쿠시’라는 건가.

카미카쿠시를 당한 내가 이렇게 신에게 부탁하러 와 있으니 참으로 얄궂은 이야기지만…. 시노부와 연락을 취할 방법이라…. 권속으로서 텔레파시라도 사용할 수 있었다면 손쉬웠겠지만.

“…뭐, 초조해 하지 말고 가자고. 아라라기 군. 금방 목숨이 위험해지는 것도 아니니까 말이야. 알고 있던 모습과 달라진 여동생을 보는 것이 괴롭다면 여기서 묵어도 괜찮아.”

하치쿠지 누나는 배려하듯이 그런 말을 해 주었다. 아니, 뭐,

작은 카렌을 본다고 해서 괴로울 것은 없지만(오히려 조금 재미있다), 그러나 너무 장기전이 되는 것은 솔직히 환영할 수 없다.

만일 대학에 합격했을 경우에는 입학 수속이란 것이 있으니 말이야…. 나는 적어도 앞으로 수 일 내에 돌아가야만 한다.

"아아, 그랬던가…. 공부를 열심히 했었으니까. 그러면…. 으음, 시노부에게 부탁하는 것은 포기하고, 들어왔다던 세면대 앞에서, 다시 한 번 게이트가 열리는 것을 끈기 있게 기다린다…든가?"

"……."

깔끔한 방법이라고는 말할 수 없지만, 그것도 방법이기는 하다. 한 번 일어난 일은 두 번 일어날 수 있다고 생각하고.

다만 그 두 번째가 며칠 이내에 찾아오리라고 단정할 수는 없다. 어쩌면 천년 뒤일지도 모른다는 것이 약점이며, 그 약점은 치명적이다. 하치쿠지 누나가 처음에 제외했던 이유도 알 것 같다.

게다가 현실적으로, 그 세면대 앞에서 마냥 진을 치는 것이 가능할 리도 없다. 그도 그럴 것이, 욕실로 이어지는 그 세면실은 가족 모두가 사용하는 곳이니까.

가족이 목욕을 하고 있는 동안에는 오늘 아침처럼 쫓겨날 것이 뻔하다. 여동생들이 상대라면 어떻게든 버틸 수 있어도, 부모님이 되면 나가지 않을 수가 없다. 그 사이에 게이트가 열릴 가능성도 있으니 작전으로서는 구멍투성이다.

그렇지 않더라도 24시간 내내 세면실에서 눈에 불을 켜고 감시하는 것은 불가능하다. 시노부와 절단되어 평범한 인간 상태인 나는, 식사도 하고 수면도 취해야만 한다, 그런 욕실에 붙박여 있을 수 있겠는가.

뭐, 지쳤을 때에는 곧바로 욕조에 들어갈 수 있다는 장점은 있지만, 그런 장점이 대체 뭐라고….

"아!"

"꺄앗!"

내가 번뜩이는 착상에 소리를 질렀더니, 그것에 놀란 하치쿠지 누나가 아주 귀여운 비명을 질렀다. 그 귀여움에 나도 모르게 얻은 착상을 잊어버릴 뻔했지만(떠올려 보면 소녀시절의 하치쿠지로부터는 '갸악~!' 하는 비명밖에 들은 적이 없었다), 아슬아슬하게 새끼손가락 하나, 착상의 꼬리를 놓치지 않았다.

"왜, 왜 그래? 아라라기 군. 갑자기 큰 소리를 지르고."

"칸바루의 집이에요."

그렇게.

나는 서론도 풀어놓지 않고 몰아치듯 설명했다.

"칸바루의 집에 있는 노송나무 목욕탕이, 분명…."

007

요컨대 주술 같은 것이다.

그것도 초등학교 여학생이 할 만한 하찮을 것 없는 주술. 척 보기에도 역사가 길어 보이는 칸바루 가이니, 그런 전승 하나둘쯤 이야 오히려 없는 쪽이 이상하다.

들은 지 벌써 1년 가까이 되어서 나도 똑똑히 기억나지는 않지만, 그것은 분명 이런 이야기였다. 그 녀석의 집에 있는 노송나무 목욕탕, 그 욕조의 수면에는 때때로 장래에 맺어질 이성의 모습이 비친다느니 뭐라느니 하는.

눈치 없는 딴죽을 걸기도 꺼려질 정도로 귀여운 구전이어서 그런 것에서 구원의 길을 찾는 것은 좀 뭐하다고 나도 생각하지만…. 그러나 그 전승에 칸바루 스루가의 어머니, 그리고 가엔 이즈코의 언니인 가엔 토오에가 얽히게 되면 이야기는 달랐다.

양상은 완전히 달라진다.

이미 고인이지만, 그녀가 스토리 라인에 얽히게 되면 이야기는 그때까지와는 완전히 형태를 달리한다. 실제로 내가 고교생활에서 경험했던 괴이담의 절반 이상에는 어떠한 형태로든 그녀가 얽혀 있었다고 해도 과언이 아닌 것이다.

그 구전 자체는 칸바루 가의 그것이어도, 예전에 칸바루의 아버지가 가엔 토오에의 모습을 그 수면에서 본 적이 있었다면 그 목욕탕에는 '뭔가'가 있다고 봐도 좋을 것이다.

뭔가.

적어도 시험해 볼 가치는 있다.

도라에몽 시리즈 중 〈진구와 철인병단〉에서는 진구가 이슬이네 집의 욕실을 출입구로 삼고 있었다. 그러나 칸바루의 집 욕실이 원래 세계로 이어지는 게이트가 되는 게 아닐까 하는 것은 너무 큰 기대라고 해도… 어쩌면 연락을 취할 통화구 정도는 될 수 있지 않을까?

그 수면을 들여다보았을 때, 그곳에 나 이외의 누군가가 비친다면 메시지를 전할 수 있지 않을까 하고….

장래에 맺어질 상대가 비친다고 한다면 꼭 히타기가 비쳐 줬으면 하지만, 파트너라는 의미에서는 오히려 시노부가 그곳에 비칠지도 모른다. 그렇게 되면 이야기는 빠르다.

물론 아무도 비치지 않을지도 모른다.

수면에 자신의 얼빠진 얼굴이 비치는 것으로 끝일지도 모른다. 다만 자기 집 세면대를 계속 바라보는 것보다야 어느 정도 생산적인 아이디어일 것이다.

"응, 그러면 아라라기 군은 스루가짱의 집을 방문해 봐. 나는 나대로, 만일을 위해서 다른 짚이는 곳을 찾아볼게. 더 이상 내가 낼 수 있는 아이디어는 없지만, 다른 신이라면 또 다른 아이디어가 있을지도 모르니까."

하치쿠지 누나도 그렇게 찬성해 주었다. 신의 네트워크까지 동원해 줄 줄이야. 이야, 정말 성장했건 이세계이건, 하치쿠지는 좋은 녀석이다.

다만 칸바루 녀석, 이 거울 나라에서는 하치쿠지에게 스루가짱이라고 불리고 있구나…. 뭐, 나이 차이로 봐서는 정상이겠지만, 정말로 앞뒤 맞추기 같은 건 신경 안 쓰고 있네….

그리하여 나는 산을 내려와서 혼자 칸바루의 집을 향해 BMX를 몰았다. 그렇게 먼 거리도 아니므로 목적지에 금방 도착했다.
좌우 반대가 되어 있다고 인식을 하고 났더니, 자전거를 타는 것에도 슬슬 익숙해지기 시작했다. 좌우가 반전된 풍경도 눈에 익기 시작하는 것을 보면, 인간이란 무엇에든 익숙해져 버리는 듯하다.
다만 거울 나라에 익숙해져 버렸다간, 원래 세계로 돌아갔을 때에 성가셔진다. 거울 문자밖에 쓸 수 없게 되어 버려서 닉네임이 레오나르도 다 빈치가 되어 버릴 거라고.
만능천재라고 불리면 어떡해.
부끄러워진다.
칸바루 가.
그렇다기보다 차라리 '칸바루 저택'이라고 부르고 싶을 정도로 훌륭한 일본식 저택이다. 일설에 의하면 텔레비전이 열한 대 정도 있다고 한다.
나는 한 달에 두 번 꼴로 칸바루의 방을 정리하기 위해서 이 '저택' 안에 들어가고 있는데(그 노송나무 욕실도 몇 번인가 사용해 봤다. 그랬기 때문에 아슬아슬하게 기억이 났다), 이렇게 문 앞에 설 때마다 위축된다.
인간에겐 익숙해지지 않는 것도 있다는 이야기일까. 물론 문도 좌우가 바뀌어 있어서, 인터폰도 반대쪽에 붙어 있었다.
반대.
완전히 거울 세계다.
사정을 설명하기는 어렵지만, 그렇다고 남의 집 욕실에 멋대로 들어갈 수도 없으므로(아무리 훤히 아는 남의 집이라고 해도) 칸바루의 허가를 받고 싶은데…. 그러나 막상 인터폰을 누르려는 단계가 되어도 나는 여전히 위축되어 있었다.

허가를 받으려고 해도, 가만히 생각해 보면 이 거울 나라에서의 칸바루 스루가는 내가 아는 칸바루 스루가와 전혀 다른 캐릭터일지도 모르겠네….

이제까지의 통계를 보기로는, 츠키히처럼 변화가 없는 케이스 쪽은 소수파 같고. 절친한 사이의 칸바루에게 부탁하는 것이라 별 부담도 없이 여기까지 와 버렸는데(난감한 선배다), 이 세계관 속에서 칸바루가 그렇게 깔끔한, 내가 곤란에 처해 있으면 언제든 구하러 와 줄 만한, 의협심 넘치는 녀석이라고 단정할 수만은 없는 것이다.

"아라라기 선배는 존경하고 있습니다만, 욕실을 쓰게 해 주거나 할 생각은 없습니다."

…라든가.

그렇게 감정 없이 이야기해 버릴 우려도 있다. 칸바루에게 그런 말을 들었다간, 머리로는 이세계의 일이라고 알고 있더라도 충격에서 재기하지 못할 거라고.

평생 마음속에 남아 있게 될 거라고.

그런 생각이 들자 인터폰을 누르는 손가락이 멈춰 버렸다. 하지만 거기서 나는,

"훗."

하고 웃었다. 뭘 그렇게 쓸데없는 걱정을 하는 거야, 나는.

츠키히 이외의 그녀들, 카렌이나 오노노키나 하치쿠지 누나는 확실히 내가 알던 그녀들과는 달랐다. 하지만 그녀들의 근본적인 인간성까지 변하지는 않지 않았는가.

성장한 모습이 되었어도, 지금도 하치쿠지는 나를 위해서 움직여 주고 있다. 표정이 풍부해져서 성격의 고약함이 드러난 오노노키도, 원래대로라고 말하면 원래대로다.

반전하든 역전하든, 그녀들은 그녀들이 아닌가. 칸바루도 분명 그럴 것이 틀림없다.

그 정도의 신뢰관계는 있다고 생각한다.

그리고 어째서 일부러 부정적으로 생각하지? 오히려 칸바루의 '이건 좀 그런데~'라고 생각하던 요소들이 반전되어 사라졌을지도 모르지 않은가.

야하지 않은 칸바루 스루가.

마조히스트가 아닌 칸바루 스루가.

여러모로 반듯한 칸바루 스루가.

문학만을 즐기고, 속옷을 제대로 챙겨 입고, 조용히 길을 걷고, 재능 없는 이에게 자상하고, 낯가림하는 상대에게 마구 들이대지 않고, 늘 조신한 칸바루 스루가. 누구야, 그거? 라는 이야기가 되지만.

그러나 보이시한 칸바루를 좋아하는 나였지만, 이런 기회가 아니면 볼 수 없을, 얌전하게 행동하는 그녀의 모습도 봐 두고 싶었다.

그렇게 생각하면 오히려 기대되기도 한다.

대체 칸바루 스루가는 과연 어떤 칸바루 스루가일까. 그렇지, 너무 생각이 많으면 재미없다.

나는 추리력 같은 게 있으니까 깜빡 맞혀 버릴지도 모르고.

요즘 들어서는 계속 시리어스한 싸움만이 이어지고 있었으니, 이런 느슨한 전개를 즐길 정도의 마음의 여유가 필요하다.

이세계로 워프해 버렸다는, 생각해 보면 말도 안 되는 상황을 겪고 있지만, 이런 핀치를 즐길 수 있는 도량을 가진 남자가 되도록 하자. 총탄이 어지러이 날아다니는 와중에도 농담을 할 수 있을 만한.

우주해적 코브라를 지향하는 것이다.

그렇게 결의하고 나는 사이코 건*으로, 가 아니라 평범한 손가락이었지만, 칸바루 가의 인터폰을 눌렀다. …눌렀다, 고 생각한다.

다만.

밀려 나와 버렸다.

"……?!"

찰나.

물론 무슨 일이 일어났는지는 알 수 없었다. 그야 당연하다. 인터폰 버튼이 밀려 나온다는 경험을 한 사람이 현대 일본에 있을까? 어느 시대의 어느 세계라도 없겠지만, 그러나 나도 지금까지 장난으로 수많은 역경을 거쳐 온 것은 아니다.

※사이코 건 : 〈우주해적 코브라〉의 주인공인 코브라가 왼팔에 장착하고 있는 주 무기.

저 명작 『유유백서』의 캐치프레이즈로 말하자면 '겉멋으로 저 세상은 볼 수 없다고!'다.

전투능력은 전혀라고 해도 좋을 정도로 지니고 있지 않지만, 위기회피능력, 있는 그대로 말하자면 도주 스킬에 대해서는 범상치 않다고 자부하고 있다.

자부하고 있다고 할까, 그냥 부전승을 바라는 것뿐이지만, 어쨌든 이때 곧바로 뒤로 뛸 정도의 재치는 발휘할 수 있었다. 그러지 않았더라면 분명 오른손 검지가 눌려서 삘 참이었다.

아니, 삐는 정도로 끝나겠냐.

골절, 그것도 분쇄골절이다.

왜냐하면 내 손가락을 밀어낸 것은, 엄밀히 말하면 인터폰 자체가 아니라 그 뒤에 있는 문기둥이었기 때문이다. 아니, 문기둥도 아니다.

인터폰도 문기둥도, 정확히는 그냥 '부서진' 것뿐이다. 안쪽에서 가해진 압력에 의해서.

그리고 산산조각 난 문 너머에서 뻗어 나온 것은… '주먹'이었다.

"아…."

본래, 인간의 시력으로 포착할 수 있을 만한 속도가 아닌 그 '주먹'을 내가 인식할 수 있었던 것은, 그 '정체'를 알고 있었기 때문일 것이다.

주먹. ……손.

그 '원숭이의 손'을 알고 있었기 때문에.

"아아!"

말해 두겠는데, 이건 내 비명은 아니다.

솔직히, 말문이 막힌 나머지 나는 비명을 지를 수도 없었다. 요컨대 이것은 '원숭이의 손'과 함께 문 안쪽에서 등장한 '그녀'가 외친 소리다.

외친 소리이자… 울음소리.

"레…."

간신히, 나는 입을 떼었다.

대문을 박살 내고 등장한, 비도 내리지 않는 화창한 날인데도 후드를 뒤집어쓴 레인코트에 장화 차림을 한 '그녀'의 이름을.

"**레이니 데빌**!"

아니.

그래도 나는 불러야 했던 걸까.

'그녀'를 칸바루 스루가, 라고.

"아…아아아아아아아아아아아아아아아아아아아아아아아아아아아아아아아아아아아아아아!"

포효하는 레이니 데빌. 혹은 칸바루 스루가.

그리고 옛날에 그랬던 것처럼, 그녀는 말한다.

"미… 미워…."

"……!"

목욕탕 이야기를 하고 있을 상황이 아니다.

오히려 이대로라면, 내가 피로 목욕을 하게 될 것 같다, 라고 그다지 재치 없는 소릴 하고서 나는 BMX에 올라탔다. 어떻게 이럴 수가.

뭐가 느슨한 기획이냐, 웃기지 마!

이런 한낮부터 말도 안 되는, 엄청나게 데인저러스한 괴이가 출현했잖아. 내가 작년 5월, 이 원숭이 악마에게 대체 얼마나 두들겨 맞았는지 알기는 하는 거야?

그때 아끼던 자전거도 한 대 잃었다. 빌린 BMX를 잃으면서까지 재현할 수는 없다며 나는 페달을 밟았다.

쏜살같이 달아나는 거다. …빌어먹을!

뭐 이딴 세계관이 다 있어!

하필이면 칸바루 스루가가 '반전'하는 것으로 인해 그 레이니 데빌이 다시 등장하다니….

"미…."

등 뒤에서, 멀어졌을 목소리가,

"…미워미워미워미워미워미워미워미워미워!"

라며 다가온다.

돌아보면 안 된다, 앞으로 나아가는 데 전념해야 한다고 머리로는 알고 있어도, 자기도 모르게 공포심 때문에 돌아보게 된다. 그리고 당연히, 보지 말 걸 그랬다고 생각했다.

이른바, 벽 타고 달리기.

레이니 데빌은 칸바루 저택을 둘러싸고 있는 벽을 직각으로 달리면서 나와 BMX를 쫓아오고 있었다. '그녀'가 한 걸음 내딛을 때마다 으깨져서, 파괴된 그 하얀 벽은 마치 밀가루처럼 부스러져 간다.

무시무시한 파워 계열 캐릭터.

위안이 있다고 한다면, 그녀는 지금 장화라는 점일까. 러닝용 스니커보다는 속도가 오르지 않는다.

다만 좌우가 뒤바뀐 BMX의 전속력보다는 그래도 빠른지, 양자의 거리는 점점 줄어들기 시작한다. 큰일이다, 시노부와의 페어링이 끊어진 상태라 흡혈귀성을 갖지 않은 지금의 나에게는 저 '원숭이의 손'의 일격을 견딜 수 있을 만한 터프함은 전무하다.

이대로라면 나는 대학 입시의 결과도 알지 못한 채로 영문 모를 이세계에서 목숨을 잃게 된다. 정말이지, 앞뒤가 안 맞는 것에도 정도가 있잖아! 칸바루는 레이니 데빌인 채로 어떻게 오늘까지 일상생활을 보내 왔던 거냐고. 하치쿠지 누나도 이 칸바루를 '스루가짱'이라고 불렀던 거야?!

화풀이하듯이 마구 내뱉으면서 나는 핸들을 꺾는다. 이 속도로 방향을 트는 것은 몹시 어려운 일이지만, 벽을 달리는 칸바루로부터 멀어지듯이 돌면 곧바로 따라오지는 못할 것이라고 짐작했다.

다행히 BMX는 이런 아크로배틱한 움직임에 적합한 자전거다. 직선 속도에서 뒤지는 이상, 이쪽은 곡예로 대항하는 수밖에 없다.

…고 생각했는데, 얕은 생각이었다.

잘못 생각하고 있었다.

칸바루 스루가의 '각력'의 본질은 사실 스피드가 아니라 점프력임을, 나는 알고 있었을 텐데. 커브를 도는 나를 뒤쫓듯이, 레이니 데빌은 칸바루 가의 벽을 '차서', 지면에 대해 평행으로 '뛰어오르기'를 하며… 어디까지나 직선적으로 나를 뒤쫓아 왔다.

시점을 바꾸면, 수직 뛰기다.

나란히 달린다… 추월당했다.

"미워…!"

증폭되는 혐오를.

한껏 담아서, 내 앞쪽까지 '점프'한 칸바루 스루가는, 공중에 떠 있는 채로 주먹 형태를 한 그 왼손을 나에게 휘둘렀다. …왼손?

어라?

브레이크를 잡는 것도 잊고, 혹은 핸들에서 손을 떼어서 자신의 급소를 가드하는 것도 잊고, 나는 어안이 벙벙해졌다. …**왼손이라고**?

아니, 확실히 그랬다.

칸바루가 예전에 빌었던 원숭이의 손은 '왼손'이었다. 본래 전해지는 '원숭이 손'은 오른손이었지만, 그녀의 어머니인 가엔 토오에가 딸에게 남긴 유품은 어쨌든 '왼손'이었다.

그래서 칸바루는 늘 왼팔에 붕대를 감고 있었고, 그 아래에는 괴이에 소원을 빈 대가인 털북숭이 짐승의 손이 있었다.

레이니 데빌이 되었을 때도 그랬다. 레인코트와 장화로 몸을 감싼 그녀의 '왼팔'이 내 몸과 내 마운틴바이크를 파괴했던 것이다.

그 인상이 너무 강렬해서 지금까지 깨닫지 못하고 있었는데…. 아니, 이상하잖아? 이 '거울 나라'에서는 칸바루 스루가가 반전되어 레이니 데빌이 되어 있다는 것은… 뭐, 납득한다고 치자. 하지만 그렇다면 그 칸바루의 '원숭이 손'은 오른손이어야 하지 않을까?

오른손과 왼손.

거울은 좌우가 반전되니까.

원래가 왼손이라면.

반전되어 오른손이 되어야 한다.

"…미, 워! 어어어어어! 미워미워미워미워미워미워미워미워…!"

…생각할 수 있었던 것은 거기까지였다.

도플러 효과인지, 서서히 파탄 나기 시작한 칸바루의 포효를 들으면서 나는 스스로 그 불가해한 '왼손'에 달려들었다. 대문을 산산조각으로 박살 낸 그 파괴력은, 내 몸통을 점토공예라도 하듯이 간단히 부숴 버릴 것이다.

"핫……."

웃어 버렸다.

이거야 원. 그만큼이나 오기에게 괴롭힘을 당했는데도, 나란 녀석은 정말이지 어쩔 도리가 없다. 이 마당에 와서.

칸바루 스루가.

죽는 것은 싫었지만, 뭐, 너에게 죽는 것은 나쁘지 않을까, 하고… 그런 생각을 해 버렸다. 정말이지, 웃어 버릴 정도로, 울어 버릴 정도로 아라라기 코요미는 구제불능이다.

네 말대로야, 오기.

하지만 말이지, 설령 이 마당에 와서도 설령 이세계에서도 칸바루 스루가라는 후배는 나에게 어쩐지 미워할 수 없는 녀석이라고.

“미워미워미워미워미워미워미워미워미워미워미워미워미워미워미워미워….” “…냐하하하하하하하!”

그렇게.

그때, 원숭이의 울음소리에 고양이의 울음소리가 겹쳐졌다.

그리고 뭔가가, 나를 자전거째로 낚아챘다.

008

사바나에서 육식동물이 사냥감을 낚아채듯, 이었다고 생각한다. 낚아채인 내가 보기에는 칸바루의 왼손이 내 심장부에 파고들기 직전에 아슬아슬하게 옆에서 낚아채 갔다는 느낌이지만, 그것을 해낸 장본인이 보기에는 콧노래를 섞어 가며 여유롭게, 한눈을 팔면서 했던 가로채기였을 것이다.

장본인이라고 할까… 초超본인이라고 할까.

혹은 평범한 한 마리의 고양이라고 말해도 좋겠지만. 어쨌든 자전거 주행 중에 옆에서 받은 충격, 그 어지러움에서 정신을 차리고 보니, 나는 전혀 다른 장소에 있었다.

내가 전혀 다른 장소에 있었다.

전혀 다른 장소로 납치되어 있었다. 그러나 낯이 익은 장소였다. 그것은 어디까지나 좌우가 반전되어 있는 점을 포함하지 않을 경우의 이야기였지만. 여기는.

여기는 시로헤비 공원이었다.

얼마 전에야 간신히 바르게 읽는 법을 알게 된, 나에게 아주 친숙한 공원. 그 광장에 나는 큰대자로 누워 있었다.

그 옆에서는 달그락달그락하고 BMX의 바퀴가 돌아가고 있다. 다행이다, 오기의 자전거도 일단 무사해 보인다.

하지만 자전거야 어쨌든, 나는 무사하다고 하기 어려웠다. 아니, 딱히 칸바루의 주먹이 스쳤다든가 하는 이야기가 아니다. 상처는 없다. 하지만 전신을 뒤덮는 이 무시무시한 피로감.

레이니 데빌의 추격으로부터 도망치기 위해 자전거 페달을 전력을 다해 밟았던 탓…도 아니다. 아무리 그래도 그렇게까지 허약하지는 않다.

그런 것이 아니라, 이것은 낚아채였을 때에 '흡수'당한 결과였다. 그렇다, 고양이의.

사와리네코라는 괴이의 특성. 에너지 드레인이다.

"냐하하하하…."

그렇게.

자전거와는 반대편, 오른쪽이라고 해야 할지 왼쪽이라고 해야 할지는 잘 모르겠지만, 우선 내가 봐서 내 감각적으로 오른쪽에 네 발을 짚은 자세로 우습다는 듯이 이쪽을 보고 있는 것은…… 지금은 젠체할 필요도 없을 것이다.

블랙 하네카와다.

"……."

극심한 피로에도 안구 정도는 움직일 수 있어서, 나는 그녀의 모습을 확인한다. 등 뒤까지 기른 새하얀 머리카락에 커다란 고양이 귀.

그리고 속옷 차림.

의외로 실존을 확인하기는 어려운 물방울무늬, 그것도 스트랩리스 브래지어에, 큼직한 프릴에 앞뒤가 장식된 백색과 흑색 줄무늬, 두꺼운 바탕천의 팬티였다. 위아래가 어긋나 있는 부분에서 위아래가 한 짝을 이룰 때와는 다른 맛이 있다…. 아니, 속옷 종류를 세세히 묘사하고 있을 상황이 아니라.

이 블랙 하네카와는 어떻게 표현해야 좋을까…. 가장 초기 디자인의 블랙 하네카와? 학교 축제 전의 블랙 하네카와도 여름방학이 끝난 직후의 블랙 하네카와도 아니라, 골든 위크의 악몽 때의, 가장 흉포해서 손댈 수 없었던 무렵의 블랙 하네카와….

그렇게 인식하자 그녀 앞에서 이렇게 큰대자로 뒹굴고 있는 상태는 몹시 위험하다는 것을 깨닫는다. 도마 위의 생선 꼴이라고 할까, 고양이에게 희롱당하는 쥐새끼 꼴이다.

레이니 데빌의 추격으로부터는 도망칠 수 있었던 듯하지만, 그러나 위기는 전혀 사라지지 않았다.

"그리고, 고양이 앞에서 고민하다니, 말장난으로서도 수준이 너무 낮아…."

"냐하하하하하!"

…그러나 웃음의 비등점이 낮은 블랙 하네카와는 내 말에 대폭소했다. 그 하네카와의 몸으로, 속옷 차림으로, 벌러덩 자빠져서 폭소하지 말아 주시겠습니까….

"아니, 재미있다냐, 인간. 정말로 하이센스다냐, 너."

그렇게.

한바탕 웃고 난 뒤에 블랙 하네카와는 일어서서, 드러누운 나를 내려다보았다. 하네카와의 가슴 사이즈로 그런 행동을 하면 이쪽에서는 얼굴이 보이지 않는데….

"그런데 아직 감사 인사를 듣지는 못했는데냐? 고맙습니다, 정도는 말하는 게 어떠냐옹?"

"……."

나는 한순간 주저한 뒤에,

"…고맙습니다."

라고 말했다. 뭐, 구해 준 것은 분명한 사실이니 말이야. 설령 어떠한 의도가 있고, 이후에 내가 어떤 꼴을 당하게 되더라도.

어쩐지 이 시점에서라면 두 가슴에 감사 인사를 하고 있는 것 같은 구도이지만….

"냐하하하. 감사 인사를 들을 정도는 아니다냐."

인사를 강요해 놓고, 기쁜 듯이 그런 소릴 하는 블랙 하네카와. 이것에 대해서는 성격이 나쁜 게 아니라 머리가 나쁜 것이다.

아무래도 내가 아는 블랙 하네카와하고 지능 레벨은 다르지 않은 듯하다. 그것을 어떻게 판단하면 좋을지는 알 수 없다

블랙 하네카와의 경우에 머리가 나쁘다는 것은, 파고들 수 있는 빈틈이라기보다는 설명을 요구해도 소용없다는 천연의 요새이니 말이야….

어프로치 방법을 모르겠다.

“그렇다기보다, 언제까지 누워 있을 셈이냐, 인간. 건드렸을 때에 에너지 드레인을 했다고 해도, 단 한순간일 뿐이다냐. 대단한 대미지는 입지 않았을 것이다냥.”

“…….”

진심으로 하는 소리라면 말이지, 고양이야. 너는 목측을 잘못하고 있어…. 나는 딱히 너를 방심시키려고 드러누워 있는 게 아니라, 말 그대로 손가락 하나 까딱할 수 없는 거라고….

본성을 숨기고 있던 하네카와는 나를 몹시 과대평가하고 있었는데, 그 부분은 실은 블랙 하네카와도 공통되어 있는 듯했다.

하지만 육체적으로는 몰라도 정신, 머릿속 쪽은 상당히 맑아져 있었다. 이건 블랙화化해 있다고는 해도 가까이에 하네카와 츠바사가 속옷 차림으로 서 있다는 사실에서 얻은 은혜라고 할 수 있을 것이다.

에너지 드레인이 아닌 에너지 인젝트…. 하지만 맑아짐으로

인해 뇌내에 난무하는 것은 느낌표가 아닌 물음표였다.

"블랙 하네카와! 어째서 네가 여기에!"

…가 아니라,

"블랙 하네카와? 어째서 네가 여기에?"

였다. ……?????

아니, 하지만 이상하잖아?

블랙 하네카와는 그때, 여름방학이 끝난 직후의 그때, 하네카와 츠바사의 마음속에 받아들여지고, 그것으로 영원히 소멸했을 텐데.

어디 보자, 잠깐, 잠깐….

모든 의미에서 이 상황에서 냉정해지는 것은 어렵지만, 순당하게 생각하면 칸바루 스루가의 반전된 모습이 레이니 데빌이었던 것처럼 하네카와 츠바사의 반전된 모습이 블랙 하네카와라고 생각해야 한다…고 생각되는데.

그렇지만, 그러나.

애초에 하네카와는 해외로 여행을 떠난 거 아니었나?

그런 '사실'조차 이 '거울 나라'에서는 반전되어 있는 것일까. 응, 그것도 충분히 생각할 수 있는 일이다.

뭐든지 가능하고, 뭐든지 생각할 수 있고, 모순되어도 괜찮은 세계….

"냐하하. 여러 가지로 생각하는 모양이구냐, 인간. 하지만 너는 너무 생각이 많다냥. 있는 그대로를, 보이는 그대로를 받아들이면 그걸로 족할 텐데 말이다냐."

"…보이는 그대로를."

블랙 하네카와의 말을 의미도 없이 반복하면서, 나는 그녀를 올려다본다. 올려다봤다고 생각했지만, 눈에 들어오는 것은 역시 거대한 밑가슴뿐이었다.

이런 '보이는 그대로'를 받아들여서 어쩌라는 거야.

조금 더 떨어진 위치에 서 주지 않으면 진지한 분위기는 될 수 없을 거라고 생각했지만, 그러나 그때 나는 깨달았다. 아니, 깨닫고 보니 지금까지 깨닫지 못했던 것이 이상할 정도였다.

별난 디자인의 브래지어에 정신이 팔렸던 것 따윈 아무런 변명도 되지 않는다. 이것은 하네카와 츠바사의 신봉자로서 부끄러워해야 할 일이었다.

아니, 보통은 그것이 정답이었으므로 여기서 지나치게 반성하는 것은 결코 미래로는 이어지지 않지만. …가슴.

가슴이다.

블랙 하네카와, 즉 하네카와 츠바사의 유방. 그것을 한 묶음으로 파악하는 게 아니라, 왼쪽 유방과 오른쪽 유방을 구분해서 관찰했을 때, 오른쪽 유방 쪽이 약간 크다.

보통은 심장이 왼쪽에 있는 관계상, 여성은 왼쪽 가슴 쪽이 발달하기 쉽다고 하는데, 아마도 공부하느라 주로 쓰는 팔만 혹사하기 때문인지, 하네카와는 오른쪽 가슴 쪽이 왼쪽 가슴보다 한층 크다. 극히 약간의 차이이지만 내 눈은 단춧구멍이 아니다.

이런 것을 하네카와에게 말했다간 내 눈을 말 그대로 단춧구멍으로 만들어 버릴지도 모르지만, 그것은 제쳐 두고, 그 좌우 차이가 지금은 **그대로**였다. '거울 나라'임에도 불구하고.

칸바루의 '왼손'과 마찬가지로.

반전되지 않았다. 역전되지 않았다.

"잠깐, 잠깐. 당황하지 마…. 보고 인식하는 것에는 한계가 있어. 이 불안함을 안정시키려면 불안함의 근원인 가슴을 만져서 확인하지 않고서는 확실한 건 말할 수 없어."

"너, 지금 컨디션으로 냐의 가슴을 만지거나 했다간 진짜로 죽는다냐. 진짜 가슴 소동이 날 거다옹."

그렇게 말하며 블랙 하네카와는 한 걸음 뒤로 물러섰다. 간신히 그 얼굴이 똑똑히 보였다.

"……."

조금 안심했다.

왜냐하면 온화한 얼굴이었다.

디자인은 흉포하며 흉악했던 골든 위크 때의 블랙 하네카와였지만, 그러나 그 분위기는 여름방학 직후의 블랙 하네카와에 가장 가까운 듯했다.

그 부분도 들쭉날쭉하다는 건가….

앞뒤가 맞지 않는 느낌이지만.

그렇다면 순수하게, 그녀가 구해 주었다고 생각해도 되는 걸까….

"…저기 말이야, 블랙 하네카와."

나는 말했다.

간신히 혀가 돌아갈 정도로 회복되었다.

"한 가지, 질문에 대답해 줄래?"

"좋다냐. 내가 대답할 수 있는 것이라면."

"네 경우에는 그 서두가 진짜이니 말이지…. 어디 보자. 확인하고 싶은데, 여기는 '거울 세계'라고 봐도 되는 거지?"

그러자 블랙 하네카와는,

"글쎄다옹."

이라며 속내를 감추듯 웃었다.

"대답할 수 없는 것은 아니지만…. 그래도 이 세계의 주민인 냐에게 물어봐도 네가 원하는 답을 얻을 수 있을 것 같지 않은 질문이다냐. 내가 무슨 소리를 하더라도 아무것도 증명할 수 있을 것 같지 않다냐."

"……."

"그러니까 그 질문에는 대답할 수 없지만, 대신 한 가지 충고를 해 두겠다냥. 저 원숭이의 집에는 다가가지 말라냐. 네가 무슨 생각으로 저 집을 찾아갔는지는 상상이 가지만, 저 '원숭이 손'을 네가 지나갈 수는 없다냥."

그것은 해 줄 필요도 없는 충고였다.

그러나 들어 버림으로써 물음표의 수는 더욱 늘었다. 내가 무슨 생각으로 칸바루 가를 찾아가려고 했는가, 그것을 어떻게 알고 블랙 하네카와가 '상상이 간다'라고 말하는 거지?

그야말로 이 세상의 주민인 블랙 하네카와가….

"…충고는 기각하겠어, 블랙 하네카와."

"충고란 기각할 수 있는 것이었던 거냐옹?"

“나는 무슨 일이 있어도 칸바루의 집에 있는 욕실에 들어가야만 해.”

“그 부분만 잘라 내서 보면 상당히 수수께끼의 대사다냥.”

“그러니까 질문을 바꾸겠어. 블랙 하네카와. 너는 대체 **누구의 부탁을 받고** 나를 구해 준 거야?”

“이보라냥. 왜 누군가에게 부탁받았다고 단정하냐옹?”

“…….”

그렇게 질문해 오자 근거는 없었다.

엉뚱한 소리를 한 기분이 들었다.

다만 이 블랙 하네카와가 어느 시대의 블랙 하네카와이든, 이 녀석이 나를 적극적으로 구하는 일은 역시 있을 수 없다고 생각했던 것뿐이다. 만일 그런 일이 있다면 누군가의 의도가 얽혀 있지 않을까.

“냐하하. 그 질문도 그냥 넘어가겠다냥. 그리고 거부당한 어드바이스 대신, 추가 어드바이스를 해 주겠다냥. 이거라면 받아들일 거라고 본다냐. 무슨 일이 있더라도 저 집에 들어갈 필요가 있다고 한다면, 혼자서는 안된다냐. 파트너와 함께 가라냐.”

“파트너…?”

“어이쿠, 냐에게 기대하지는 마라옹. 아시다시피, 냐는 너를 몹시 싫어하니까. 아라라기 코요미.”

그렇게.

블랙 하네카와는 내 이름을 말했다.

기억하기론, 괴이인 그녀가 나라는 인간의 이름을 말한 것은 이번이 처음이었다. 이쪽 세계관에서는 그것이 당연한지도 모르지만.

"고양이… 아니, 하네카와. 알려 줘. 너는 대체… 뭘 알고 있는 거야?"

"뭐든지는 모른다냐, 알고 있는 것만이다냥."

냐하하하하, 하고.

결국 나의 질문에는 하나도 대답하지 않고, 내가 회복되기를 기다리지 않고.

그런 느낌으로 블랙 하네카와는 시로헤비 공원을 떠나갔다. 한순간 눈이 맞은 뒤의 들고양이처럼, 재빨리 떠나갔다.

009

생각을 조금 바꿔야만 한다.

인식을 새로이 해야만 한다.

그런 짓을 하고 있다간, 또 생각이 너무 많다며 블랙 하네카와에게 비웃음을 받을지도 모르지만, 그러나 그 녀석 정도로 생각하지 않는 것은 나에게 불가능한 일이다. 생각해 버린다. 흡혈귀로서의 스킬을 사용할 수 없는 현재 상태의 내가 할 수 있는 일은, 기껏해야 생각하는 것뿐이니까.

하치쿠지 마요이 대명신에게 '이곳'이 거울 속이라고 들었을 때, 나는 깜짝 놀라면서도 그것을 받아들였는데, 아무래도 단순히 그렇다고 단언할 수는 없게 되기 시작했다.

칸바루의 왼손.

하네카와의 오른쪽 가슴.

…에 대해서만 말하고 있는 것이 아니다. 내가 연달아 조우했던 그 두 사람이 '반전'한 모습은 이제까지의 사례와는 일선을 달리하는 느낌이 있었다.

그렇다기보다, 괴이화되어 있잖아.

괴이였잖아.

뭐냐고, 그건.

원숭이에 고양이.

레이니 데빌에 블랙 하네카와. 게다가, 그렇다, 역시 츠키히 쪽이 이상하다.

이제까지 만난 사람 중에서 아라라기 츠키히만 이변이 없는 것은 무슨 이유일까…?

젠장, 이렇게 되고 보니 나의 넓지 않은 인간관계라고 할까, 지인이 적은 것이 원망스럽다. 예를 들어 길을 가는 사람들을 봐도, 그 사람들의 원래 모습을 모르니까 어떻게 변화했는지, 혹은 변화를 하지 않았는지를 판단할 수 없다.

사람은 친구를 가져야 하는 법이라는 말의 고마움을, 설마 가지지 못한 쪽 시점에서 이해하게 될 줄이야…. 너무 서글프다.

그런 생각이 들었을 즈음(간신히 몸이 움직일 수 있게 되기 시작해서), 나는 다음 지침을 정했다. 아니, 고집이고 뭐고 전부 제쳐 두고, 이 상황에서 블랙 하네카와의 어드바이스를 받아들이는 것은 위험하다고 생각했지만, 그러나 빈손으로 다시 칸바루 가에 도전하는 것은 무모함을 넘어서 그냥 멍청한 짓이다.

칸바루 가로 향하기 전에 파트너를 찾으라는 말의 의미는 알 수 없다. 나의 파트너라고 한다면 뭐니 뭐니 해도 오시노 시노부이겠지만, 그 파트너와 콘택트하기 위해서는 칸바루 가의 노송나무 욕실에 도달해야만 하니까.

안 그래도 그 추리도 위태로워지기 시작했다. 여기가 '거울 나라'라고 해도, 상황의 앞뒤까지 맞지 않아도 괜찮을 리는 없을 것이다.

그러니까 어드바이스 자체는 제쳐 두고 현재의 상황 인식이라고 할까, 전황 평가를 다시 하기 위해 서점에 가야겠다고 생각했다.

어째서 서점인가 하면, 당연히 블랙 하네카와의 몸을 보고 욕정한 내가 야한 책을 사기 위해서…는 물론 아니고.

현실 세계에서는 친구가 적은 나이지만, 역사상의 인물이라면 입시 공부의 보람이 있어서 다소는 알고 있다. 그들에 관해 기술되어 있는 책을 조사하면 '인간이 어떻게 반전되어 있는가'를 알 수 있지 않을까 하고 생각했기 때문이다.

샘플 수를 늘리자는 계산이다.

꼭 굉장한 역사서를 읽지 않더라도, 초등학생을 대상으로 한 참고서라도 괜찮다. 오다 노부나가나 도쿠가와 이에야스, 나폴레옹이나 링컨에 관한 기술이 내가 아는 그것에서 어떻게 바뀌어 있는가를 알면 이 세계관을 아는 데 도움이 될 것이다.

하치쿠지 누나와 '지식의 확인'을 했을 때에는 이공계열 쪽에 치우쳐 버렸다는 부분이 맹점이었지만, 인격이나 체격이 '반전' 되어 있다면 역사 자체는 변하지 않더라도 인물의 캐릭터는 변화했을 것이다.

그중에는 칸바루나 하네카와 같은 변화를 보이는 이가 있어도… 아니, 그건 지나친 기대이겠지만(뭐, 괴이로 변한 역사상의 인물도 있을 수 있겠지만), 이제까지와는 더욱 다른 패턴이 보일지도 모른다.

그렇게 생각한 나는 자전거를 일으켜 세우고, 일단 부서지지 않은 것을 재확인한 뒤에 이 마을에서 유일한 대형서점을 향해 비틀거리면서 페달을 밟았다. 블랙 하네카와의 에너지 드레인에서 회복할 때까지 몇 시간을 소비해 버렸기 때문에 그만큼을 만회하기 위해 마음만은 서둘렀던 나였지만, 결론부터 말하면 이 행동은 완전한 헛수고라고 할까, 헛심이라고 할까, 무의미한 조사가 되어 버렸다.

아니, 위인에 대해 조사하자는 발상 자체는 무의미하지 않았겠지만, 그러나 그 답을 서적에서 찾으려고 한 것은 실패였다. 서점에 들어가서 어떤 책을 사면 될까 하고 심의에 들어가 보았더니, 글자가 전부 좌우 반전되어 읽을 수 없었던 것이다.

어디까지나 거울 문자이니까 한 글자 한 글자를 해독하는 것은 그리 어렵지 않았지만, 그러나 문장의 뜻을 제대로 이해하려면 상당한 노력을 요했다. 머리에 전혀 들어오지 않는다.

책을 읽는 것으로 에너지 드레인을 당하는 것 같았다. 소모감이 장난 아니다. 나는 곧바로 이 방면으로의 어프로치를 포기했다.

포기한다고 해서 쓸 만한 다음 방법이 있는 것도 아니지만…. 키타시라헤비 신사로 돌아갈까? 아니, 하치쿠지 누나는 아직 돌아오지 않았을 것이다. 그렇다면 그녀와 합류하기 전에 한두 가지 정도 더 도전해 보고 싶다.

그렇게 되면…. 뭐, 마음이 내키지 않는다고 할까, 너무너무 싫어서 견딜 수 없지만, 아라라기 가로 돌아가서 여동생의 방에 뻔뻔스럽게 앉아 있는 저 봉제인형 동녀, 요컨대 전문가에게 의견을 구한다, 라는 원래대로라면 가장 먼저 선택해야 했을 커맨드를 실행할 수밖에 없을까….

멋진 얼굴과 어조가 짜증 난다는 점이 너무 강렬하고, 또한 이 변이 일어난 당사자인 그녀에게 무엇을 물어보더라도 도움이 안 될 것이라고 생각했지만, 거의 전원이 반전되어 있는 세계관이라면 상담 상대를 고를 의미는 없을 것이다.

뭐, 별것 아니다.

멋진 얼굴이 짜증 난다면 안 보면 그만이다. 오노노키의 성격이 고약한 것은, 생각해 보면 결코 어제오늘 일이 아니다.

성격이 악한 게 아니라, 그냥 건방진 여자애라고 생각하는 것으로 처리하려고 마음속으로 맹세하고, 나는 침로를 우리 집으로 잡았다. 카렌과 츠키히, 여동생들은 이미 쇼핑을 나갔을 터이니, 꺼릴 것 없이 오노노키와 대화할 수 있는 것은 오전보다 좋은 조건이라고 할 수 있었다.

최악의 경우 서로 치고받는 싸움이 벌어진다고 해도 피해를 최소한으로 억제할 수 있다…고 생각했는데, 잘되지 않았다고 할까, 아무래도 이 '거울 나라'의 세계관에서도 내 행동의 전부가 생각대로 되지 않는 것은 원래 세계와 마찬가지인 듯하다.

아니.

그렇다고 해도 '이것'은 전개로서 앞뒤가 너무 안 맞는다고 할까, 말을 고르지 않고 표현하자면 악취미라고까지 할 수 있었다. 집에 돌아와서 BMX를 세우고 현관을 통해 집으로 들어와 보니, 여동생들은 외출해서 인형 하나 외에는 아무도 없었을 집 안에.

내가 현관문을 여는 소리에 반응했는지 이층에서 계단을 내려온, 누구인지 알 수 없는 여자가 있었다. 정말로 누구인지 모르겠다.

반바지에 노브라의 캐미솔.

속옷 차림은 아니어도 노출도적으로는 거의 속옷 차림 같은 모습을 한 새기 커트의 여자였다.

여동생들이 집에 부른 손님치고는 너무나 실내복 차림이다. 실내복을 넘어서 룸웨어, 생활감이 물씬 풍긴다. 뭐야, 이 세계관에서는 나에게 세 번째 여동생이 있다는 건가? 커다란 쪽 여동생, 쪼그만 쪽 여동생, 그리고 끝내는 중간 정도의 여동생이? 커다란 쪽 여동생이 쪼그만 쪽보다도 쪼그매져서 안 그래도 복잡한데, 여기서 세 번째가 등장하다니…. 아니, 연령적으로 봐서는 이쪽이 장녀일까?

깜빡.

그렇게 그녀는 혼란의 한복판에 있는 나를 보더니,
"뭐어야, 코요미잖아. 놀랐네."
라고 말했다. 안도한 듯한 목소리였다.
어떠한 심리로 안도한 것인지 한순간 짐작하지 못했지만, 신발 벗는 자리에 카렌과 츠키히의 신발이 없는 것을 보면(대신, 아침에는 깨닫지 못했던 처음 보는 샌들이 있다. 이것이 이 여자애의 신발인가?) 혼자서 빈집을 지키고 있는데 도둑이 들어온 것이 아니라는 점에 안심한 듯하다. …그런데 빈집 지키기?
그렇다면 역시 세 번째 여동생…. 하지만 나를 '코요미'라고 불렀지? 그렇다면 '누나'일까? 그러고 보니 하치쿠지 누나가 카렌이 반전되어 '누나'가 되는 케이스를 가정하고 있었는데….
아니, 잠깐.
낯선 여자라고 생각했는데, 이 목소리는 들은 적이 있는 듯한 기분도 든다. 여자 목소리를 판별하기가 특기인 것은 아니지만, 다만 나는 이 목소리를 좀 더 다른 발음의 뉘앙스로 들었던 것 같은… 뒤집어썼던 것 같은….
"응? 왜 그래, 코요미. 그런 곳에서 멍하니 서 있고."
이상하다는 듯이 그렇게 말하면서 반바지 여자는 계단을 리드미컬하게 내려와서는 간단히 거리를 좁히고, 그리고 꾹 하고 내 팔을 잡고 집 안으로 잡아당긴다.
엉거주춤한 자세를 하고서 일단 집에서 나가려고 생각하고 있던 나였지만, 그 고집스러우면서도 적극적인 태도에 당황하며 신발을 벗게 되었다. 고집스럽다고 해도 그렇게 강한 힘으로 잡아당긴 것은 아니지만, 상황에 흘러가다 보니 그렇게 된 것이다.

이, 이 압박감… 느꼈던 적이 있는데….

“응? 어라? 코요미, 어디 외출했나 했는데, 서점에 갔었어?”

날카롭게, 반대편에 들고 있던 비닐 봉투를 알아차렸는지, 반바지 여자는 그렇게 말했다. 그리고 싱긋 웃더니,

“그렇다면 또 야한 책을 사 온 거지~? 어쩔 수 없다니깐~.”

이라고 말했다.

왜 들킨 거야!

묘사는 시종 생략했지만, 사진집이라면 거울 문자 같은 건 별 상관없을 거라며 내가 『세계의 고양이 귀 반장』을 사 온 것을 왜 들킨 거야!

이렇게 감이 좋은 걸 보면, 역시 여동생인가!

“실례네~. 한 지붕 아래서 벌써 10년 가까이, 이렇게 귀여운 여자애하고 살고 있는데, 책 쪽이 좋다니. 정말 뭐람! 하지만 뭐, 이미 가족 같은 거니까 그것도 어쩔 수 없을까~.”

“…가족, 같은 거?”

즉, 가족이 아니다?

어? 그러면 진짜 뭐야, 이 애는?

오노노키 같은 식객…? 하지만 이 애는 괴이도 봉제인형도 아니라 명백한 인간…이지?

하지만 10년 가까이라니….

“자아, 자. 코요미. 야한 책을 즐기고 싶은 것은 알겠지만, 혼

자서 집을 보느라 지루해진 나하고 차 한 잔 정도는 같이 마시자고. 다과자로 딱 좋은 수학 퍼즐이 있다니깐.”

그렇게 말하고 나를 거실로 질질 끌며 연행해 가는 반바지 여자. 젠장, 어째서인지 저항할 수 없다.

전혀 거스를 수 없다.

에너지 드레인에서 완전히 회복되지 않았기 때문이란 점도 있겠지만, 아무래도 이 아이에 대해 본능적으로 거스를 수 없다고 할까, 어쩐지 낯익은 목소리에 열등의식이 환기되고 있다고 할까…. 수학 퍼즐?

…….

…………….

……………………….

“근데, 너 오이쿠라 소다치야?!”

“우왓, 깜짝이야!”

반바지 여자는 낯익은 목소리로, 예전에 나에게 매도를 뒤집어씌우던 그 목소리로 나 이상으로 놀란 듯이 말했다.

“초등학교 시절부터 계속 같이 살고 있는 나를 상대로 이제 와서 무슨 소릴 하는 거야, 코요미?!”

010

악취미라고, 그러니까….

이미지가 너무 달라서, 이건 전혀 알 수 없었다. 그렇지만 한 번 그렇다는 걸 깨달아 버리자… 그렇구나, 오이쿠라는 그 오이쿠라 이외의 누구도 아니었다.

오이쿠라 소다치.

머리모양도 다르고, 내가 아는 오이쿠라는 다리나 팔을 이런 식으로 드러내지는 않았고…. 무엇보다 눈매가 너무 다르다.

저주라도 받은 것처럼 탁한 눈을 하고 있던 그녀는, 나를 볼 때마다 저주라도 발하는 것 같았는데…. 지금은 이렇게 보다시피,

"그치! 그치! 굉장하지, 이 퍼즐? 이 퍼즐도 굉장하고, 이걸 푼 나도 굉장하지! 아주 아주 어려울 거라고 생각했는데, 봐 봐, 다이어그램을 당겨 봤더니 답은 일목요연해! 이런 건 참 좋지, 수수께끼가 한 번에 화악 풀리는 느낌!"

이렇게 활기차기 짝이 없다.

마치 오물이라도 접한 것처럼 내 주변 1미터 내로는 다가오지 않았던 그 오이쿠라가, 소파 바로 옆에 앉아서 나와 접하는 것은 고사하고, 실제로 어깨를 닿아 가며 재잘거리고 있으니, 이런 건 같은 사람이라 볼 수 있을 리가 없다.

그냥 다른 사람이다.

…그런 다른 사람 오이쿠라, 반바지 여자가 하는 말의 군데군데에서 얻을 수 있는 단편적인 정보에서 판단하는 한, 그녀는 사정상 아라라기 가에 맡겨진 지 벌써 8년째가 되는 듯하다. 그 이래로 나와는 오빠와 여동생처럼, 혹은 누나와 남동생처럼 사

이좋게 자라 왔다고 하는데….

“그, 그렇구나, 소다치….”

위화감밖에 들지 않았지만, 나는 그녀의 이름을 불렀다. 소꿉친구이기는커녕, 동거인이라고 한다면 성씨로 부르는 것은 역시나 부자연스러울 것이다. 어떤 호칭이더라도 이런 상황에는 전혀 익숙하지 않아서 잘 발음이 되지 않았지만.

“과연 너구나. 이런 어려운 문제를 풀어 버리다니, 나는 정말 경의를 표하겠어.”

고교 1학년 때에 새겨진 트라우마가 너무 깊어서, 오이쿠라의 성격이 어떻게 ‘반전’되어 있더라도 내가 이 녀석의 기분을 맞추는 말을 하게 되는 것은 아무래도 변하지 않은 듯하다.

그러나 내가 아는 오이쿠라였다면 이런 명백한 아부를 들으면 일일이 진심으로 폭발했겠지만 이쪽 오이쿠라는,

“헤헷! 코요미에게 칭찬받았다! 와~아!”

라며 순수한 반응을 하는 것이었다.

만약 내가 아는 오이쿠라, 오일러라고 불리고 싶어 했던 그 까다로운 인물이 이렇게 밝고 즐겁고 유쾌한 오이쿠라 씨를 봤다면 진짜로 날뛰었을지도 모르겠네….

그렇다기보다, 솔직히 내가 진짜로 날뛰고 싶을 정도였다. 내가 부끄러워한다는 것도 이상한 이야기지만, 어쨌든 오이쿠라와 이런 식으로 커뮤니케이션을 취할 수 있다고는 생각한 적도 없었으므로… 그렇다, 있을 수 없는 망상이라도 하고 있는 것 같아서 어쨌든 낯간지럽다.

"어라? 왜 그래, 코요미. 얼굴이 빨간데? 감기라도 걸린 거 아니야?"

찰싹.

그렇게 옆에 앉더니, 바로 옆에 있던 이마를 당연하다는 듯이 찰싹 붙여 오는 오이쿠라. 그만둬! 결코 기쁜 것은 아니지만, 얼굴이 저도 모르게 미소를 지어 버린다고!

"으음. 생각했던 것보다는 열이 없네?"

그렇게 말하면서도 퍼즐을 푸는 손은 멈추지 않는 오이쿠라. 왼손으로 숫자를 쓰고 있지만, 그러나 오이쿠라가 주로 쓰는 손이 어느 쪽이었는지를 내가 기억하지 못하므로 그것은 참고가 되지 않았다.

거기서 나는 퍼뜩 떠올라서,

"저기, 소다치…. 소다치가 존경하는 수학자는 오일러였던가?"

"어? 무슨 소릴 하는 거야? 그야 오일러 선생님은 위대한 수학자이지만, 내가 가장 존경하는 건 가우스 선생님이야. 다 알고 있으면서!"

"……."

너무 미묘한 차이여서 잘 모르겠다.

그건 반전되어 있다고 해야 하는 건가?

그렇다기보다, 근본적으로 너무 달라서 처음 만나는 인간의 자기소개를 듣고 있다는 인상밖에 없다. 정말로 알 수 없어지기 시작했다.

뭐냐고, 이 세계.

그 오이쿠라를 어떻게 반전시키면 이런 캐릭터가 되는 거야.

사이가 나빴던, 그렇다기보다 상당히 일방적으로 미움받고 있었던 상대와 이런 식으로 가족적이며 온화한 관계를 맺고 있다는 것은 어떤 종류의, 이것도 느슨한 전개라고 하자면 느슨한 전개일 것이겠지만, 이런 일에 전혀 익숙하지 못한 나는 어떻게 행동해야 좋을지 도통 모르겠다.

느슨함을 제대로 받아들일 수 없다.

이런 히로인은 본 적이 없다고.

"코요미, 그러면 말이지, 이 문제, 같이 풀자. 나도 그럭저럭 괜찮은 곳까지 갔다고 할까, 일단 답은 나왔는데, 아무래도 억지로 푼 것 같아서 말이야. 답만 맞히는 건 아름답지 않지. 좀 더 스무드하게 푸는 방법이 있을 거라고 생각해."

"으, 으응…. 알았어, 소다치."

적혀 있는 숫자도 거울 문자여서 무의미하게 난이도가 올라가 있지만, 그러나 '사이좋은 오빠와 여동생(누나와 남동생) 같은 관계'를 헛되이 할 수도 없다. 이층에 가서 오노노키에게 상담한다는 안을 전혀 실행하지 못하고 있는 나였다.

그렇다기보다, 만약 오노노키에게 들켰다간 절호의 먹잇감이 되어 버릴 것 같은 구도다. 그림으로도 그릴 수 없는 그 멋진 얼굴을 보게 되고 만다.

아니, 이쪽 세계에서는 이것이 당연할 테니까 그런 일은 없으려나? 당연한 아라라기 코요미의 행동이니까.

"…응?"

뭐지?

뭔가 마음에 걸렸다.

지금 뭔가 이상한 느낌이었는데… 뭐였지? 그야말로 이 상황을 스무드하게 해결할 수 있는 힌트를 잡을 뻔했던 것 같은….

"코요미의 차, 조금만 마실게."

그렇게 말하며 자기 몫을 벌써 비워 버린 듯한 오이쿠라가 내 앞에 놓여 있던 찻잔을 들고 내용물을 품위 있게 홀짝였다. 아니, 딱히 그것 자체는 상관없지만,

"헤헤. 코요미와 간접키스~!"

라고 태연하게 말해 버리면 몹시 당황하게 된다. 그런 장난스러운 친근감을 오이쿠라에게 느끼게 되면, 공중에 둥실둥실 떠오른 듯한 기분이 되어서 머릿속이 좀처럼 정리되지 않는다.

뭐라고 해야 할까, 누가 상대여도 언쟁을 할 만한 인간관계만을 쌓아 와 버렸기 때문에, 이렇게 는실난실한 느낌에 전혀 익숙해질 수가 없었다.

잡을 뻔했던 힌트를 완전히 놓쳐 버리고 말았다.

"……하아."

탄식했다. 뭐, 괜찮을까.

패럴렐 월드인 것도 아닐 테고, 또한 모순투성이의 앞뒤 맞추기가 되지 않는 세계관이라고 해도 이런 오이쿠라가 한 사람 정도는 있어도…. 그것이 내가 아는 오이쿠라에게 결코 어떠한 구제가 되는 것은 아니지만, 가족 운이 좋았다고는 할 수 없는 그

녀석과 이렇게 가족처럼 지낼 기회가 있어도, 괜찮을까.

거의 체념의 경지에 이른 기분이었지만, 나는 간신히, 새삼스럽게 그런 식으로 생각했다. 지금도 어딘가에서 행복해지기 위해서 싸우고 있을 나의 소꿉친구에 대해, 그렇게 생각했다.

"저기 말이야…, 소다치. 츠키히에 대해 질문할 게 있는데."

그렇게 생각하자 어떻게든 결단을 내릴 수 있었고, 그리고 둑이 터진 것처럼 나는 본론으로 들어갔다. 아니, 본래는 오노노키를 상대로 들어가야 했을 본론이지만, 그러나 10년 가까이 동거하고 있다면 최근에 우리 집에 입거한 오노노키보다 저 쪼그만 쪽 여동생에 대해 자세히 알 것이다.

"응~? 츠키히? 츠키히라면 카렌하고 같이 뭔가 사러 나갔어. 같이 가자고 했는데, 나는 코요미에게 얼른 이 퍼즐에 대해 알려 주고 싶었거든~."

당연하지만, 내 질문의 의도는 전해지지 않았는지 츠키히의 현재 위치를 알려 주는 오이쿠라. 나는 다시 한 번,

"그 녀석 말이야, 요즘에 변한 거 없어?"

라고 물었다. 아니, 이런 식으로 질문해 봤자 소용없나. 가령 그 녀석이 내가 깨닫지 못했을 뿐이고 어떤 '변화'—즉 '반전'이 이루어져 있다고 해도, 그것은 이 '거울 나라'에서는 예전부터의 츠키히일 테니까.

"그 녀석 말이야, 어떤 녀석이었더라?"

"어떤 녀석이냐니…. 이상한 질문을 하네~, 코요미는. 뭐, 이해는 해, 츠키히가 걱정되는 건. 나도 걱정인걸. 재는 저런 성격

으로 앞으로 어떻게 살아갈까, 하고 말이야."

오이쿠라는 그런 식으로 쓴웃음을 지으면서, 그녀가 인식하는 아라라기 츠키히의 인상을 말해 주었다. 같은 여자가 보는 채점의 너그러움이나 엄한 정도의 차이는 있었지만, 그것은 대개 내가 아는 아라라기 츠키히의 인상을 크게 배신하는 것은 아니었다.

그렇다면 역시 츠키히에게는 변화가 없다…. 변화가 있는 녀석과 변화가 없는 녀석이 있는 건가, 아니면 츠키히만이 예외일까?

그 녀석만이 예외라고 한다면, 그것은 그것대로 납득이 가지 않는 것도 아니다. 그렇다기보다 그 여걸·오이쿠라 소다치가 이 꼴(실례)이니까, 대부분의 인간은 '반전'되어 있다고 생각하는 편이 좋겠다고 생각하게 된다.

이런 오이쿠라가 한 명 정도는 있어도 괜찮다고 생각하는 반면, 이런 오이쿠라는 보고 싶지 않았다는 마음도 분명 내 마음속 어딘가에는 있으니까 말이야.

"……."

반면.

이라고?

"하아~. 굉장하네, 코요미. 전부 풀어 버렸잖아. 성적은 내가 더 좋을 텐데, 이런 걸 시키면 역시 못 당하겠어. 하지만 기분 나쁘지 않다고 할까, 전혀 분하지가 않네~. …하아~."

이렇게.

준비된 수학 퍼즐을 한 번씩 다 풀고 나자, 오이쿠라는 툭 하고 내 어깨에 자기 머리를 맡겨 왔다. 그것은 뭐라고 할까, 여동생이나 누나라는 친근감에서 조금 일탈한 동작처럼 느껴졌다.

"야, 소다치…."

"어째서일까, 이상해."

역시나 나무라려고 하던 나를 가로막듯이, 자세를 그대로 유지하며 오이쿠라가 말했다.

"계속 이러고 있었을 텐데, 계속 이러고 있고 싶다는 생각이 들어. 이상하지?"

"……."

"어떻게 된 걸까, 나는. 코요미가 있고, 카렌이 있고, 츠키히가 있고…. 아저씨나 아주머니가 계시고, 모두가 아주 잘 대해 주고, 사이좋고, 가족 같고, 난 아주 행복하지만…."

그때 갑자기 오이쿠라가.

오이쿠라 소다치처럼 말했다. 어째서일까, 지금.

"…이런 건 전부 거짓말이라고 생각하고 있어."

011

결국 나는 오노노키에게 상담하지 못한 채로, 키타시라헤비 신사로 돌아오게 되었다. 아니, 오이쿠라가 모든 퍼즐을 푼 뒤에도 나를 거실에서 해방해 주지 않았던 것은 아니다.

오히려 빈틈은 있었다.

어쩐지 기분이 좀 이상하니까 샤워라도 해서 기분전환을 하겠다며 오이쿠라는 욕실로 향했던 것이다. 그 틈을 찔러 나는 여동생의 방으로 향했다.

참고로 그때, "코요미도 어쩐지 컨디션이 안 좋아 보이는데, 같이 어때?"라고 놀리듯이 말했지만 역시나 그 선은 넘을 수 없다며 사양했다.

너무 무섭다.

애초에 '산뜻하게' 기분전환을 하려고 세수를 했던 지점에서 이번의 이변이 시작되었다. 일단 그 대화를 나눌 때에 세면대의 거울을 슬쩍 확인해 보았는데, 아니나 다를까, 그것은 평범한 거울일 뿐이었다.

그리고 찾아간 여동생의 방에.

오노노키 요츠기는… 없었다.

…그 상황에 대해 할 수 있는 해석은 얼마든지 있을 것이다. 어떤 것이라도 받아들일 수 있겠지만, 그러나 그 변덕쟁이 동녀가 혼자 산책을 나갔을 뿐이라고 판단하는 것이 가장 일반적인 가설이라고 생각된다.

그러나 나는 그 가설을 채용하지 않았다.

어떤 것이라도 받아들일 수 있겠지만, 채용하지 않았다.

멋진 얼굴이 짜증 나더라도, 오만한 어조라도 오노노키는 오노노키였다. 어쨌든 전문가다.

그 전문가가 이 상황에서 '모습을 감췄다'는 것은 심상찮은 사태라고 나는 생각한다. 이런 말은 입이 찢어져도 본인에게는 하고 싶지 않지만, 업무에 대한 그녀의 그 가벼운 풋워크, 그리고 그 책임감은 멋지다고 생각할 정도이니까.

그러니까 **무슨 일**이 있고 **뭔가**가 일어나서, 그래서 그녀가 움직였다고 봐야 한다…. 젠장.

이럴 줄 알았으면 짜증 같은 건 억누르고 억지로라도 오전 중에 이야기를 해 뒀어야 했는데. 그렇게 생각하면서 나는 집을 나섰다.

세면실로 돌아와서, 우윳빛 유리 너머의 실루엣으로 판단하기로는 머리를 감고 있는 듯했던 흐릿한 형체의 오이쿠라에게, "잠깐 나갔다 올게, 소다치."라고 말하고 나서 나는 BMX를 몰았다. 키타시라헤비 신사로.

이미 하치쿠지 누나도 돌아와 있을 것이다. 인식을 새로이 하고, 대책을 다시 짜야만 한다.

급전직하.

느슨한 기획이라고 말했던 내가 착각하고 있었다. 아직은 전혀 모르겠지만, 그러나 지금 일어나고 있는 일은 내가 예전에 경험했던 적도 없을 정도로 위험한 사태인지도 모른다.

불안하고, 불온당한.

실체가 동반된 리스크일지도.

그렇다.

여기는 분명히 '거울 나라' 같은 게 아니다.

SF가 어떻고 판타지가 어떻고 하는 소릴 했는데, 생각해 보면 괴담도 거울에 얽힌 이야기가 많이 있지 않은가.

도시전설.

가담항설.

도청도설.

예를 들면 그때, 확실히 거울은 자줏빛으로 물들었지?

젠장, 스무 살을 목전에 두고 기억났다고, '자줏빛 거울'.

스무 살까지 기억하고 있으면 죽는다는 저주의 주문이라고 했던가. 그 저주를 푸는 주문도 있었을 텐데, 잊어버렸다.

포마드 포마드 포마드였던가?

아닌 것 같은데….

뭐, 그것이 관계가 있다고는 생각하지 않지만. 나처럼 무지몽매한 녀석이라도 간단히 사례를 댈 수 있을 정도로 거울에 관한 '괴이'는 셀 수 없이 많다.

그렇다면 이 세계는 그저 불합리한, 앞뒤가 맞지 않는 '거울나라'가 아니라 그것에 상응하는 이유를 가진 괴이 현상의 산물일지도 모르지 않는가.

주사위 말판놀이로 말하자면 시작점으로 돌아온 기분으로, 나는 키타시라헤비 신사를 모신 산기슭에 도착했다. 핫, 말판놀이였다면 기분 나쁜 칸이겠지만, 정말이지, 돌아오고 싶은 법이라고, 시작점으로.

체인을 감는 둥 마는 둥 하면서 뛰어오르듯이 산을 올라간다. 정말 당치도 않은 트레일 런이었다. 이렇게 단시간에 산을 몇 번이나 오르내리고 있으면 얼마 전이 떠오른다고. 물론 별로 좋은 추억은 아니지만.

그야 당연하다.

왜냐하면 그때 정상의 키타시라헤비 신사에 모셔지고 있던 신은 하치쿠지가 아니라… 하고.

토리이를 지나서, 나는 정말로 시작점으로 돌아와 버린 건가, 하고 생각했다. 아니, 시작점으로 돌아왔다는 것은 과언이라고 해도 다섯 칸 정도 돌아오게 된 건가, 하고 생각했다.

"야호~, 아라라기 군. 마요이 누나야~. 그 눈치로 보면 별로 순조롭지 못한가 보네. 하지만 안심해! 그런 일도 있을까 해서 아라라기 군을 위해서, 아라라기 군을 위해서, 아라라기 군을 위해서! 마요이 누나가 연줄을 동원해서 믿음직스런 조력자를 불러왔으니까!"

신사 앞에 진을 치고 있던 하치쿠지 대명신이, 공치사를 하듯이 그렇게 말하며 나에게 소개해 준 '신'은, 바로.

두 번 다시 만날 일 없다고 생각했던 소녀, 바로.

내가 상처 입혀 버렸던 그녀, 바로.

바로 센고쿠 나데….

"샤샤샤샤샷! 어이, 코요미 오빠, 나라고! 오래간만이야, 그 뒤에 잘 있었어? 아앙?!"

"……."

센고쿠, 다레코誰子* 씨?

※다레코 : '다레'는 일본어에서 '누구'를 뜻하는 대명사.

012

여기에 와서 새삼스레 등장인물 소개를 할 것도 없겠지만, 그래도 일단 만일을 위해서 하치쿠지 누나가 연줄을 동원해서 데려와 준 센고쿠 나데코에 대해서. 그녀는 내 동생인 아라라기 츠키히의 초등학교 시절부터의 친구다.

도중에 한 번은 소원한 사이가 되었지만, 최근에 관계가 재개되었다. 그 재개는 나와 센고쿠와의 재회로부터 시작되었지만, 그러나 현재 얄궂게도 나와 센고쿠와의 관계 쪽이 어떤 사기꾼의 계략에 의해 다시 소원해져 있다.

그것은 지난 연말 연초 무렵, 일개 여중생이었을 그녀가 이 신사에 모셔진 '신', '뱀신 님'이 되었던 것에 기인한다.

아니, 좀 더 근본적인 원인으로 거슬러 올라가면 나의 인과응보라는 이야기가 되겠지만, 그 부분은 생략해 두고 싶다. 그 부분은 이미 돌이킬 수 없는 일이다.

반성은 혼자서 하면 된다.

문제는 지금, 내가 절연했을 센고쿠가 눈앞에 있다는 점이었다. 이런 니어 미스는 있어서는 안 되는데, 이봐, 누나. 대체 무슨 짓을 저지른 거야.

하치쿠지, 너는 이세계에서까지 나를 가지고 노는 거냐? 라고 말하고 싶었지만, 아슬아슬하게 그 말을 꾹 삼켰던 것은 당연하지만 여기가 이세계이기 때문이다.

사악邪惡하다고 할까, 사악蛇惡하다고 할까. 어쨌든 입을 크게 벌리고 "샤샤샷!"하고(뭐가 우스운 걸까) 드높이 웃는 센고쿠 다레코 씨가, 설령 다레코 씨라고 해도 내가 아는 센고쿠 나데코는 아니기 때문이다. 아니, 이런 센고쿠 나데코는 나는 정말로 모른다.

내가 아는 센고쿠는, 굳이 세더라도 두 종류다. 카드 뽑기 게임이었다면 간단히 컴플리트할 수 있는 숫자다.

우선은 기본형이라고 할까, 내가 이 신사로 향하는 계단에서 스쳐 지나갔던 그 소녀. 앞머리로 얼굴을 덮고, 고개를 숙이고 소곤소곤 이야기하는 내성적인 중학생 버전. 머리모양이나 복장에 변화는 있지만, 이것은 평범하게 살면 평범하게 있는 일일 것이다.

다른 한 종류는 앞서 언급한 뱀신 버전…. 이때의 모습이 무시무시해서 10만 가닥 이상의 머리카락이 전부 하얀 뱀이라서 마치 메두사 같고, 표정은 기본형에서는 생각할 수 없을 정도로 해방되어 있었다. 이 센고쿠에게는 몇 번이나 죽을 뻔했고, 또한 죽었지만 그 부분도 생략하기로 하자.

길어지고, 싫어진다.

다만 지금 하치쿠지 누나 옆에 불손한 태도로 있는 센고쿠는 그 어느 쪽도 아니라고 할까… 일단 공립 나나햐쿠이치 중학교의 특징적인 원피스 교복을 입고는 있지만, 머리모양이 베리 쇼트고, 새하얗고, 그렇지만 뱀이 아니고, 그러나 그 표정은 위압적인 자세에서 바로 나를 통째로 삼켜버릴지도 모를 정도로 오만한, 그리고 뇌락磊落한 야성적인 그것이었다.

뭐랄까, '절충'한 느낌이기도 하고, '미숙'하고 '어중간'한 것 같기도 하고…. 혹은 '뭔가가 한창 변하려 하는 도중'인 것 같기도 했다.

그렇다, 예를 들자면 알 속에서 생명이 발생하고 있는 과정 같은….

"알 거라고는 생각하지만 다른 세계에서 온 너는 모를지도 모르니까 소개할게, 아라라기 군. 나의 선배…라고 할까, 내 선대의 신이야. 쿠치나와 씨야."

"……하아."

쿠치나와 씨.

나는 일단 하치쿠지 누나의 말에 고개를 끄덕여 보긴 했지만, 그 말은 머리에 들어오지 않았다. 아니, 단순히 절연했을 센고쿠와 이런 형태로 갑자기 만나 버린 것에 대한 곤혹스러움이란 것도 물론 있다.

하지만 그것은 여기가 '거울 나라'인 것을 포함하면, 좋은 일은 결코 아니지만 노 카운트가 될 것이다. 그러니까 나를 그 이상으로 곤혹스럽게 만든 것은,

'아무래도 아닌 것 같다'

라는 점이었다.

이렇게 말하는 건, 내가 산을 내려가고 난 이후의 경험을 바탕으로, 어쩌면 이 세계는 내 망상의 산물이 아닐까 하는 생각을 하고 있었기 때문이다.

망상이라고 말하면 어감이 안 좋지만.

요컨대 꿈이라도 꾸고 있는 것이 아닐까, 라고. 뺨을 꼬집지는 않았지만, 그런 식으로 추리하면서 산으로 돌아왔다.

어쨌든 악취미라고밖에 말할 수 없는 오이쿠라의 그 변모는 본인에게 밝혔다간 뼈가 발릴지도 모를 내 망측한 꿈이고, 사실 나는 여동생이 깨워 주지 않았기 때문에 자신이 일어났다고 생각하고 있지만 실제로는 아직 이부자리 안에서 새근새근 자고 있는, 아직 잠자리 안에 있는 것은 아닐까.

그렇게 생각하면 앞뒤가 맞지 않는 것이나 두서없는 것에 대한 설명이 간다. 설명이 가지 않는 것에 설명이 간다.

꿈.

요컨대 이것이 꿈이라는 결말이다.

스토리텔링의 측면에서는 반칙 취급인 듯하지만, 뭐 어떤가, 한 번 정도는 그런 일이 있어도…. 룰은 깨지라고 있다는 말도 있다. 애초에 '…라는 꿈을 꾸었습니다.'라는 것과 '…라는 '거울 나라'에 다녀왔습니다.'라는 것이라면 아무리 생각해도 전자 쪽이 설득력 있다는 가설이다.

재미 면에서 어떤지는 둘째 치고.

칸바루가 레이니 데빌이라든가, 해외에 있을 하네카와가 소멸했을 블랙 하네카와라든가…. 단순히 '거울 나라'에서의 좌우 반전이라고는 말하기 어려운 사례도 많이 관찰되기 시작했고. 그러나 이것이 꿈이라는 가설이야말로 아무래도 나의 편의주의적인 망상.

희망적 관측인 듯했다.

그도 그럴 것이, 레이니 데빌과 블랙 하네카와라면 나는 '지식'으로서 알고 있고, 오이쿠라의 그 모습은… 뭐, 내가 바라고 있던 것이라는 강한 주장을 듣는다면 반론하기 어렵다.

하지만, 모른다.

모른다.

이런 모습의 센고쿠 나데코를, 나는 모른다. 사람도 아니고 신도 아닌, 그 중간 같은, 그러나 '다음'으로 향하고 있는 듯한 센고쿠를 나는 모르고, 그리고 알 권리조차 가지고 있지 않다.

요컨대.

꿈이 뇌에 축적된 기억이나 생각으로 구성되는 이상, 내가 이런 센고쿠를 꿈속에서 볼 리가 없는 것이다.

베리 쇼트의 센고쿠 나데코 같은 걸, 누가 상상이나 하겠는가…. 그런 일이 있을 리 없으니, 이것이 꿈일 리도 없다.

"……."

그러면 정말로 뭐냐고, 이 세계.

지금까지 중에서 가장 영문을 알 수 없는데, 그 자기 기록을 계속 갱신하려는 건가? 쿠치나와 씨? 하지만 그 이름만은 들은 적이 있는 듯도 하고 없는 듯도 하고….

"샤샷! 그렇군."

그렇게.

센고쿠 다레코가 즐거운 듯 웃었다. 목소리 자체는 센고쿠 그 자체이지만 어조가 난폭하다고 할까 천박하다고 할까, 하여간 전혀 다르므로 쌍둥이 정도의 다른 사람 느낌이었다.

뭐, 나는 이제까지의 인생에서 아직 쌍둥이와 만난 적은 없지만….

"너무 생각이 많다고. 고양이가 말한 대로야."

"…어?"

고양이? 고양이라니…. 블랙 하네카와를 말하는 거겠지? 그 녀석도 나에게 '생각을 너무 많이 하고 있다'라고 말했고…. 하지만 그것도 내가 아는 한도 내의 일이기는 하지만, 센고쿠와 블랙 하네카와 사이에는 아무런 관계도 없을 텐데?

나는 번뜩 하고 하치쿠지 누나를 보았다.

하치쿠지 누나는 윙크를 해 보였다.

그게 아니라니까.

그리고 윙크도 영 서툴다고.

나는 하치쿠지 누나 쪽은 포기하고, 센고쿠 다레코 쪽을 다시 보았다. 이쪽은 이쪽대로 의사소통이 어려워 보이지만.

"아앙? 뭐야, 코요미 오빠. 내가 지금 한 말의 의미를 못 알아먹는 거야? 전해지지 않는 거야? 뭐, 그렇겠지. 샤샤!"

"……."

"노려보지 말라고, 놀리면서 재미있어 하는 것도 아니야. 이 쪽은 이래 봬도 한때는 이 신사에 모셔졌던 신이야. 고양이보다는 어느 정도 협력적이라고."

이리 와 보셔, 라고.

손짓하는 센고쿠 다레코. 쿠치나와 씨.

그 손의 움직임이 뱀 같기도 하고 뱀의 혀 같기도 해서, 가까이 다가가는 것에 주저하게 되긴 했지만 겁먹고 있어 봤자 소용없다. 나는 신중하게 한 걸음 한 걸음, 쿠치나와 씨와 하치쿠지 누나에게 다가갔다.

"에잇!"

그렇게 그녀들까지 몇 미터만을 남겨 두었을 때, 누나 쪽이 나에게 달려들었다. 맥락도 없이 나를 밀어 넘어뜨린다.

신사 안에서 나를 몇 번 넘어뜨릴 생각이지, 이 사람?

아니면 독거미라도 있었던 건가? 하고 놀라며 보니, 하치쿠지 누나는,

"이노옴~."

하고 웃는 얼굴로 말했다.

"뭘 그렇게 진지한 얼굴을 하고 있는 거야. 그런 부분이 생각이 너무 많다는 얘길 듣는 이유 아니야? '거울 나라' 같은 곳은 좀처럼 올 수 없는 곳이니까, 차라리 즐기겠다는 정도의 여유를 가지라고, 소년아."

"…알겠습니다."

여유를 보이면 진지해지라고 하고 신중해지면 즐기라고 하고, 정말 제멋대로인 누나다. 하지만 듣고 보니 그 말 그대로였다.

원래 세계의 센고쿠의 인상을 이쪽 세계의 센고쿠에게 대입해서는 안 되고, 주의는 게을리할 수는 없지만 그것 때문에 괜히 완고해져서는 안 된다…. 즐기는 정도의 여유.

그렇구나.

스물한 살의 하치쿠지가 몸 위에 올라탔었다는 이야기는, 분명 좋은 이야기 선물이 되겠지. 나는 그 자세인 채로 쿠치나와 씨에게,

"잘 부탁드립니다."

라고 새삼스럽게 말했다.

"아앙? 어, 뭐, 부탁은 받아 줄 거야. 신이니까 말이야. 뭐, 나는 딱히, 그런 의미에서 생각이 많다고 말한 건 아니지만 말이다."

"아, 그렇구나."

그렇게 쿠치나와 씨의 부정에 위축되지도 않고 그렇게 말한 하치쿠지 누나는, 나를 깔아 누른 채로(왜 안 푸는 거야),

"하지만 이 쿠치나와 씨는 의지가 된다고, 아라라기 군. 지금 아라라기 군이 의지해야 할 신불이라면 어느 신을 놓고 보더라도 이 쿠치나와 씨야!"

라고 말하는 것이었다.

"어느 신을 놓고 봐도…? 어째서인가요?"

아무리 그래도 그것은 과언이 아닐까 생각했지만, 하치쿠지 누나는 그 과대광고를 철회하지 않고,

"하지만 그도 그럴 것이, 뱀이라고 하면 거울의 전문가인걸."

이라고 말했다.

"네…? 뱀이 거울의 전문가인가요?"

나는 그렇게 말하며 쿠치나와 씨 쪽을 본다. 바닥에 드러누운 자세에서 올려다보아서 원피스 아래쪽이 보이고 말았다.

"응? 아아, 그렇다고. 뭐야, 나를 본 순간에 그렇다고 감이 딱 오지 않았어? 그러면 코요미 오빠는 왜 마요이 언니가 이 몸을 불렀다고 생각한 거야, 그러면."

"어째서냐니…."

갓 신이 되어서 아는 인물이 없으니까 감당이 안 되는 사태를 맞이하고서 선배, 선대의 신을 불렀다는 느낌으로 이해하고 있었는데…. 그것뿐만이 아닌가?

"저기 말이야, 아라라기 군."

하치쿠지 누나가 알려 주었다.

마치 자신의 공적이라는 듯이.

"'거울'의 어원은 뱀의 눈蛇目, 일본어로 거울을 뜻하는 발음과 똑같은 '카가미'라고 해. 몰랐어?"

013

물론 몰랐다.

뱀의 이명이 '카카'라는 지식 같은 건 입시에 필요 없었다. 곱게 포기를 못 하는 듯 보이겠지만, 이것 역시 지금 내가 체험하고 있는 사건이 꿈이 아니라는 증거가 될 것이다.

바다뱀으로 예시되었던 오시노 시노부의 웃음소리가 '카캇!'이었던 것이 어쩌면 의식의 근저에 있어서 그것이 내 꿈으로 연결되어 있다고 생각할 수 없는 것도 아니지만, 그건 아무리 그래도 복선을 회수하는 방법으로서 너무 억지스럽다. 어쨌든 이곳에 와서는 신이든 여중생이든, '거울의 전문가'의 등장은 그야말로 바랄 나위 없는 일이었다.

"배고프지 않니? 아라라기 군. 이야기를 듣고 보니, 넌 아침부터 아무것도 안 먹었잖아. 먹으면서 이야기하자. 쿠치나와 씨도, 자, 같이."

듣고 보니 내가 오늘 입에 댄 것은 오이쿠라가 끓여 준 차 정도였다. 그 녀석의 모습을 본 것만으로 속이 꽉 찬 듯 갑갑해져서 별로 의식하지 않았지만, 흡혈귀성이 사라진 현재의 나는 적절한 영양을 섭취하지 않으면 쓰러져 버린다.

그런 이유로, 나는 처음으로 키타시라헤비 신사의 건물 안에 불려 들어가서 하치쿠지 누나가 준비한 식사를 앞에 두었던 것이다.

"…그렇다기보다 이거, 신사에 바쳐진 공물 아닌가요?"

"응. 공물이야."

"……."

나 이외에 이 신사를 참배하는 녀석은 없었을 테니, 쿠치나와 씨 쪽의 공물일까? 그렇다기보다 공물이란 거, 먹어도 괜찮던가.

내가 망설이고 있는 동안에 하치쿠지 누나와 쿠치나와 씨는 잘 먹겠습니다, 라는 말도 없이 먹기 시작해 버려서, 분위기를 깰 수도 없어서 나도 같이 들기 시작했다.

그렇다기보다, 새삼스레 말할 것도 아니지만 이건 굉장한 상황이네. 나, 지금 두 명의 신과 둘러앉아서 같이 밥을 먹고 있어.
뭐 하는 사람이냐.

내가 오늘 아침까지 살고 있던 세계에서는, 센고쿠 나데코가 신이 아니게 된 것에 의해 하치쿠지 마요이가 신이 되었다. 요컨대 두 사람의 지위가 겹쳐지는 일은 없었는데, 이쪽에서는 그 부분도 들쭉날쭉하다고 할까, 앞뒤는 맞지 않는 듯하다.

"꿀꺽꿀꺽꿀꺽꿀꺽." "꿀꺽꿀꺽꿀꺽꿀꺽."

신 두 명이 마찬가지로 봉납품이라 생각되는 술을 병째로 나발을 불 듯 마시고 있었다. 스물한 살의 하치쿠지 누나는 둘째치고, 쿠치나와 씨는 겉모습이 여자 중학생이므로 참으로 무시무시한 그림이다.

"코요미 오빠. 너, 거울은 좌우 반대로 비치는 물건이라고 생각하고 있지 않아?"

본론, 쿠치나와 씨에게 들어간 갑자기였다…가 아니라, 갑자기 쿠치나와 씨가 본론으로 들어갔다.

너무나 갑작스러워서 지문에서 말이 꼬여 버렸다…. 더 이상 혀가 꼬이지 않게 되었다고는 해도 하치쿠지 마요이 앞인데, 부끄럽다.

"어, 뭐, 뭐라고? 다시 한 번 말해 줘."

"거울은 좌우 반대로 비추는 물건이라고 생각하고 있지 않느냐고 물었다고. 아앙?"

시비를 거는 듯한 말투라서, 마치 압박면접이라도 받고 있는 것 같았다. 그렇기 때문이라는 건 아니지만, 질문의 내용은 알았어도 의미를 이해하지 못했다.
거울은 사물을 좌우 반대로 비추는 물건…이라고, 당연히 나는 생각하고 있다. 그런 것은 초등학생도 알고 있는 상식이 아닌가.
'어째서 거울은 좌우 반대로 비춘다고 생각하지?'라는 질문이라면 어딘가 철학적인 의미도 포함되어 있으니 받아들이지 못할 것도 없었지만, 그 질문은 철학은 고사하고 완전한 선문답일 것이다. 설마 좌우 반대인 것은 우리 쪽이며, 거울에 비친 모습이야말로 진실이라는 말이라도 꺼낼 생각일까?
아니, 잠깐.
초등학생은 모르겠지만 히타기나 오이쿠라 같은 장학생이라면 알고 있을 '거울'의 성질로서, 엄밀히 말하면 그것은 좌우가 아니라 앞뒤를 반대로 만들고 있는 것이란 이야기가 있었지…. 그런 이야기일까? 하지만 그것은 표현의 문제이며 보이고 있는 것은, 보이고 있는 '반대'는 마찬가지일 것이다.
"삼면경이라든가 하는 거울을 직각으로 놓고, 그 이음매를 보면 그곳에서는 좌우가 올바르게 보인다는 이야기를 들은 적이 있는데, 그런 이야기를 하고 싶은 거야?"
혹은 반사를 잘 이용해서 평면이면서도 좌우를 올바르게 비추는 거울도 있지 않았던가…. 이 세계의 레이니 데빌은 어떤지 모르지만, 새로운 물건이나 별난 물건을 좋아하는 칸바루의 방을 청소했을 때에 그런 굿즈를 본 것 같은 기억이 있다.
"아냐, 아냐. …샤샤. 그런 게 아니라 말이지, 거울을 봤을 때에 곧바로 **좌우가 반대라고 생각하는가**, 라고 말하고 있는 거야."

"그건… 생각하지. 내가 오른손을 들면 거울 상은 왼손을 들고, 내가 왼발을 들면 거울 상은 오른발을 들잖아?"

"뭐야, 코요미 오빠는 거울 앞에서 Y자 밸런스를 하고 있는 거야? 특이하네."

"그냥 예를 든 거야. 그런 짓을 하겠냐."

그걸 하는 사람은 카렌이다.

이 세계에서도 하고 있을까.

"어쨌든 거울 상은 나하고는 좌우 반대로 움직이잖아."

"정말로 그렇게 생각해?"

집요하게.

쿠치나와 씨는 나에게 그렇게 따지고 들었다. 뱀에게는 집요한 이미지가 있는데, 그 이미지를 그대로 실행하는 느낌이다.

"모두가 그렇게 말하고 있으니까 그렇게 생각하고 있는 것뿐 아냐?"

"바, 바보 같은 소리. 내가 상식에 얽매여 있을 남자로 보이냐?"

그러나 거울의 상이 좌우 반대로, 혹은 전후 반대로 비치는 것은 분명히 상식이며, 말하자면 선입관이기도 하다.

이를테면 거울이라는 물체를 설명할 때는 나 역시 그런 식으로 설명할 것이다. 기억은 하고 있지 않지만 내가 누군가에게 거울에 대한 설명을 들었을 때에는 그런 식으로 설명을 들었을 것이다.

그리고 이해했을 것이다.

아아, 이것은.

현실을 좌우 반대로 비추는 판이구나, 라고.

"…쿠치나와 씨, 실제로는 다르다는 이야기야? 하치쿠지 누나는 어떻게 생각하시나요?"

"내 의견은 마지막에 말하겠네. 우선 이야기를 그대로 계속해 주게나."

위엄 가득히 이야기하는 누나.

회사 중진 같다.

그러나 나는 그녀의 열 살 무렵의 모습을 알고 있으므로, 진심으로 하는 말인지 장난을 치고 있는지, 아니면 의견이 없는 것을 얼버무리고 있는지 판단하기 어려웠다.

"거울 인식, 이라는 게 있잖아? 동물에게, 예를 들면 뱀에게 거울을 보여 주었을 때에 그것을 자신이라고 인식할 수 있는가 없는가. 하지만 그건 상대가 좌우 반대로, 즉 대칭이 되어 비치기 때문에 '자신의 영상이다'라고 깨닫는 거라고 생각하지 않아? 만일 좌우가 동일하게 움직인다면 다른 움직임을 하는 다른 녀석이라고 생각…할지도 모르지. 샤샤."

"아니, 하지만 실제로 좌우는 반대로 움직이는 것이니…."

"어쨌든 뱀의 경우에는 손도 발도 없으니까 코요미 오빠의 예시로는 납득할 수 없지. 애초에 거울은 그 자체가 발광하고 있는 게 아니라 들어온 빛을 반사하는 것이고, 보는 측이 그것을 '비추고 있다'라고 멋대로 판단하는 거라니까? 그렇게 생각하면 결코 거울 자체의 기능은 아니지."

"…그렇다면 말이야, 쿠치나와 씨."

어쩐지 농락당하고 있다…기보다는 놀림을 받고 있다는 기분이 들기 시작해서, 나는 상대가 신이라는 것도 잊고 조금 강한 어조로 물었다.

"거울이 좌우 반대로 비추는 것이 아니라면, 대체 뭘 비추는 건데."

"진실."

쿠치나와 씨는 말했다.

"…아니, 조금 전에 네가 했던 말 같은, '어느 쪽 좌우가 올바른가?' 하는 이야기가 아니라니까, 코요미 오빠. 거울은 예부터 그런 물건으로 취급되어 왔다는 이야기야. 신성한 영구靈具였어."

"으응…. 무엇무엇의 거울, 이라든가 하는 이야기를 흔히 듣지."

"신데렐라의 어머니가 보고 있던 놈 같은 거구나."

하치쿠지 누나가 잘 안다는 얼굴로 말했지만, 『백설공주』와 착각하고 있었다. 하지만 뭐, 예시로서는 알기 쉽다.

지금이야 센스 없이 그 구조를 해석해 버렸지만, 옛날에는 상당히 신기한 '비침'이었을 테니, 그곳에 의미를 부여하고 싶어지는 것은 당연하다. 그래서 거울을 둘러싼 괴이가 많이 있는 것이겠지.

진실을 비춘다….

"진실이 비쳐진 결과, 메두사는 석화되는 꼴을 맞았지만 말이야. 뭐, 머리카락이 뱀이 되어 있는 녀석을 보면 그야 깜짝 놀라겠지. 샤샤!"

쿠치나와 씨가 그렇게 웃은 것은 어쩌면 스네이크 조크였는지도 모르지만, 그러나 실제로 그 모습이었던 뱀신 센고쿠를 알고 있는 나로서는 전혀 웃을 수 없었다. 이쪽 세계관에서는 그런 센고쿠는 없었던 걸까?

"진실을 비춘다…. 아니, 그것 자체는 함축이 있는 말이지만 말이야, 쿠치나와 씨. 그것이 어쨌다는 거야? 나는 그 이야기에서 어떠한 교훈을 배우면 되는 거지?"

교훈이라고 말하면 마치 그 사기꾼 같지만, 그러나 지금 이대로는 '역사를 되돌아보는 것은 도움이 되는구나' 이상의 감상을 갖기 어렵다.

자칫하다가는 진실도 반대방향이 되어 있는 거 아니냐며 트집을 잡고 싶어질 정도다. 하치쿠지 누나에게는 4엔의 새전을 지불했지만, 공짜로, 우정 출연으로 여기에 와 준 쿠치나와 씨를 상대로 그런 태도는 바람직하지 않다.

…지금 생각하면, 하치쿠지 누나에게 지불한 4엔의 보시는 내지 않는 편이 나았을 정도의 금액이었다.

갑자기 미안한 기분이 든다. 마음속이기는 했지만, 지금까지 난폭하게 딴죽을 걸어서 죄송합니다.

"아~, 아직 이해를 못 하는 건가~. 코요미 오빠. 나는 네가 보기에는 좌우 반대인 이 세계도 결코 '반대'인 것은 아니라는 이야기를 하고 있는 것뿐이야. 어느 한쪽이 옳은 게 아니라, 어느 쪽이나 옳다고 할까."

"어…."

어느 쪽이나… 옳다고?

진실?

"네가 보기에는 엉망진창이고 앞뒤가 맞지 않는 이 세계도, 너의 세계와 마찬가지로 그럭저럭 치녀가 있다는 이야기야."

"그럭저럭 치녀가 있다…."

시리어스하게 받아들여 버렸는데… 아니, 내 세계에서 치녀는 그렇게 서 있지 않다고.

"아, 잘못 말했네. 질서 말이야, 질서."

"잘못 말하는 것에도 정도가 있잖아. 질서와 치녀를 잘못 말하지 말라고. 그야말로 대극 같은 단어들이잖아."

"대극이라…. 샤샤."

나의 시답잖은 딴죽을, 마치 깊은 함축이 그곳에 있었던 것처럼 반복하는 쿠치나와 씨. …응?

"아니, 뭐. 정리하자면 말이지. 네가 이 세계에서 만났던 지인 여러분. 여동생들이나 친구나 후배나 소꿉친구들. 거기에 나나 마요이 언니도 그런데, 딱히 좌우 반대가 되어 있는 것도 아니라고. 그건 이미 왠지 모르게 이해하기 시작했지?"

"……."

"그래, 반대가 되어 있는 게 아니라, 이건 이것대로 번듯한 우리들이시라고. 거울 상이긴 해도 환상은 아니야. 샤샤! 조금 전부터 시선을 읽기로는, 코요미 오빠가 아는 나는 지금의 나하고 전혀 달라서 동일인물이라고는 도저히 생각할 수 없는 모양인데, 공교롭게도 말이지, 이것도 나야.”

센고쿠 나데코라고.

…그렇게 쿠치나와 씨는 말했다.

요컨대 센고쿠 나데코는 말했다.

…둔한 나도 왠지 모르게 말하고자 하는 바는 이해되기 시작했지만, 그러나 그래도 좀처럼 납득이 되지 않네.

그것은 생리적인 것일까.

거울에 비친 존재는 동일인물이자 본인 자신이라는 이론은… 그렇다, 하네카와 츠바사와 블랙 하네카와에 대해서는 납득할 수 있겠지만, 그 밖의 인물에 대해서는 수긍할 수 없다.

예를 들면 맨 처음에 만났던 카렌의 경우, 키가 작아지면 아이덴티티가 붕괴해 버리지 않는가.

“키가 큰 녀석이 반드시 그것을 바라고 있다고만은 할 수 없다는 이야기야. 키가 작은 것을 콤플렉스로 느끼는 녀석도 있고, 키가 큰 것을 콤플렉스로 느끼는 녀석도 있어. 그 여동생, 이제 막 중학교를 졸업했다면서? 그 키를 따라잡을 정도로, 알맹이는 잘 자라고 있는 거야?”

“알맹이…?”

아니 뭐, 그런 식으로 말하자면 확실히 그 녀석은 몸뚱이만 커지고 속은 텅 비었다고 할까, 아직 어린애…라고는 생각하지만.

“…….”

그렇다고 한다면?

츠키히의 경우—오노노키의 경우—하치쿠지의 경우—칸바루의 경우—하네카와의 경우—오이쿠라의 경우—센고쿠의 경우.

그런 시점에서 본다면 이제까지 들쭉날쭉하게 보였던 '좌우 반대'에, 간신히 한 가지의 공통항이…. 하지만 그렇다면?

"샤샤. 대충 정리가 되기 시작했으니 아까 하던 이야기로 잠깐 돌아갈까, 코요미 오빠. 오른손을 들면 왼손이 움직이니까 거울은 좌우 반대로 비친다고 코요미 오빠는 말했지. 하지만 그 예시는 손발이 없는 뱀에게는 쓸 수 없어. 뱀의 경우에는 무엇을 가지고 '좌우 반대'라고 생각하면 될까?"

너라면 어떤 방법으로.

나에게 거울은 '좌우 반대'라고 설명하겠어?

"그건… 어디 보자, 비늘의 모양이라든가 늘어선 방식이라든가…."

"진짜로 뱀으로 생각하지 마. 바보냐, 너는? 요컨대 '좌우'의 개념이 없는 녀석에게 어떻게 '좌우 반대'를 설명할지를 묻는 거라고."

"그건…."

오즈마 문제의 패턴 차이 같은 것이구나.

간단하게 생각되지만, 의외로 어렵다.

예를 들어 몸 전체를 오른쪽으로 움직이면 상대는 왼쪽으로 움직일 것이다. 그러나 이 문제의 요점은 '좌우'라는 말을 사용하지 않고 '좌우 반대'를 설명하라는 점일 테니까?

"오즈마 문제라는 거, 오즈의 마법사의 문제 같네."

그렇게 말하는 하치쿠지 누나에 대해서는 일단 잊고서(마음속으로라도 딴죽 걸지 않겠다고 결심했던 것이, 이렇게 되니 그냥 매정한 녀석 같다) 나는 잠시 생각에 잠겼고, 그리고 떠올려 보니 간단한 답에 도달했다.

"맞다. 글자를 비추면 되잖아."

"샤샤. 글자를?"

"응. 알파벳이라면 좌우 대칭인 것도 많으니까, 일본어의 히라가나나 가타카나, 아니면 한자 같은 게 좋을까? 그걸 비추면 좌우가 반대가 되어 비치니까, 거울의 성질은 설명할 수 있을 것 아냐?"

'아라라기 코요미'라면 'ㅣㅁ요됴 ㅣㄱㅓㄹㅓㄹㅓㅇ'라고 비치고.

'쿠치나와 씨'라면 'ㅣ씨 ㅓ오ㅓㄴㅣㅊ두'라고 비친다. 나를 서점에서 좌절하게 만들었던, 이른바 '거울 문자'다.

그것을 보면, 그냥 유리를 들여다보고 있는 것이 아니고, 현실을 그대로 비추고 있는 것이 아님이 일목요연할 것이다.

"그래."

그거라고, 라고 쿠치나와 씨는 말했다.

그 표정에서는 '정답이야! 생각보다 머리가 좋잖아, 코요미 오빠.'가 아니라 '간신히 내가 원하는 답을 짜냈냐, 정말 고생하게 만드네.'라는 분위기가 엿보였다. 그러니까 처음부터 척 하고 답을 조목조목 알려 달라고.

너무 직접적인 신탁은 할 수 없다는, 신에게는 신의 룰이 있을지도 모르지만, 그 학원 옛터에서 오시노에게 괴이에 대한 지식을 듣고 있던 때를 떠올릴 정도로 거울에 대한 이런저런 이야기를 듣고 나서 그런 얼굴을 보게 되는 것은 너무 괴롭다고.

…그러고 보면 나의 세계관에서는 이미 존재하지 않는 그 학원 옛터는, 이쪽 세계에서는 어떻게 되어 있을까?

지금까지 보아 온 바로는, 건물이나 풍경에는 디자인이 반전되는 것 이상의 변화는 없는 것 같은데….

“그러면 코요미 오빠. 다음 스텝이야.”

“…아직 다음이 있는 거냐.”

“안심하라고, 이걸로 끝이야. 이게 끝나면 마요이 언니의 의견을 듣자고.”

“엥?”

쿠치나와 씨의 말에, 정말로 놀란 듯이 반응하는 하치쿠지 마요이. 조금 전에 자신이 한 말을 잊고 있었던 모양이다. 그렇다면 역시 그것은 그 자리를 넘기기 위한 임시방편이었던 걸까.

어쨌든 지금은 쿠치나와 씨의 다음 단계, 마지막 스텝이었다.

“가령 네가 지금 아무것도 모르는 상태에 있다고 치고, 거울에 비친 ‘아라라기 코요미’가 아니라 종이에 적힌 ‘|ㅁ요됴 |ㄱㅓ5ㅓ5ㅓㅇ’라는 글자를 보게 되었을 때, 어떻게 생각하겠어?”

“…응? 내가 뱀 역할이야? 지능은 뱀에 맞추지 않아도 되는 거지?”

“응. 발돋움해서 키가 커 보이려고 하지 않아도 돼.”

고약한 소리를 한다. 아니, 뱀의 신이니까 쿠치나와 씨가 뱀을 편애하는 것은 당연한가.

어디 보자….

"뭐, 거울 문자라고 평범하게 생각하지 않을까?"

"하지만 너는 거울을 몰라. 당연히 거울 문자도 모르고."

"…응? 그러면 거울 문자라고는 생각하지 않겠지만, 그래도 그건 단어를 모를 뿐이지 결국은 그것을 '좌우 반대'라고 생각…."

음.

아니, 그게 아니다.

거울 문자를 '좌우 반대'라고 생각하는 것은, 대개 거울을 앞에 두었을 때뿐이다. 그 대형서점에서 어떻게든 역사 교과서를 읽으려고 노력했을 때를 떠올려라.

맞다.

그때 나는 페이지를 반대편에서 비쳐 보려고 했다. 그 시도는 실패했지만, 요컨대 종이에 적힌 거울 문자를 봤을 때는.

분명히 그 종이를 뒤집는다.

그렇다.

거울은 좌우를 반대로 하는 게 아니라….

"사람을… **뒤집어** 놓는다."

알았다.

이 세계에 와서, 처음으로 뭔가를 알았다. 여기는 '거울 나라' 같은 게 아니다. 아니, 이해로서는 그것이 완전히 정답이지만,

내가 봤던 그녀들은 결코 좌우가 반전되어 있던 것이 아니었다.

그녀들은, 뒤집혀 있는 것이다.

속이 겉으로 나와 있다.

그렇구나…. 츠키히만이 복장을 제외하면 아무런 변화도 없었던 것은 그런 이유인가. 아니, 복장도 그냥 그 녀석이 잘못 입었을 뿐인지도 모르지만, 어쨌든 그 녀석은 그런 녀석이니까.

표리가 없는 녀석이니까, 아라라기 츠키히는 거울 속에서도 속의 얼굴이 나오지 않는다.

그렇다.

거울 면을 넘은 이곳은, 이면裏面이었던 것이다.

014

용어 설명을 먼저 끝내 놓자면, 이면이란 컴퓨터 게임에서 말하는 '클리어 이후의 세계'를 의미하던 적도 있다. 요즘의 주류는 게임 자체에 클리어를 설정하지 않는 시스템이라서 그다지 일반적이지 않을지도 모르지만… 뭐, 난이도가 높은 스테이지이거나, 혹은 보너스 스테이지이기도 하다.

다만 이 경우의 이면이란, 단순히 '겉과 뒤'라는 의미이며, 표리일체라는 의미이며… '뒤집힌 세계'라는 의미다.

이제까지, 나는 거의 하루에 걸쳐 착각을 하고 있었다. 물론 '좌우 반대인 세계'와 '뒤집힌 세계'에 어느 정도의 차이가 있는가, 하는 말은 결국 똑같은 것으로 생각되는 부분도 있다. 하지만 풍경에 대해서는 어떨지 몰라도, 인간성에 관해서만은 그렇지 않다.

역시 하네카와 츠바사의 예를 드는 것이 알기 쉬울 것이다. 블랙 하네카와는 하네카와 츠바사는 아니지만, 그렇다고 다른 사람인가, 그런 녀석은 현실에 존재하지 않는 허구인가 하면 결코 그렇지는 않다.

골든 위크에 나타난 그 괴이는 사와리네코라는 전통적인 요괴임과 동시에, 그래도 하네카와 츠바사 자신이었다.

성인聖人 같던 그녀가 억압해 왔던.

아픔을 억눌러 왔던 그녀 자신.

하네카와 츠바사의 **뒤편**이었다.

블랙 하네카와라고 오시노가 이름 붙였지만, 고양이 쪽을 하네카와 츠바사라고 부르고 하네카와를 화이트 하네카와라고 부른들, 본래 아무런 위화감도 없는 것이다. 그리고 '뒤집기'라는 시점에 선다면, 이것은 하네카와 외에도 적용할 수 있다.

쪼그만 카렌은 참신하고 너무나도 신기원이라서 나에게는 신대륙 발견 정도의 충격이 있었지만, 쿠치나와 씨가 말했듯이 카렌 본인은 자신의 큰 키를 신경 쓰고 있었고, 또한 신체의 성장을 따라가지 못한 정신은 갭으로서 그녀 안에 존재했을 것이다.

실존했을 것이다.

그런 카렌의 뒤편이 실체를 가졌다면, 그런 모습을 취할 만도 하다.

그 모습은 결코 새롭지도 않다.

카렌의 좋지 않은 밸런스가 드러난 것이다.

오노노키의 경우에는, 그 애는 식신으로서의 성질상, 무표정하며 무감정, 어조에도 억양이 없는 인형 같은 외견이다. 그러나 예전에 본인에게 들었던 적이 있다. 겉으로 나타나지 않을 뿐이며 **표현**할 수 없을 뿐이지, 그녀 자신은 결코 무감정도 무표정도 아닌 것이다.

거기에 테오리 타다츠루의 증언도 가미해서 생각하면, 바깥쪽에 대한 안쪽이, 겉면에 대한 뒷면이 가시화된 것이라고 말할 수 없는 것도 아니다.

실제로 오노노키에 대한 인상은 '성격이 변했다'가 아니라 '나쁜 성격이 드러났다'였다. 하치쿠지 마요이의 경우에 고찰하는 것은 더욱 단순하다.

예전에 열 살 소녀라는 모습을 취하고 내 앞에 나타났던 하치쿠지는, 그러나 십여 년 전에 목숨을 잃은 유령이며, 순당하게 나이를 먹었더라면 스물한 살이 되어 있었을 것이다.

표면의 소녀 모습에 대한 이면으로서, 성인 여성의 성질을 갖추고 있었다. 유령은 성장하지 않고 괴이에 시간은 축적되지 않으니 단순한 정신연령을 계산할 수는 없다고 해도, 11년에 걸쳐 길을 헤매 왔던 그녀의 경력 자체는, 지옥에 떨어지든 신이 되든 결코 사라지지는 않는 것이다.

나는 그런 것을 잘 모르겠지만, 소녀, 소녀, 귀여워, 귀여워,

하며 덮어 놓고 그 녀석을 추어올리는 칸바루 같은 녀석에게는 보이지 않을 이면이 하치쿠지에게는 있었고, 그 이면이 뒤집히면 저런 모습을 취하는 것이겠지.

그 칸바루, 칸바루 스루가의 경우에는 실은 조금 복잡하다. 그녀의 경우에는 어머니인 칸바루 토오에나 이모인 가엔 이즈코를 빼놓고 생각할 수가 없다. 그러나 그 부분을 굳이 분리해서, 겉과 뒤라는 시점에만 한정해서 이야기한다면, 애초에 그녀의 '왼손', '원숭이 손'은 '소유자의 소원의 이면을 읽어서 이루어 준다'라는 물건으로, 존재 자체가 **이면의 비기** 같은 괴이였다.

레인코트를 입고 장화를 신었다.

레이니 데빌으로서의 그 모습은 칸바루 스루가의 뒤편이며, 선배인 나를 사모해 주는 마음에 거짓은 없는 반면, 그러나 그 녀석 안에 있는 아라라기를 미워하는 감정을 완전히 지우기는 불가능할 것이다.

없는 것이 나타난 것이 아니다.

그것은 계속 그곳에 자리했고, 그곳에 존재하고 있었다.

역逆이 아닌 이裏다, 라고 말하면 마치 수학의 정의처럼 들리지만, 좀 더 심플한 문제로서, 레이니 데빌은 칸바루 스루가 자신이다. 수학이라고 하자면, 그 눈뜨고 못 볼 오이쿠라 소다치의 경우다.

솔직히 말하면, 그녀의 그 모습에 대해서는 아직 정리가 되지 않은 구석도 있지만, 나에게는 그 편린조차 보이지 않았던 그 해방된 성격이나 아라라기 가에 친숙한 가족 관계는, 내가 바람직하다고 망상하는 것 이상으로 그녀가 바라 마지않은 일이었다…고 나는 생각하고 싶다.

그런, 거짓의 냄새가 풀풀 나는 행복을.

마음 속 깊은 곳에서는 오이쿠라 소다치가 바라고 있었노라고 믿고 싶다. 표독스런 성격이나 공격적인 언동의 뒤편에, 그런 느낌의 그녀도 있었다고 생각하는 것은, 역시 어떠한 위안이 되는 것처럼 생각되기도 한다.

오이쿠라에 대해서는 아전인수가 지나칠지도 모르지만, 그러나 소꿉친구인 그녀를 논리만으로 이야기하는 것은 나에게는 불가능하다.

그것에 비하면 센고쿠 나데코의 케이스는 조금 더 설득력을 가지고 알기 쉽게 뒷받침할 수 있다. 쿠치나와 씨라는 신은 키타시라헤비 신사에 모셔져 있던 토착신으로서, 그녀가 그녀 안에 낳은 것이니까.

이중인격과는 어딘가 다르겠지만, 나는 시노부와 함께 '쿠치나와 씨'와 대화하는 센고쿠를 딱 한 번 본 적이 있다. 그 신은 나에게도 시노부에게도 보이지 않는, 센고쿠의 뒤편에 둥지를 튼 뱀이었다.

저 난폭한 어조, 막되어 먹은 태도.

그것도 역시 센고쿠 나데코. 본인이 말하는, 동일인물.

여동생의 친구로밖에 그녀를 보지 않았던 나로서는 인정하기 어려운 일이었지만, 후회와 함께 인정하지 않을 수 없는 부분이지만, 얌전하고, 내성적이고 귀여울 뿐이었던 센고쿠 나데코 같은 건 없는 것이다.

얌전함의 뒤에는 어리숙함이.

내성적인 것 뒤에는 외공적外攻的인 것이.

귀여움의 뒤에는 뻔뻔스러움이 있었다.

언제 폭발해도, 언제 파열해도 이상하지 않은 센고쿠 나데코가, 센고쿠 나데코의 뒤에 있었다. 그런 이야기다.

내가 '이 세계는 이상하다'라고 생각해 왔던 이제까지의 모험의 책을 다시 읽어 보면, 별것 아니다, 나는 그저 뒤집힌 그녀들을 보아 왔던 것뿐이었다.

앞뒤가 맞지 않는 모순이 허용되는 세계인 것은, 여기가 '거울 속'이기 때문이 아니라, 그녀들이 '마음속'의 등장인물이었기 때문이다.

속마음의 자유.

…라는 것일까. 그렇게 생각하고서 보면, 불안정하며 불확실하다고밖에 생각되지 않았던 이 세계에 하나의 축이 생긴 느낌이다. 단순히 좌우 반대로밖에 보이지 않았던 풍경도 바뀌기 시작하는 것만 같다.

그러고 보니 하치쿠지 누나는 거울의 어원이 '뱀의 눈'이라고 설명해 주었는데, 당연하지만 그것에는 다양한 설이 있으며 '거울'은 같은 일본어 발음에 '影見'라고도 쓰는 듯하다. 사람의 그림자를 보는 장치.

빛이 있으면 어둠이 있는 것처럼.

겉이 있으면 뒤가 있다. 사람은 누구나가 뒤가 있다.

쿠치나와 씨는 비교적 갑작스러운 느낌이었지만… 뭐, 아마도 내가 알기 쉽도록 하기 위해서였겠지, 만화의 예를 들어 주었다.

"만화에는 오른쪽 방향의 얼굴이나 왼쪽 방향의 얼굴을 그릴 때에 주로 쓰는 손의 버릇이 나오기 마련이래. 잘 못 그리는 얼굴 방향을 그릴 때에는 거울로 체크하거나, 작가에 따라서는 뒷면에 왼쪽 방향 얼굴을 그려 놓고, 겉면에 다시 그리기도 한다지. 그래, 표리는 잘 하고 못 하고이기도 해. 본질적으로는 같으면서도 그 양상이 전혀 달라지게 만들기도 하고."

…만화로 비유한 것은 알기 쉽지만, 어째서인지 작가 측에서의 시점이었다.

흠, 그렇지만 확실히 반전에도 여러 가지 반전이 있으며, 그렇기에 나는 커다란 오해를 해서 지금까지 태평스럽게 지내고 있었던 것 같다. 쿠치나와 씨의 영험한 기운이라고 할까, 상담한 보람이 있었다. 그러나 이 해석은 동시에 '그래서 어떻다는 건데?'라는 이야기이기도 했다.

여기가 이세계이며 나에게는 이경異境의 땅이고, 고향으로 돌아갈 계획이 전혀 서지 않는다는 시추에이션은 아무런 변함없이 여기에 있었다.

그렇구나, 거울이란 것은 사람의 진실을 뒤편에서 꿰뚫는구나, 라고 거울의 전문가에게 가르침을 받았다고 해도, '그렇다면 이렇게 하면 되겠네!'는 없는 것이다.

내가 아는 그녀들과는 다르다고 해도 그것 또한 그녀들의 한

가지 측면이니까 소홀히 해서는 안 된다는 마음의 대비는 되어 있었다. 하지만 어떡하면 원래 세계로 돌아갈 수 있는가, 어째서 이렇게 되었는가 하는 문제에 대한 해결책, 문제에 대한 해답은 얻을 수 없는 것이다.

…아니.

엄밀히 말하면 어째서 이렇게 되었는가에 대해서는 한 가지, 가설하고는 다르겠지만 혜안이라고 할 수 있는 지적을 받고 있었다. 이것은 쿠치나와 씨가 아니라 하치쿠지 누나로부터의 지적이다.

놀라지 마시라, '내 의견은 마지막에 말할게'라는 말은 허세가 아니었던 것이다. 그녀는 한 가지 의문을 가지고 있었다. 쿠치나와 씨의 이야기와는 관계없이, 낮 동안에 나와 헤어진 뒤에 품고 있던 퀘스천이었다고 한다.

"아니, 여기가 '거울 속'이건 '거울 나라'건, 이세계건 이차원이건, 그건 제쳐 두고. 아라라기 군의 지인이 있을 거 아니야? 가족이든 친구든, 후배든, 소꿉친구든."

"네, 그런데요…. 그런 의미에서는 완전한 미지의 땅에 내던져진 것하고는 다를지도 모르지만, 그게 왜요?"

"아라라기 군 자신은 어디에 있는 거야?"

하치쿠지 누나는 그렇게 말했던 것이다.

…나?

"아라라기 군은 아라라기 군하고 만나지 않았어. 이건 이상하지 않아? 나나 쿠치나와 씨를 포함해서 모두 아라라기 군을 알고 있어. 각자가 아라라기 군과의 관계를 갖고 있어. 그중에는 스루가짱처럼 너를 습격한 애도 있지만, 그것도 관계임에는 틀림없지. 하지만 그것은 요컨대 이 세계에는 원래부터, 네가 오기 전부터 계속 아라라기 군이 존재했다는 이야기지?"

"……."

"그렇다면 그 아라라기 군은 어디로 간 거야? 너의 성격이나 행동은 우리에게는 익숙한 것이지만… 하지만 너는 이 세계의 아라라기 군이 아니잖아? 너 말고 또 한 명의 아라라기 군이, 아라라기 군의 뒤편이, 이 세계에는 있어야 하는 거 아니야?"

아아…, 그거였나.

오이쿠라와 이야기를 하고 있었을 때에 떠오르려 했던, 발상이라고 할까, 단서라고 할까….

당연한 아라라기 코요미.

시노부와 타임 슬립을 했을 때, 타임 슬립에는 슬립한 곳에 본인이 있는 패턴과 본인이 없는 패턴이 있다는 이야기를 했었는데, 이 경우에는 한 가지밖에 생각할 수 없다.

그녀들이 나를 알고 있는 이상, 내가 없는 것은 이상하다. 지금 없다고 해도, 예전에 없었다면.

오늘 아침에 거울을 봤을 때에.

내 움직임에 연동하지 않았던 그 거울의 상.

나를 노려보고 있던 그 눈.

"아라라기 군과 뒤바뀌어서 아라라기 군은 저쪽 세계로 가 버린 걸까? 그리고 마찬가지로 '영문 모를, 앞뒤가 맞아 버리는 세계'에서 혼란스러워하고 있다든가…. 하하, 그렇다면 저쪽이 큰 일이겠지만."

"…그렇다면 이쪽도 큰일이라고요. 원래 세계로 돌아갈 때에 저쪽하고 호흡을 맞추지 않으면 갈 수 없게 돼요."

아아, 하지만 '시노부가 있는 세계관'에 내가 아닌 내가 있다면 이야기가 빠를 것 같기도 하다. 칸바루 가의 노송나무 욕실을 이용하지 않더라도 저쪽 세계와 의사소통이 가능할지도 모른다.

…아니.

가령 그런 일이 있었다고 해도, 이 세계의 내가 나하고 뒤바뀌어 저쪽 세계로 끌려갔다고 해도 그렇게 일이 잘 풀리지는 않을 것이다.

호흡을 맞춘 콤비네이션 플레이가 가능할 리도 없다. 동일인물이라고 해서, 혹은 겉과 뒤라고 해서 결코 같은 사고방식을 가지고 있는 것은 아니다.

유전자가 같은 쌍둥이라도 지문은 다른 것과 마찬가지다, 행동의 타이밍이 맞을 리도 없다…는 것 이전의 문제다.

왜냐하면.

왜냐하면 순당하게 생각해서, 블랙 하네카와나 레이니 데빌의 사례를 보는 한, 이 세계에 있었다고 가정되는 나는, 아라라기 코요미는.

아라라기 코요미의 이면은… 나의 천적.

오시노 오기 외에는 생각할 수 없기 때문이다.

015

만약 이번 사건이 오기의 계획이라고 한다면 너, 리벤지해 오는 게 너무 빠르잖아, 어떻게 되어 먹은 역습의 화신이냐, 어제 있었던 일은 아니라지만 그저께 일이지 않느냐며 불평하고 싶어진다. 하지만 이 자리에 없는 인물에게 억측으로 말해 봤자 소용없다. 그러나 신출귀몰이 장점인 그녀가, 오늘만 내 앞에 모습을 드러내지 않았다는 것은 몹시 위화감이 드는 이야기이기도 했다.

나와 바뀌어서 이 세계의 오기가 저쪽으로 보내졌다고 한다면, 저쪽에는 두 명의 오기가 존재한다는 이야기가 되어 버리는데, 그것은 뭐랄까, 상상만 해도 등골이 오싹해진다. 내가 돌아가야 할 세계가 어둠에 휩싸인다고. 오기가 두 명이라니…. 대처법이 도통 떠오르지 않는다. 그곳에 입회하지 않을 수 있어서 다행이라는 생각까지 든다.

"뭐, 할 일 자체는 변하지 않았다는 것은 아라라기 군이 말한 대로야. 스루가짱의 집 욕실에 어떻게든 침입해서 저쪽 세계와 커뮤니케이션을 취하는 거지. 레이니 데빌의 감시를 피하는 것은 보통 일이 아니겠지만."

"하아…. 뭐, 그러네요."

"했던 이야기를 또 하게 되는데, 조바심 내 봤자 소용없어. 오늘은 이만 쉬어. 지금의 아라라기 군에게는 보통 사람의 체력밖에 없으니까, 쉬는 것도 목표를 향한 전진이라 할 수 있지. 어떡할래? 이대로 이 신사에서 묵고 갈래?"

"아뇨, 감사하지만 역시 집으로 돌아가려고요…. 확인하고 싶은 일도 있고요."

"그래. 뭐, 나하고 쿠치나와 씨도 계속해서 움직여 볼 테니, 내일도 저녁쯤에 다시 한 번 들러. …물론 저쪽으로 돌아갈 찬스가 있다면 그걸 놓치면 안 돼. 그때는 편지라도 남겨 둬."

"알겠습니다…. 폐를 끼쳐서 죄송해요."

"폐 같은 건 끼치지 않았어. 게다가 이 마을을 평화롭게 하는 것이 지금의 내 업무니까."

하치쿠지 누나는 관록 넘치는 느낌으로 그렇게 말했다. 이 세계에서도 그녀는 이제 막 신이 된 참일 테지만, 어째서인지 판에 박힌 그 태도는 든든하게 느껴졌다.

백만의 아군을 얻은 기분이란 이런 걸 두고 하는 이야기다. 쿠치나와 씨는 "나한테는 민폐지만 말이야. 은퇴했을 텐데 도로 끌려나왔으니."라고 독설을 내뱉으면서도(독사이니 만큼),

"하지만 고양이의 움직임은 신경 쓰이니까."

라고 의미심장한 말을 하고는 입을 다물어 버렸다.

그러고 보니 블랙 하네카와와 쿠치나와 씨의 관계에 대해서는 나오지 않았는데, 그 이야기가 되기 전에 쿠치나와 씨가 한발 먼저 돌아가 버렸다. 애초에 이야기할 생각이 없었던 걸까.

그 부분이 중요하다는 생각이 안 드는 것도 아니지만….

나를 싫어하는 블랙 하네카와가 나를 구한 행동에는 그곳에 제삼자의 의도가 얽혀 있을 것이라는 추측도, 생각해 보면 억지 이론이고 말이야…. 억지 이론은 이 세계에서는 의미를 갖지 못한다.

"하지만 장기전에 대비한다고 해도, 너무 오래 머무를 수도 없어요. 전에도 말했지만, 대학에 합격했을 경우에는 입학 수속을 해야 하니까요."

"뭐, 최악의 경우에는 원래 세계에 돌아가고 나서 시노부에게 과거로 보내 달라고 하는 방법이 있지."

"그런 도라에몽 같은 해결책을…."

"그런데 도라에몽이 노진구의 미래를 바꾼 것으로 노진구가 이슬이와 결혼했던 거잖아, 사실은 영민이하고 결혼했을 텐데. 평소에 바보취급 해 왔던 진구와 결혼하는 꼴이 된 이슬이의 마음은 어디로 가지고 가면 될까."

"……."

누나다운 시각이었다.

남자로서는 코멘트가 궁하다.

그리하여 나는 산을 내려와서 BMX를 타고 아라라기 가로 돌아왔다. 이 BMX의 주인은 지금 어디에.

이 세계관에 이 자전거가 존재한다는 것은, 오기는 적어도 그저께 시점까지는 이곳에 있었다고 생각되는데, 확실하다고 할 수는 없다. 역시 앞뒤가 맞지 않아도 되는 세계관이란 사는 데 성가시구나.

이론추론이 송두리째 의미를 잃어버린다.

나는 결코 똑똑한 사람이라고는 할 수 없지만, 이제까지의 곤경은 내 나름대로 지혜를 짜내서 극복해 왔다. 지혜가 도움이 되지 않는다니, 무기를 봉인당한 기분이다. 설령 그것이 대단한 지혜가 아니더라도.

내가 모르는 센고쿠 나데코가 등장했으니까 이곳은 내 꿈이 아니라는 사고방식도, 그렇다면 지나친 생각이라고도 할 수 있다. 모르는 지식이 꿈에 나오는 일이 없다고만도 할 수 없지 않은가.

내 꿈은 아니라고 해도, 이것이 다른 누군가의 꿈속이라는 케이스는 생각할 수 있을지도 모른다. 그렇게 되면 이야기가 또다시 SF처럼 되기 시작하지만.

…문득 이 세계에서 센조가하라 히타기는 어떤 모습이 되어 있을지가 신경 쓰였다. 다만 정반대로 변화해 있는 것뿐이라면 오이쿠라의 사례도 있고 하니 그런 악취미 같은 것은 오히려 보고 싶지 않지만, 뒷면이 겉면으로 떠올라 있는 센조가하라 히타기는 어떤 느낌이 되어 있을까.

흥미가 없다고 한다면 거짓말이다.

하지만 역시 그것은 그것대로 악취미일 것이다. 예를 들어 그곳에 이 세계를 벗어날 힌트가 있다고 해도, 그것은 구실을 붙여서 연인의 속마음을 엿보려 하고 있는 것과 마찬가지다.

휴대전화를 몰래 체크하는 것에 필적하는 악행이다.

원래 세계로 돌아갔을 때에 히타기의 얼굴을 제대로 볼 수 없을 만한 짓은 피하자. 그런 결의를 하는 동안, 나는 자택에 도착했다.

뭐, 상상하는 것 정도야 자유일 테니까 재미삼아 상상해 보면… 응, 오늘 블랙 하네카와에게 납치당했던 시로헤비 공원, 그 근처에 옛날에 있었다는 커다란 저택에 지금도 살고 있는 히타기라는 상황은 있어도 괜찮을지 모른다.

발할라 콤비도 단절되지 않고 중학교 시절부터 이어지고 있고…. 레이니 데빌하고 연결되지 않게 되어 버리지만, 그런 앞뒤 맞추기를 생각하지 않아도 되는 것이 이 '거울 나라'다.

그렇게 생각하면, 나에게 성가실 뿐인 이 세계도 의외로 나쁜 것은 아닐지도 모른다는 생각이 들기도 했다. 여기서라면 오시노에게 비웃음을 샀던 '모두가 행복해지는' 미래도 성립할 여지가 있을 테니까.

그렇지만 그런 것은 어디까지나 희망적 관측이며, 일이 잘 풀리기만 하는 것은 당연히 아닌지, 내가 자택에서 하고 싶었던 '확인'은 허탕으로 끝났다. '뒤'가 '겉'으로 나타났다고 하는 쿠치나와 씨의 가설(신설神說)은 퇴근한 부모님과 만나면 더욱 확실해질 거라고 생각하고 있었는데, 업무가 연장되어서 두 사람 모두 오늘은 돌아올 수 없다고 했다.

타이밍이 안 좋다…. 일단 넌지시 여동생들이나 오이쿠라로부터 정보를 모아 보았지만, 부모님도 츠키히와 마찬가지로 내가 아는 부모님의 이미지와 그리 다르지 않은 듯했다.

실제로 만나 보지 않으면 아무것도 말할 수 없지만… 뭐, 두 사람 모두 츠키히 정도는 아니어도 겉과 뒤가 다른 타입은 아니라는 걸까…. 어른이고 부모라는 점도 있겠지만.

설령 겉과 뒤가 뒤집히더라도, 그 위를 '어른'으로 장식해 버리면 같은 느낌으로밖에 보이지 않을 것이다. 히타기 정도는 아니라고 해도, 부모의 뒤편 같은 건 자발적으로 보고 싶은 것은 아니므로 왠지 모르게 안도하기도 했지만.

그러나 이렇게 될 줄 알았더라면 하치쿠지 누나의 친절을 순순히 받아들일 걸 그랬다고 나는 후회하게 된다. 그렇게까지 받기만 할 수는 없다는 사양의 마음 외에, 실은 열 살 소녀 시절이라면 몰라도 역시나 스물한 살의 하치쿠지와 잠자리를 같이 할 수는 없다는 상식이 작용한 것이다.

성년과 미성년의 벽은 크다고는 해도, 숫자만 보면 고작 세 살 차이다. 이미 내가 하치쿠지 마요이를 여성으로 보는 것은 어려웠지만, 그래도 선은 그어 둬야 할 것이다.

몸가짐이 견실한 나였다.

그렇게 생각하고 있었는데, 목욕을 하고 나와서 세면대의 거울은 역시 아무 일도 없다는 것을 확인하고 낙담한 뒤… 뭐, 오늘은 이만 자자, 내일 일어나면 전부 해결되어 있을지도 모르고, 라며 낙관을 가장하며 좌우가 역전된 자신의 방으로 돌아가 보니.

"아, 뭐야, 코요미. 머리를 제대로 안 말리면 감기 든다니까? 물기 촉촉한 멋진 남자이지만! 아하하!"

그렇게 이층 침대 위에서, 하트 마크가 잔뜩 찍혀 있는 잠옷

차림의 오이쿠라가 수학 문제집을 읽고 있었다.

…그러고 보니 이쪽 세계에 온 뒤로 내 방에 들어온 적은 없었지만, 생각해 보면 알 만한 문제였다.

오이쿠라가 동거하고 있다면, 방의 숫자가 유한한 이상 나, 카렌, 츠키히, 오이쿠라는 2:2로 방을 같이 써야만 한다. 상황으로 판단하기로는 나하고 오이쿠라가 페어인 듯했다.

연상의 하치쿠지 누나와 잠자리를 같이 하는 것을 피한 결과, 동갑내기인 오이쿠라와 이층 침대에서 자게 되고 말았다….

자연스럽게 1층의 소파로 도망칠 계획도 세웠지만,

"어? 왜, 왜, 왜? 나, 뭔가 나쁜 짓을 했어? 코요미, 화났어? 그러지 마, 그렇게 서먹서먹한 짓은! 뭐야, 코요미. 나를 의식하고 있는 거야?!"

라면서 오이쿠라인지 누구인지 알 수 없는 사람에게 강하게 붙들려서 계획은 실패로 끝났다. 장기전이 되지 않기를 진심으로 바라고 있지만, 아직도 원래 세계로 돌아갈 수 있는 전망이 서지 않는 이상, 수상히 여길 만한 행동은 자제해야 했다.

오이쿠라가 이렇게 재잘거리는 모습을 보는 것은 미안한 기분이지만, 그러나 이 세계가 '뒤편'이며 '이면'이라는 설에 약간 의문을 던지는 그녀의 모습에서 눈을 돌려서는 안 될지도 모른다는 극히 실제적인 사정도 있다. 이야기해 보니, 아무래도 같은 방에서 생활하고 있다고는 해도 역시나 최소한의, 옷 갈아입을 때의 프라이버시는 존중되고 있는 듯해서, 나는 저항을 포기하고 이층 침대의 아래층에 들어갔다.

슬프게도 오래간만에 이층 침대라서 흥이 났다. 어릴 적에는 여동생을 상대로 위층을 차지하려고 티격태격했는데(이층 침대의 위아래와 싱글베드—그렇게 침대 세 개를, 카렌과 츠키히와 매일 뺏고 빼앗기고 있었다), 아래층도 이것대로 재미있다.

자기 바로 위에서 누군가가 자고 있다는 것은 이상한 기분이다. 그것이 오이쿠라라는 사실은 관계없이.

"저기, 오이쿠… 소다치. 거울에 대해서 뭔가 아는 거 없어?"

독을 마시려면 접시까지, 라는 속담은 아니지만, 이렇게 되어버리면 머리가 좋은 오이쿠라와 이야기할 수 있는 기회를 유효하게 활용해야 한다고 생각한 나는, 방의 불을 끄고 나서 그런 식으로 머리 위를 향해 말을 걸었다.

말할 수 없는 것이 너무 많기 때문에 상당히 투박한 질문이 되고 말았는데, 완전히 딴판이 되어 있다고는 해도 역시나 오이쿠라, 좌우가 반대라든가 하는 천편일률적인 답은 돌아오지 않았다.

"거울은 결코, 상을 정확하게 비추지 않는다는 이야기가 있던가, 그러고 보니…."

졸린 듯한 어조로 오이쿠라는 말했다.

"…그 왜, 거울이란 이른바 빛의 반사이지만, 빛을 전부 반사하는 것은 불가능하니까. 일반적인 거울은 반사율이 80퍼센트 정도였던가? 어느 정도인가는 어쩔 수 없이 거울 면이 흡착해버리는 거지. 그러니까… 거울의 상은 현물보다 **흐려져** 보여."

"……."

"우리는 거울로 자신의 모습을 인식하지만, 하지만 흐릿하게 볼 수밖에 없다…. 흐릿하게 알 수밖에 없다. 윤곽이 흐려져서, 정확함이, 결여된…."

…흥미로운 이야기여서 좀 더 듣고 싶었지만, 그러나 그쯤에서 오이쿠라는 잠들어 버린 모양이었다.

거울은 상을 정밀하게는 반영하지 않는다.

그 정보는 해결의 실마리가 될지도 모르고, 되지 않을지도 모른다. 실수를 피하려다 보니 너무 막연해진 질문이었는지도 모른다.

그러나 한계를 느끼고 있는 점도 있다. 하치쿠지 누나나 쿠치나와 씨라는 신에게 의지하는 것도 너무 지나치면 좋지 않다는 기분도 들고. 이렇게 되면, 내일은 오이쿠라와 함께 칸바루 가를 방문한다든가…. 아니, 그것은 역시 좋지 않을까.

파트너를 찾아라.

블랙 하네카와는 그렇게 말하고 있었다. 하지만 그 파트너가 이 세상에 없는 것이다.

이런 상황에서 아무것도 생각하지 않고, 상대에게 민폐인지조차 생각하지 않고 부탁할 수 있는 상대는 결국 나에게 그 녀석밖에 없구나 하고, 새삼스레 그런 생각을 하던 중에 곧 나도 잠들었다.

나는 이미 잊어서 기억해 내는 것은 불가능하겠지만, 초등학교 시절, 한때 아라라기 가에 맡겨져 있었다는 오이쿠라와 어쩌면 이런 느낌으로 평온하게 잠들었을지도 모른다고, 그런 꿈같은 생각을 하면서.

016

금세 누군가에 의해 잠에서 깨어났다.

잠이 든 순간을 노린 것처럼.

한순간 잠들었는지 깨어 있는 건지, 비몽사몽 중에 뭐가 뭔지 영문을 알 수 없게 되는 그런 상황이었다. 그러나 이번에는 한순간이 지나고, 눈이 떠진 뒤에도 영문을 알 수 없었다.

"쉿."

그렇게 입 앞에 검지를 대고 불을 켜지 않은 채로 침대 옆에서 있던 것은 다름 아닌, 현재 행방을 알 수 없게 되었던 식신동녀, 오노노키 요츠기였다.

오노노키.

아니, 그것뿐이라면 이렇게까지 혼란스러워하지 않았을 것이다. 이 정도의 기행(그리고 심술)은 아무렇지도 않게 하는 아이다. 외출했다가 무사히 돌아온 것 같으니 다행이네, 다행이야, 라고 생각할 정도의 여유도, 평소 같으면 금방 생겨났을지도 모른다. 그러나.

그러지 못했던 것은,

"귀신 오빠. 몰래, 소리를 내지 말고 일어나. 소다치 언니를 깨우지 않도록. 외출할 수 있도록, 옷을 갈아입어."

라고 말한 오노노키의 어조가 억양 없는, 감정도 없는, 국어책 읽기를 하는 듯한 톤이었기 때문이었다. 불이 꺼진 어두운 방 안에서도 또렷하게 알 수 있을 정도로, 무표정하게 말했기 때문이었다.

무표정, 무감정, 딱딱한 톤, 딱딱하고 반듯하게 서 있는 자세.

복장이야 그 팬티 룩 그대로였지만, 이것은 틀림없이 내가 잘 아는 오노노키 요츠기의 모습이었다.

"……?"

어떻게 된 일이지? 어째서?

간신히 이 세계에 익숙해져서, 영문을 모르는 나름대로 해석도 할 수 있게 되었는데, 어째서 또 이런 예외적인 케이스가…. 표정 풍부하게 감정을 담아 이야기하던 오노노키는 어디로 가고?

게다가 그런 오노노키는 계속해서 나의 혼란에 박차를 가하는 말을 했던 것이다.

물론 무뚝뚝한 어조로.

억양 없이, 그러나 극히 충격적인 말을 했다.

"잠자코 나를 따라와, 귀신 오빠. 그러면 시노부와 만나게 해 줄게. **이 세계에 존재하는** 키스샷 아세로라오리온 하트언더블레이드를."

017

“말해 두겠는데, 너무 기대해도 곤란해. 나도 아슬아슬해, 모든 것을 이해하는 정도와는 거리가 멀어.”

밤길을 터벅터벅 걸으면서 오노노키는 말한다. 목적지가 어디더라도 ‘예외 쪽이 많은 규칙’, 언리미티드 룰 북으로 한 번 날면 눈 깜짝할 새에 도착했겠지만, 그러나 지금의 나는 그 이동법에 따라갈 수 없다.

그런 폭력적인 교통수단, 보통의 산 사람은 죽어 버린다.

그렇기 때문에 BMX가 아니라 도보로 이동한다. 아마 오노노키의 신체능력이라면 내가 자전거의 최대속도로 질주해도 나란히 달릴 수 있겠지만… 뭐, 언리미티드 룰 북 정도는 아니라고 해도 타는 데 익숙지 않은, 그것도 구조가 변해 버린 자전거로 한밤중에 이동하는 것은 몹시 위험하다.

“…오노노키.”

“왜 불러, 귀신 오빠.”

“아니, 그게 저기….”

돌아보지도 않고 마이페이스로, 무뚝뚝한 어조로 대답하는 오노노키. 그야말로 내가 잘 아는 오노노키다.

자던 중에 습격당해서…는 아니지만, 자다가 깨어나서 오이쿠라나 여동생을 깨우지 않고 집에서 끌려 나온 뒤로 이미 상당히 걷고 있는데, 그래도 아직 익숙해지지 않는다.

아니, 그러니까 익숙하다고 하자면 이것은 내가 친숙한 오노노키이지만, 어째서 그녀가 갑자기 그런 식으로 '반전'되었을까.

'뒤집힌' 그녀가, 다시 한 번 '뒤집힌' 이유를 전혀 모르겠다. 그것을 전혀 설명해 주지 않는 느낌도 그야말로 오노노키라서, 곧바로 물어보는 것도 꺼려지는 탓에 이렇게 유유낙낙하게 끌려다니고 있는 것이지만.

그렇게 말하면 너무나도 주체성이 없는 느낌이지만 그러나 오노노키의 입에서 나온 그 이름을 무시할 수도 없다. 키스샷 아세로라오리온 하트언더블레이드.

'거울 나라'인 이 세계에는 존재하지 않을 흡혈귀. 아니, 잠깐. 여기가 단순한 '거울 나라'가 아니라고 한다면 흡혈귀가 이 세계관에 있어도 이상하지는 않은가?

하지만 역시나 그것은 해석으로서 무리수라는 생각도 든다. 다만 오노노키가 만약 정말로 나를 시노부가 있는 곳으로 데리고 가 준다면(너무 조심스러운 표현이라고 생각될지도 모르지만, 내가 아는 오노노키는 그런 악의 있는 거짓말을 아무렇지도 않게 한다) 사태는 단숨에 해결로 향하지 않을까. 저쪽의 시노부와 모든 수단을 동원해서 연락을 취할 수고가 줄어든다.

이쪽에서 이쪽 시노부에게 게이트를 열어 달라고 하면, 나는 원래 세계로 돌아갈 수 있다. 전개는 단숨에 간단해진다.

그렇게 생각하면 가슴이 설레는 것이, 밤중에 사람을 깨울 만했다고 말할 수 있을 것도 같다. 하지만 뭐라고 해야 할까, 이제까지의 내 커리어를 돌아보면 그렇게 입맛대로의 순조로운 전개는 나에게 없다는 생각도 드는 것이 슬픈 부분이었다.

자연스레 대비하게 된다.

영화를 보던 중에, 시간적으로 보면 어떻게 생각해도 이것은 중반의 클라이맥스임을 알게 되는 느낌이라고 하면 가까울지도 모른다. 다만 내 경우에는 중반에서라도 뚝 끊기며 탈락할지도 모르므로 방심은 금물이다.

어쨌든 마냥 입 다물고 있어 봤자 소용없다. 오노노키의 변화에 위축되어서 자칫하다간 너무 정신없이 바뀌는 전개에 의욕을 잃을 참이기도 했지만, 이래서는 '유령의 정체, 알고 보니 마른 참억새'가 아니라 '패잔 무사는 수수 이삭도 무서워한다*'다.

나는 이야기를 시작했다.

"그 옷, 잘 어울리네."

…먼 곳부터 시작했다.

뭐, 어느 유능한 권투선수라도 우선은 잽부터 뻗는 법이다.

"고마워."

그렇게, 의외로 오노노키는 감사 인사를 했다. 그런 식으로 인사를 할 만한 애가 아니었기에, 무뚝뚝한 어투이기는 해도 놀랐다.

"다만 이것은 이것대로 위화감이 느껴지지만 말이야. 나는 좀 더 귀여운 옷을 입고 있었다는 기분이 들어. 다만 이것만큼은

※패잔 무사는 수수 이삭도 무서워한다(落ち武者は薄の穂にも怖ず) : 무섭다고 생각하면 별것도 아닌 것도 무섭다고 느끼게 된다는 뜻. 전쟁에 져서 도망친 무사는 늘 겁에 질려 있으므로, 수수 이삭 같은 물체도 무섭다고 느끼는 것에서 온 속담.

어쩔 수가 없어. 어느 쪽이든 내 취미는 아니야. 아니, 내 취미일까…. 취미이며, 악취미일까.”

“…….”

“아, 설명해 줬으면 하는 거지? 알아, 알아. 귀신 오빠의 사고는, 유녀에서 동녀까지 전부 이해하고 있어.”

“그런 좁은 범위에서 이해하지 마. 그것은 사고가 아니라 기호잖아… 기호도 아니고 말이야?!”

“이래 봬도 나는 프로거든.”

그렇게 오노노키는 말했다.

“귀신 오빠는 오늘 아침에 나를 보고, 나와 이야기를 나누고, 이 세계에 확정적으로 위화감을 느낀 것 같았는데 말이야. 그렇지만 나는 그런 귀신 오빠의 태도에서 위화감을 느꼈어.”

심연을 들여다보는 순간 심연도 당신을 들여다본다… 라고, 오노노키는 어쩐지 호들갑스런 말을 인용했다.

알기 쉽게 말하면, 놀란 나를 보고 놀랐다는 이야기인 모양이다. 하지만 나로서는 평정을 유지했다고 말할 수는 없어도 능숙하게 그 자리를 헤쳐 나왔다고 생각하고 있었으므로, 역시 프로의 눈은 날카롭다며 자신의 아마추어스러움을 통감했다.

“어라? 그 귀신 오빠가 내 팬티를 벗기려 하지도 않고 떠나갔다? 있을 수 없어. …그런 의문이 내 출발점이었어.”

“그런 곳부터 스타트하지 마. 그리고 팬티란 것은 바지를 말하는 거야, 속옷을 말하는 거야, 어느 쪽이야.”

“글쎄. 자기 가슴에 물어보지그래? …가슴이라고 하면, 내 가슴을 사용해서 하는 평소의 그것도, 그때는 하지 않았다는 것이 신경 쓰였어."

"너의 가슴을 사용해서 하는 평소의 그것이란 건 뭐야. 내가 너의 가슴을 사용해서 하는 평소의 그것이란 뭐냐고."

"불안요소를 내버려 둘 수 없는 까다로운 성격이라서 말이야. 귀신 오빠가 떠난 뒤에 나는 셀프 체크를 했어. 내 컨디션의 무엇이 귀신 오빠를 놀라게 했는가. 벽쿵, 하게 만든 것인가를 생각했어."

"벽쿵? 그런 일은 하지 않았을 텐데."

"잘못 말했어. 확 깨게 만들었는가."

"전혀 아니잖아. 그걸 틀리겠어?"

뭐, 실제로 벽쿵 같은 걸 당했다간, 여자는 틀림없이 확 깨겠지만….

"메인터넌스의 결과로서, 귀신 오빠가 어째서 나를 보고 확 깼는가는 끝내 알 수 없었지만, 그러나 적어도 지금의 내 모습이 퍼포먼스를 풀로 발휘할 수 있는 상태가 아닌 것은 알았어. 언니를 모시는 괴물로서, 식신으로서 불완전하다는 것을 알았어. 그래서."

성격을 다시 만들었어.

그렇게 말했다. 오노노키 요츠기는 그렇게 말했다.

그야말로 국어책을 읽는 듯한 무뚝뚝한 어조로 선뜻 말해서, 과연 그렇구나 하고 간단히 납득할 뻔했는데… 아니, 잠깐. 지금 뭐라고 했어? 성격을 다시 만들었다?

"즉 캐릭터를 **흔들었어**. 브러시업brush up했어. 잘 만들었는지 어떤지, 나 자신은 알 수 없었지만, 지금 이렇게 귀신 오빠의 반응을 보기로는 대강 괜찮게 간 것 같네."

"……."

장절하기는 하다…. 하지만 그랬다.

듣고 보니 그랬다.

그러고 보니 오노노키 요츠기라는 인공 괴이의 성능으로서, 캐릭터성이 일관되지 않은, 늘 주위의 영향을 받고 **계속 흔들린다**는 것이 있었다. 그야말로 거울처럼 주위의 인간을 반영하고, 그리고 반사한다.

어느 쪽인가 하면, 특성이라기보다는 결점에 가까운 특징이라고 생각하지만, 설마 그것이 이런 식으로 활용될 줄이야….

만화경처럼 빙글빙글 변하는 그녀의 성격에는 상당히 휘둘리며 쓴맛을 보아 왔지만, 참아 온 보람이 있었다. 뭐, 그런 멋진 얼굴이나 어조로는 실제로 업무에 지장을 가져올 테니, 그것이 셀프 체크에 걸리는 것은 이치에 맞고 있다.

맞고는 있지만… 그러나 이 세계관 속에서 '이치에 맞는다'는 것이 얼마나 어려운 사업인가를 이미 체험한 나는, 그것을 독자적으로 이뤄 낸 오노노키에게 혀를 내두를 수밖에 없었다.

"뭐, 그렇게 칭찬받을 만한 일도 아니야. 귀신 오빠의 협력이 있었기 때문이지. 그래서 감사 인사를 한 거야. 귀신 오빠, 그때 내 팬티를 벗기지 않아 주어서 고마워."

"뭐, 당연한 일을 하지 않았을 뿐이야."

아니.

정말로 해서는 안 되잖아.

정말로 당연하다.

…다만 그것은 그것대로, 생각해 보면 새로운 의문이 나오는 부분이기도 하다. 만약 이 세계에 존재했을 '아라라기 코요미'가 '오시노 오기'였다고 한다면, 역시나 그런 짓을 할 리가 없기 때문이다.

나도 하지 않지만, 오기는 더욱 하지 않을 것이다. 오기가 매일 아침마다 봉제인형을 발가벗기고 놀고 있다니, 그야말로 캐릭터 붕괴다.

눈뜨고 볼 수 없다.

그 부분에도 아직 해명되지 않은 수수께끼가 있어 보이지만…. 어쨌든 오노노키가 캐릭터성에서 내가 아는 오노노키가 된 것은 마음 든든했다.

"…뭐, 이건 옷 갈아입히기 인형처럼 캐릭터를 바꿔 입을 수 있는 오노노키 외에는 불가능한 일이지만 말이야."

표리가 없는 츠키히이기에 츠키히는 츠키히인 채였다는 것과는 정반대로, 오노노키의 경우에는 겉도 뒤도 너무 많았기에 뒤집힌 모습도 변화 가능했다는 이야기다.

오이쿠라가 말했던 거울의 반사율로 말하면, 오노노키는 처음부터 윤곽이 흐려져 있기 때문에 상이 고정되지 않았던 건가.

"처음에 말했지만, 나도 제대로 이해하고 있는 것은 아니야. 그렇다기보다 상당히 무리를 하고 있어. 이 레벨로 캐릭터를 변화시키는 것은, 괴이로서 해도 되는 범위를 상당히 일탈해 있어. …'어둠'이 생겨나도 이상하지 않아."

"——!"

그 단어에 오싹해진다. 생리적으로 반응해 버린다.

그렇구나, 이쪽에도 있는 건가, 그 개념.

어둠 그 자체인 '어둠'은, 빛의 반사로 구성되는 '거울 나라'에서는 흡혈귀 이상으로 존재 불가능한 게 아닐까 하는 생각도 했지만, 원래부터 비존재이니까 그런 것은 관계없는 듯하다.

나에게는 뱀신 이상의 트라우마이지만, 그러나 오노노키는 시치미를 뚝 떼고, 그런 성격으로 자신을 다시 만든 듯하지만….

"그런 이유로 귀신 오빠, 내가 할 수 있는 일에는 한계가 있어. 너무 우쭐해 떠들다간 소멸의 위기거든."

오노노키는 그렇게 말했다.

"귀신 오빠와 언젠가 바다를 보러 가자는 약속을 지키기 전에는 소멸할 수 없어."

"……."

그렇게 멋진 약속을 했던가, 내가?

매일 아침 팬티를 벗기려고 하는 한편으로.

어쨌든 오노노키의 캐릭터가 내가 아는 캐릭터가 된 이유는, 이것으로 알았다. 오노노키에게 무뚝뚝하고 무표정한 상태가 베스트 컨디션이며 베스트 퍼포먼스라는 것은 그것대로 의외이지만, 그러나 따로 자세를 취하지 않은 자연체라는 것은 그런 법인지도 모른다.

격투기에서도 궁극의 자세는 자세를 취하지 않는 것이라고 하니까. 개성을 지운 인형이기에 어떤 식으로도 놀 수 있다.

자유분방하게 보이는 오노노키가 뜻밖에 프로 정신을 관철하고 있는 것을, 나는 여기서 새삼 확인하게 되었다.

"…그래서, 그런 뒤에 어떻게 된 거야? 내가 이변을 상담하기 위해 키타시라헤비 신사로 간 것처럼, 너는 조사에 나섰다는 이야기야?"

"귀신 오빠, 키타시라헤비 신사에 갔었구나…. 흐음. 나중에 그 부분에 대한 이야기를 들려줘."

"뭐야, 내 동향을 알고 있던 건 아니구나."

당연하다는 듯이 시노부의 이름이 나오기에, 내 오늘 행동은 전부 오노노키에게 알려져 있을 거라고 생각하고 있었는데.

"그러니까 그렇게까지 많은 것을 바라지 말라니깐. 인격 형성에 너무 무리를 한 탓에 머릿속이 상당히 뒤죽박죽이니까. 물론 귀신 오빠는 뭔가 움직이고 있을 거라고는 생각했지만, 그것과 같은 정도로 단순히 소다치 언니에게 줄 선물을 사러 갔을 가능성도 생각하고 있었어."

"무슨 가능성이야."

"그도 그럴 것이, 엄청나게 부탁을 받았으니까. '코요미, 사다 줘, 사다 줘~. 부탁이야! 응, 이라고 말할 때까지 놔주지 않을 거야!'라고."

"나한테 엄청나게 어리광을 부리고 있구나…."

뭘 조른 거야.

그리고 오노노키의 팬티를 벗기려고 하는 한편, 생일도 아닌데(확실히 아닐 것이다) 소다치의 그런 부탁을 들어주려고 한다는 이 세계의 나는 정말로 대체 어떤 녀석일까….

"아~아. 실망하겠네, 소다치 언니."

"그만둬, 괜히 압박 가하지 마. 그 녀석을 실망시키는 건 나에게는 엄청나게 괴로운 일이라고. 지금의 나에게 이 이상의 태스크를 부과하지 마. …그래서 마을을 조사한 결과, 오노노키는 나와 시노부를 연결해 주기로 결정했다… 라는 이야기야?"

"그런 거야. 다만 그 부분에 관해서는 직접 만났을 때의 귀신 오빠의 리액션을 보고 즐기고 싶으니 자세히는 말하지 않겠지만, 물론 그 구 하트언더블레이드는 귀신 오빠가 아는 구 하트언더블레이드하고는 다르니까, 그 부분은 각오하고 있어."

"응, 알고 있어. …지금 내 리액션을 보고 즐기고 싶기 때문이라고 했어?"

"말했는데, 그게 왜?"

"정색할 정도의 대사가 아니라고."

후우.

오노노키하고는 저쪽 세계에서도 딱히 사이가 좋았던 것은 아니라고 할까, 인연도 분쟁도 있는 사이였지만, 그러나 역시 이런 식의 '원래대로'의 대화를 할 수 있다는 것은 내 기분을 풀어지게 했다.

다만 시노부가 '변했다'고 예상되는 점에 관해서는, 필요한 것은 평범한 각오가 아니라 경계일지도 모른다고 나는 생각하고 있다. 시노부의 뒤편, 시노부의 이면이 어떻게 되어 있을지, 전혀 상상이 가지 않는 것도 아니었기 때문이다.

시노부가 이 세계에 있다면 게이트를 이쪽 편에서 열어 달라고 해서 원만히 수습한다, 라는 생각은 실제로는 그 부분의 문제를 무시한 낙관적인 견해다.

'거울 나라'는 아니었지만, 나는 예전에 다른 시간축에서 다른 패턴의 시노부, 키스샷 아세로라오리온 하트언더블레이드라는 괴이와 조우한 적이 있다.

그녀는 나를 원망하고, 나를 미워했다.

그 결과, 세계를 멸망시키기까지 했다.

그것이 곧 시노부의 뒤편이라고 이야기할 수는 없겠지만, 그럴 가능성이 시노부 안에 내포되어 있지 않다고 단언할 수 있는 자는 없을 것이다.

어쨌든, 약 600년을 살고 있는 그녀다.

다양한 '뒤편'을 품고 있는 것은 확실하다. 그것을 완전히 받아들일 수 있을지 어떨지, 확실히 말해서 자신은 없다.

다만 그런 한심한 약한 소리를 하고 있을 상황도 아니다. 칸바루 가의 노송나무 욕실을 원숭이 악마가 지키고 있는 이상, 그 밖에 다른 어프로치 방법이 있다면 그것에 의지해야 한다.

"나는 그쪽 사정을 모르지만…."

그렇게 오노노키는 말했다.

"**그쪽의 나**는, 언니하고 사이좋게 지내고 있었어?"

"응? 아니, 그게…."

우물거리는 나.

질문을 받아도 잘 모르겠네, 카게누이 씨와 오노노키의 관계는. 카게누이 씨에게 물어봐도 웬일로 얼버무려 버렸었다.

"흐응. 뭐, 그런 정도겠지."

오노노키는 내 무언을 답으로 받아들였는지, 그런 식으로 어깨를 으쓱해 보였다. 생각하는 바가 있는 건지 없는 건지, 표정이 없으므로 읽을 수 없다.

그것이야말로 오노노키이지만.

조금 미안한 기분이 들기도 했다. 생각해 보면 이쪽 세계에서 봉제인형으로서 평화롭게, 표정 풍부하게 살고 있던 오노노키를 무표정하고 무뚝뚝한 인형 같은 인형으로 바꿔 버린 것도, 나는 반성해야 할지도 모른다.

프로 의식의 표출이기는 하겠지만, '거울 나라'가 이론에 맞지 않는 것을 깨달았더라도, 딱히 오노노키는 아무것도 하지 않아도 괜찮았는데.

"그래서 귀신 오빠는 오늘, 어디서 누구의 팬티를 벗기고 있었던 거야?"

"너를 생각해서 감상적이게 좀 놔두라고, 조금은. 오늘의 내 동향을 알고 싶다면, 그냥 평범하게 물어봐."

"우선은 마요이 씨의 팬티를 벗기러 키타시라헤비 신사에 갔던가?"

"천벌 받고도 남을 짓이잖아. 그 자리에서 곧바로 천벌이 떨어질 거라고."

그런 대화를 거쳐, 나는 오노노키에게 오늘의 줄거리를 설명했다. 상당히 길어질 것 같아서 이야기하는 중에 목적지(아직 듣지는 못했다. 그것도 나의 리액션을 보고 싶기 때문일까)에 도착해 버리는 게 아닐까도 염려했지만, 그러나 그것도 기우였다.

뭐, 일어난 일로서는 칸바루의 집에서 문전박대를 당하고 블랙 하네카와의 도움으로 살아났다는 두 가지뿐이니까 말이야. 지인과 만나서 그 차이에 놀란다는 것은 어디까지나 나의 내심의 문제다.

"흠. 요컨대 귀신 오빠는 오늘 마요이 씨와 원숭이 언니와 고양이 언니와 뱀 언니, 그리고 소다치 언니의 팬티를 벗게 했다는 거구나."

"이미 완전히 속옷의 뉘앙스로 말하고 있잖아."

"어이쿠, 파이어 시스터즈를 세는 것을 잊고 있었어."

"안 세도 돼."

"허어, 역시나 귀신 오빠. 여동생의 팬티 같은 것은 숫자에 들어가지도 않는다는 거구나."

"좀 더 다른 지점에서 나에 대해 역시나, 라고 말해 주지 않을래? 내 이야기를 들은 감상이 그런 역시나, 라면 역시나 슬퍼지기 시작한다고."

"뭐, 나에게는 당연한 사람들의 당연한 모습이니까. 그렇지만 어느 한 점에서 나는 귀신 오빠와 의견을 같이해."

"허어? 어디에서."

"처음으로 당신과 의견이 맞았네."

"좌충우돌 콤비 같은 대사를 하지 마. 의견이 맞는 것 정도야 이제까지 얼마든지 있었어. 어느 부분이야?"

다시 물어보자,

"블랙 하네카와가 귀신 오빠를 구했다는 점이야. 그건 그 여자에 대한 내 인식으로 보면 거의 있을 수 없는 일이야."

라고 오노노키는 대답했다.

그런가…. '뒤집힌' 것 때문에 블랙 하네카와가 가진 호오好惡에도 변화가 생겨났을지 모른다는 가능성도 있었는데, 이 세상의 오노노키가 프로의 시점으로 그렇게 말한다면.

그러면 역시 맨 처음에 추리했던 대로 누군가에게 부탁을 받아서 도와주었던 것일까? 조금 전까지는 어쩌면 오노노키가 부탁했을지도 모른다고 생각하고 있었는데, 이야기의 흐름으로 봐서 그것은 아닌 듯하고.

"다만 짐작이 안 가. 나를 구하도록 블랙 하네카와에게 의뢰할 만한 녀석을."

"그렇지. 귀신 오빠를 구할 만한 녀석, 들은 적이 없으니까. 나도 일단 안 구할 테고."

"그 정도의 의미가 아니야, 블랙 하네카와에게 의뢰할 만한 녀석이란 의미야. 나도 일단 안 구한다니. 나를 아무렇게나 상처 입히지 말라고. 지금 이렇게 도와주고 있잖아."

"그렇게 생각하게 만들어 놓았다가 아슬아슬한 장면에서 내버리고 그때의 표정을 관찰하자는 계산이야."

"믿을 수 없을 정도로 성격이 고약하잖아. 다시 한 번 처음부터 캐릭터를 다시 만들라고.”

어쨌든, 혹시나 뭔가 힌트를 얻을 수 있을까 했는데, 오노노키에게도 짚이는 것은 없는 듯했다. 그 부분은 여전히 수수께끼인가.

뭐, 그 이야기를 한다면 수수께끼투성이는 계속 수수께끼투성이이지만. 오노노키와 이렇게 이야기할 수 있게 되었다고 해도, 실은 전진하는 것은 이제부터다.

“…시노부는 내가 오는 것을 알고 있어? 물어보지 말라고 한다면 너무 묻지는 않겠는데, 요컨대 접촉을 취하고 있는지 어떤지….”

“취하고 있어. 걱정하지 마. 그쪽 세계에서는 어떤지 모르겠지만, 나하고 그 여자는 이 세계에서는 사이가 좋거든.”

“아니, 절대 사이가 좋지 않을 거 아냐. 그 여자라는 표현에는 아무리 생각해도 악의가 들어가 있잖아. …음.”

그렇게.

역시나 이 부근에서 나는 오노노키가 향하는 곳을 알았다. 원래대로라면 좀 더 이른 단계에서 알 만한 일이었지만, 어쨌든 밤이고, 거기에 길이 좌우 반대가 되어 있는 점도 있어서 깨닫는 것이 늦어 버렸다. 1년 전이라면 몇 번이나 다녔던 장소였는데도.

유랑하는 전문가, 오시노 메메가 근거지로 삼았던 폐허. 이 길 끝에 있는 것은 학원 옛터의 폐 빌딩이다.

…내가 아는 세계관에서는 작년 여름의 화재로 전소되어 형체

도 남지 않은 건물인데, 이렇게 나를 그곳으로 데리고 가려 한다는 것은 이 세계에서 그 폐 빌딩은 아직 무사한지도 모른다.

아니, 어쩌면 이쪽에서는, 시노부가 내 그림자에 살고 있는 게 아니라 오시노와 함께 그곳에서 살던 무렵부터 계속 그 교실에서 살고 있는지도….

그렇다면 역시 나에 대해서, 그렇다기보다 '아라라기 코요미'에 대해서 별로 호의적이지 않을 것이라 예상할 수 있다.

오노노키도 있으니 목숨의 위험은… 뭐, 없다고는 생각하지만…. 조금 더 경계 레벨을 올려 두는 편이 좋을지도 모른다.

"왜 그래? 귀신 오빠. 갑자기 조용해지고. 죽었어?"

"아니, 딱히… 죽겠냐. 생각이 좀…. 뭐, 각 방면 다방면에서 너무 생각이 많다는 말을 들었으니까 너무 생각하지 않는 편이 좋을지도 모르겠는데, 하지만 어렵지, 생각 없이 행동한다는 건."

"캥거루가 뛰니까 개구리가 뛴다의 개구리 같은 거네."

"그 이야기를 할 거면 '잉어가 뛰니까 망둥이도 뛴다'라고 해야지."

"어느 쪽이나 뛴다는 점에서는 공통되어 있어. 요컨대 필요한 것은 비약이야. 발상의 비약. 원래 이 세계의 주민인 나는 알 수 없는 일이지만, 그렇지 않은 귀신 오빠라면 적당한 포인트를 발견할 수 있을지도 몰라. …어쩌면 귀신 오빠는 이런 식으로 말려들게 해서 미안하다고 나에게 넙죽 엎드려 발을 핥고 싶은 기분일지도 모르지만."

"미안하다고는 생각하지만… 미안, 그 정도까지는 아니야."
"뭐, 이쪽도 미안하니까 피장파장이지. 귀신 오빠가 내 발을 핥는 것은 싫어."
"내가 네 발을 핥고 싶어 한다는 의미가 변용되어 있잖아."
"그 부분은 너무 신경 쓰지 않아도 돼. 언젠가 이런 날이 올 거라고 생각하고 있었어."
"……?"
뭐라고?
그것도 역시 좌충우돌 콤비가 할 만한 멋진 대사 시리즈인가? 언젠가 이런 식으로 같이 싸울 날이 올 거라고 생각하고 있었다, 같은…. 그것에 대해서 좀 더 깊이 물어보려고 하던 때, 그러나 뒤늦게.
우리는 목적지에 도착했던 것이었다.
…하지만 나의 예상은 반은 맞고, 반은 빗나갔다. 아니, 이것은 자기 채점으로서 상당히 잘 봐준 점수라고 해야 했다.
객관적 사실을 이야기하자면 9할 이상 빗나갔다고 해야 할 것이다. 내가 알아맞힐 수 있었던 것은, 기껏해야 장소뿐이었으니까.
반대로 말하면, 장소만큼은 어떻게든 알아맞힐 수 있었던 것인데…. 오시노 메메가 근거지로 삼고 있던 학원 옛터의 폐허…가 **있었던 곳**.
그것은 맞혔다.
이렇게 말하지만, 그러나 이 세계에서도 나의 세계와 마찬가지로 그 학원 옛터는 불이 나서 형체도 남아 있지 않았다. 불타 버린 벌판이 되어 있었다는 의미는 아니다.

그런 것이 아니라.

그곳에는 전혀 **다른 건물**이 세워져 있었다.

"멍~…….”

입으로 그런 소리를 내 버릴 정도로, 멍해졌다. 아니, 만약 여기서 같은 장소에 세워져 있는 것이 그냥 다른 건물이었더라면, 그것이 빌딩이든 주택이든 상점이든 나는 이렇게까지 놀라지는 않았을 것이다.

더 거듭해서 말하자면, 여기가 어디였더라도, 학원 옛터가 아닌 마을 어디였더라도 내가 아는 장소에 '이런 것'이 세워져 있었다면 나는 마찬가지로 놀랐을 것이 틀림없다.

"…….”

오시노 메메가 근거지로 삼아 자신의 성이라는 듯 지내고 있던 그 땅에는.

놀랍게도, 진짜 성이 세워져 있었다.

018

성이라고 해도 그것은 일본에서 말하는 나고야 성이라든가 쿠마모토 성이라든가 하는 성이 아니라 서양식 성이었다. 토지 면적 가득히 세워진 거대한 건축물이 하늘을 찌르고 있다.

우뚝 솟아 있다.

흔한 표현을 하자면 문화재 수준의 훌륭한 거성이다. 이런 것이 일본의 지방도시, 시골 마을에 세워져 있으니 초현실적인 영상에도 정도가 있다.

어설픈 합성사진 같다.

CG 쪽이 그나마 리얼리티가 있을 듯한, 받아들이기 힘든 현실이었다. 느껴지는 품격이나 고색창연한 분위기로 보면, 그 폐빌딩 터에 이 성을 세운 것이 아니라 아득한 몇 세기 전부터, 이를테면 500년 전부터 이것이 여기에 서 있던 것이 아닐까 하는 생각이 들 정도다.

"……."

이건… 처음 보는 패턴이네.

인간의, 혹은 괴이의 존재 방식이 다르다는 것을 보여 주는 케이스를 오늘 하루 동안 많이 보았는데, 그러나 건물이나 풍경이 '좌우 반전' 외의 변화를 보인다는 것은 이쪽에 온 뒤로 처음이다.

그 현상에서 무엇을 이해해야 할지는 아직 알 수 없지만, 내 모험이 새로운 국면으로 들어간 것 같다는 점은 알 수 있다.

"시노부는… 이 안에 있는 거지? 이 성에 살고 있는 거지? 오노노키."

"응. 맞아, 귀신 오빠. 그 여자는 여기에 있어. 여기에 살고 있어. 하트언더블레이드, 구 키스샷 아세로라오리온 하트언더블레이드. 그리고 오시노 시노부라고 불리는 그 여자는 지금 성城

시노부, 즉 오시로 시노부라고 불리고 있어."

"거짓말하지 마. 당당하게 거짓말하지 마. 아무리 그래도 그럴 리가 있겠냐."

"뭐, 이 정도의 멋진 성이니, 내버려 뒀어도 귀신 오빠라면 언젠가는 발견했겠지만, 그래도 내가 중개해 주는 쪽이 좋을 거라고 생각해서. 자, 들어가자."

"드, 들어가자니. 하지만 여기, 멋대로 들어가도 되는 거야?"

"이런 성에 인터폰 같은 게 있을 리 없잖아."

확실히.

그런 것이 있으면 실망하겠지. 굳이 말하자면 위병이 있을 것처럼 장엄하지만, 그러나 그쪽도 없는 듯했다.

그렇게 생각하고 보니 다시 봐도 역시 문화재 같은 모습이라, 사람의 거처라는 느낌은 들지 않았다. 뭐, 흡혈귀의 거처라고 한다면 분명 그럴 것이라는 생각도 든다.

흡혈귀가 되어 버렸다고는 해도 의외로 그런 쪽 지식이 많지 않은 나는, 그들이 어떤 성에 살고 있는지를 자세히 아는 것은 아니지만, 이 성에 전설의 뱀파이어가 살고 있다는 말을 들으면 그런가 보다, 하고 납득해 버릴 것 같다.

그것이 이런 시골 마을에 건설되어 있는 것에 커다란 위화감이 들지만…. 어쨌든 나는 오노노키에게 안내를 받으며 성 안으로 들어갔다.

안에 들어갔더니, 복도도 계단도 어두컴컴해서 장엄함보다 오싹함이 증가하기 시작했다. 전기를 안 쓰나? 중세를 재현하고 있는 걸까…. 재현이라고 할까, 그 자체라고 할까.

"그러고 보니 오노노키."

"왜 그래, 귀신 오빠."

"조금 전에 이야기했던 나의 모험담과도 연결되는데, 나는 시노부가 이 세계에는 없는 줄로만 알았어. 흡혈귀는 거울에 비치지 않으니까, 거울 안에는 없다고 말이야. 그건 하치쿠지 누나도 그렇게 말했고…. 아니, 확실히 그렇게 말한 것은 아니지만, 그 부분은 사실로서 받아들여지고 있는 느낌이었어. 그런데도 어째서 시노부가 여기에 있는 거야? 성을 쌓고 살고 있는 거야?"

"조금 오해가 있는 것 같네…. 그리고 마요이 씨도 오해하고 있는 구석이 있어. 그 사람은 신이 된 지 얼마 안 되었으니까. 완벽하지는 않지. 하지만 뭐, 내가 보면 아직 미숙하지만, 그래도 마요이 씨로서는 최선을 다해 노력하고 있는 거라고."

"얼마나 위에서 내려다보는 시선이야. 어느 정도의 높이에서 보는 거냐고."

"다만 그 부근이 이 세계의 앞뒤가 맞지 않는 부분이지만…. 나 말인데, 귀신 오빠를 귀신 오빠라고 부르지."

"응. 언제부터인가 그런 명칭이 정착되었지."

"왜 그런 식으로 부르는지, 알아?"

"어째서냐니…. 그야 뭐, 알기는 하지만."

"그래. **나는 알지 못해**."

그렇게.

오노노키는 말했다. 영문 모를 소리를 했다.

"……? 그게 무슨…."

"거울 면 세계…. 이면 세계인가. 그런 설명을 들으면 과연 그렇구나, 하는 기분도 들어. 다만 내 쪽에서 보면 그쪽은 그쪽대로 답답해 보여. 뒷면의 뒷면은 겉면이라고들 하는데, 뒷면의 뒷면은 역시 뒷면이지."

오노노키는 국어책 읽기 톤으로 말한다. 괴이인 그녀에게 암흑은 문제가 되지 않는지, 발걸음은 바깥에서 걸을 때와 그리 다르지 않다.

"겉이 있으면 뒤가 있다고도 하지…. 그렇지만 양A면이란 건 있을 것 같네. 겉치레나 허울 좋은 말로 뒤를 숨기고 싶어 하는 그쪽 세계보다는 귀신 오빠, 이쪽이 훨씬 정당하다는 생각 안 들어?"

"…그거야, 뭐, 그러니까…."

바보 같은 소릴.

그런 생각이 들겠냐.

그렇게 말하려고 했지만, 이 세계의 주민인 오노노키를 상대로 너무 이 세계 자체를 부정하는 말을 해서는 안 된다는 상식이 작동한다. 그러나 그것이야말로 오노노키의 말 그대로인 '겉치레'이며, 본심과는 다른 표면일 것이다.

표면과 이면.

그런 대립 구조로 말하면, 말의 이미지로는 겉이 좋으며 뒤는 나쁘다는 느낌을 받게 되는데, 꼭 그렇지만도 않을 것이다. 표면만 꾸미고 겉만 번드르르한 것이 올바를 리 없다.
다만 그렇다면 뒤가 진짜고 겉이 가짜인가 하면, 그런 이야기도 아닐 것이다. 예를 들어 쿠치나와 씨의 난잡함, 무뚝뚝함은 센고쿠 나데코의 내면이며 그녀 자신이기는 할 것이다. 하지만 내가 알고 있던, 고개를 숙이고 있던 그녀가 센고쿠 나데코가 아닌가 하면, 그건 그것대로 분명 그녀 자신이라고 생각한다.
겉면도 뒷면도, 어느 쪽이나 자신.
'진짜 나'라는 이야기를 하기 시작하면 그야말로 자기 자신을 잃게 된다. 자아 찾기 여행을 떠나는 것도 좋지만, 그러나 나 자신이 없으면 일단 여행을 떠날 수도 없을 것이다.
…시노부의 경우에는 어떨까.
이제까지 저도 모르게 나와의 관계만을 생각하고 있었는데, 그렇지 않은 부분에서의 그녀의 '뒷면'이란 것도 신경이 쓰이지 않는 것은 아니다….
"이쪽이야. 구 하트언더블레이드는 침실에서 당신을 기다리고 있어. 다만 이 표현도 좀 그러네. 오시로 시노부는 아니라고 해도, 오시노 시노부라는 표현도."
"…음? 그건 지금의 녀석은 '구'가 아니라는 의미야?"
"감이 좋은걸. 나의 즐거움이 하나 줄었어."
즐거워하지 말라고.
너의 즐거움은 제로로 해 둬.
이봐, 그건 요컨대 지금의 그 녀석은, 이 세계의 그 녀석은 흡혈귀로서의 특성을 잃지 않은 상태, 전성기 상태라는 이야기잖아.

구 키스샷 아세로라오리온 하트언더블레이드가 아니라, 오시노 시노부가 아니라 순정 키스샷 아세로라오리온 하트언더블레이드?

그 유녀 상태가 아닐 것이라는 것은 왠지 모르게 예상하고 있었지만, 그러나 그렇게 되면 정말로 다른 시간축에서 세계를 멸망시킨 그 시노부가 떠오른다.

정신을 더욱 바짝 차려야만 한다.

그렇게 생각한 나였지만, 그러나 오노노키에게 안내를 받은 끝에 도착한 침실—이라고 하기에는 너무나도 넓다—의 호화현란한 침대에서 나를 기다리고 있던 그녀의 모습은, 내 각오를 훨씬 넘어서고 있었다.

이 세계에는 아무래도 나의 '생각대로'는 존재하지 않는 듯하다. 아니, 생각대로는 아니더라도 믿기지 않는, 도저히 받아들일 수 없다고 할 만한 전개는 아니었다.

일단 보면, 그렇다고 납득할 수 있다.

다만… 정확히는 보지는 않았다.

침대는 엷은 커튼에 감싸여 있어서, 안은 흐릿하게밖에 보이지 않는다. 하지만 그 실루엣을 보는 것만으로, 나는 이해했다.

모든 것을 이해했다.

"잘 와 주셨습니다, 아라라기 님. 처음 뵙겠습니다… 라고 말해야겠군요. 제가 키스샷 아세로라오리온 하트언더블레이드입니다."

그렇게 예스러운 인사를 해 온 그녀는.
아름다운 그녀는, 그러나 이때.
흡혈귀가 아니라… 인간이었던 것이다.

019

그렇구나, 그렇다면…이다.
그렇다면.
흡혈귀는 거울에 비치지 않는다. 그렇기에 흡혈귀는 거울 안으로는 이동할 수 없다. 그런 식으로 나는 시노부가 현재, 내 그림자 안에 없는 것에 이유를 붙여 왔는데, 내 파트너가 이 세계에 없는 것을 받아들이고 있었는데, 그러나 그 이론에는 구멍이 있다.
구멍이라기보다 돌파구가.
내가 흡혈귀성이 삭제된 상태로 이 세계에 존재하고 있는 것 자체가 그대로 답이기도 했다. 시노부에게도 같은 현상이 일어났다면, 시노부는 이쪽에 존재할 수 있는 것이다.
아니, 이 표현은 오해를 부를 수 있다.
내가 아는 오시노 시노부, 오노노키가 말하는 구 하트언더블레이드는 역시 저쪽 세계에 놓고 오고 말았다고 생각한다. 그러나 그것이 곧 이 세계에 오시노 시노부가 없다는 의미는 아니다.

커다란 카렌은 없더라도 작은 카렌이 있는 것처럼, **이 세계에는 이 세계의** 오시노 시노부가 있는 것이다.

오노노키가 말했던, 알쏭달쏭한 대사의 의미를 알았다. 어째서 그녀는 나를 귀신 같은 오빠, 귀신 오빠라고 부르는가.

저쪽 세계에서 그것은 명확했다. 예전에 흡혈귀의 권속이었던 나를 '귀신'이라고 표현하는 것은 예의로서는 좀 뭐하다고 생각하지만, 그러나 이치에는 맞는다.

하치쿠지 누나도 쿠치나와 씨도 나를 그런 느낌으로 파악하고 있었다. 그렇지만 흡혈귀가 존재할 수 없는 세계라면 흡혈귀의 권속도 존재할 수 없을 것이다.

그러니까 그곳의 앞뒤가 맞지 않게 되어 있다. 내가 흡혈귀의 피해자인 것을 알면서도 흡혈귀 같은 것은 모른다는 모순이, 모두의 안에 있었다.

실제로 이 세계에는 흡혈귀가 없다. 나를 귀신이라고 부를 필연성이 없지만, 그러나 흡혈귀가 없는, 곧 오시노 시노부가 없는 것은 아니었다.

나 자신이 지금 이때까지 의식하지 않았지만, 지금으로부터 1년 전의 봄방학에 들었던 이야기로는, 철혈이자 열혈이자 냉혈의 흡혈귀, 괴이살해자 키스샷 아세로라오리온 하트언더블레이드는 예전에 인간인 흡혈귀였다.

600년 전.

그녀는 인간이었다.

고귀한 집안의, 그야말로 성에서 살고 있을 것 같은, 성을 자신의 일부로 삼을 만한 공주님이었다.

그것이… 그녀의 뒤편.

오시노 시노부의 이면.

“부디 그렇게 긴장하지 마세요. 고개를 들어 주세요, 아라라기 님.”

고개를 들어 주세요.

그런 말을 듣고서야 비로소, 자신이 그런 고찰을 무릎을 꿇은 채로 하고 있음을 깨닫는다. 어떻게 이럴 수가. 커튼 너머에서 발해 오는, 흡혈귀가 아닌 인간이 발해 오는 고귀한 오라에 반사적으로 무릎을 꿇고 있었다.

나는 결코 예의범절에 밝은 인간은 아니었지만, 그런 나조차도 서 있을 수 없는 압력…. 아니, ‘압력’ 같은 난폭한 표현을 써서는 안 될 것이다.

무섭게도, 그것은 더욱 부드러운 것이었다. 커튼 너머에 있는 그녀는 나를 부드럽게 무릎 꿇린 것이었다.

카리스마라고 말하던가?

구심성求心性?

그 목소리에 고개를 들기는 했지만 ‘황공함’이라는 마음이 가슴 가득히 퍼졌다.

…천하의 오노노키는 내 바로 옆에 직립해 있다. 다만 그녀도 그곳에서 앞으로 더 다가가지 못할 만한 결계가 침대 주변에 쳐져 있는 듯도 했다.

괴이가 아니다. 인간이다.

한 명의 인간이다.

커튼 너머에 있는 것은 인간인 키스샷 아세로라오리온 하트언더블레이드다. 흡혈귀로서 전성기였던 시절은커녕, 자칫하면 유녀 시절보다도 단순한 힘은 아래일 것이다.

그럼에도 불구하고.

내가 아는 어느 시대의 그 녀석보다도 인간일 그녀는, 고귀해서 범접하기 어려웠다. 무의식적으로 경의를 표하지 않을 수 없다.

마치 마법이라도 걸린 것 같았다.

"이대로, 커튼 너머에서 실례하겠습니다. 얼굴도 보지 않고 이야기를 나누는 불경을 용서해 주세요."

그렇게 그녀는 말했지만, 그것은 오히려 이쪽을 배려한 말일 것이다. 그야 그렇다, 커튼 너머에서도 이러니까, 직접 대면했다간 나는 견뎌 낼 수 없을지도 모른다.

자신의 왜소함을 견디지 못하고, 대화가 되지 않을지도 모른다. 무릎을 꿇고 있다고는 해도, 이렇게 어떻게든 자아를 유지하고 있을 수 있는 것은 내가 오시노 시노부를 알고 있으니까, 흡혈귀로서의 키스샷 아세로라오리온 하트언더블레이드를 알고 있다는 이유 때문이다.

그렇지 않았더라면 지금 어떤 행동을 하고 있을지…. 인간인 그녀가 나의 그림자 속에 살지 않는 것은 당연한 일이겠지만 그녀가 이런 식으로 마을 외곽에서 혼자 살고 있는 이유를 안 것 같은 기분이 든다.

이런 고귀한 공기를 마을 한복판에서 발하고 있다간 그야말로 난리도 아닐 것이다. 호사스런 성에 어울리지 않는 말이지만, 그녀는 이 세계에서는 이렇게 은거하고 있는 것이다.

이런 부분이 하치쿠지 누나나 쿠치나와 씨가 그녀를 파악하지 못했던 이유인가…. 오노노키는 전문가로서 알고 있었다는 걸까?

아니, 조사의 결과일지도 모른다.

그 부분의 사정은 나중에 묻기로 하자. 만난 순간에 무릎을 꿇는다는 리액션을 보고 오노노키도 충분히 만족했을 테니, 물어보면 알려 주겠지.

지금은 시노부와의 대화다.

위축되지 말고, 라는 것은 무리한 이야기겠지만….

"당신은 이세계에서 오신 것 같더군요. 이세계에서 오신 아라라기 님…. 요컨대 제가 알고 있는 '그분'과는 같으면서도 다른 분이라고요. 맞습니까?"

"마, 맞습니다."

그런 식으로 끄덕이는 것이 고작이었다.

거울에 비치고 있는 것도 아닌데, 목소리가 뒤집힐 것만 같다.

이 세계의 '아라라기 코요미'는 '그분'이라고 불리고 있는 건가. 오노노키의 팬티를 벗기려고 하질 않나, 오이쿠라의 어리광을 들어주질 않나, 캐릭터를 전혀 읽을 수 없다.

그것이 나의 이면인가?

오기가 아닌가?

"인연이 있어 이렇게 이세계와의 교류가 실현되었습니다. 느긋하게 차라도 함께하면서 이야기를 나누고 싶은 참입니다만, 공교롭게도 시간이 없군요. 아라라기 님. 지금 당신이 처해 계신 상황을, 저같은 사람이라도 이해할 수 있도록 부디 설명을 부탁드립니다. 당신에게 저는 처음 만난, 신용할 수 없는 상대임은 분명합니다만, 부디 마음을 허락해 주세요. 보증은 할 수 없습니다만 힘이 될 수 있을지도 모릅니다."

"아… 알겠습니다."

숙고도 하지 않고 고개를 끄덕여 버렸다.

1년 전의 봄방학에 나는 죽어 가던 흡혈귀의 부탁을 들어 버렸었는데, 그러나 그때에 느낀 것 이상의 강제력을 그녀로부터 느낀다. 사실은 강제력이라는 것과는 다를 것이다.

자발적으로 그녀에게 따르고 싶다고 생각한다.

너무 위험하다.

그렇다기보다 이미 이거, 좌우 반대라든가 이면 같은 게 아니라, 단순히 다른 사람이란 생각이 든다…. 그 유녀, 마음속에 이런 자기 자신을 가지고 있었던 건가?

셀프 이미지가 너무 높잖아.

하지만 그런 딴죽을 넣을 수 있을 만한 상황은 아니고, 물론 눈앞의 그녀에게는 아무런 책임도 없는 일이다. 나는 시키는 대로 오늘 아침부터의 일련의 사건을, 조금 전에 오노노키에게 이야기했던 때보다도 정중히 설명했다. 그때에 맞춰서 저쪽의 세계관에 대해서도 어느 정도 이야기했다. 고귀한 오라를 앞에 두고 생겨나는, 모든 것을 이야기해 버리고 싶은 충동을 억누르며 '어느 정도'로 좁힌 것은 나의 자제심이 이룬 위업이라기보다는 '당신은 이세계에서 유녀가 되어 도넛을 먹으며 매일 뒹굴뒹굴 하는 것이, 꽤 만족스러워 보였습니다'라고 알려 주는 것에 주저했기 때문이다.

이세계의 그녀가 흡혈귀인 것은.

감출 방법이 없었지만.

…다만 이야기하면서, 그래도 이 오시노 시노부가, 키스샷 아세로라오리온 하트언더블레이드 님이 나 같은 녀석의 도움이 되어 줄 일은 없을 거라고, 나는 냉정한 부분으로 판단하고 있었다.

아무리 고귀하고, 아무리 위대하더라도 인간은 인간이다. 같은 인간이라고는 말할 수 없더라도, 달라도 인간이다.

유녀이더라도 흡혈귀였기에 오시노 시노부는 다른 차원으로의 게이트를 열 수 있는 것이다. 그런 스킬이, 인간인 이 사람에게 있을 거라고는 생각되지 않는다.

오노노키로부터 시노부와 만나게 해 주겠다고 들었을 때부터, 그렇다고 해서 급전직하의 해결이 있을 것이라고는 생각하지 않았지만, 그 예상은 적중한 듯하다. 이렇게 이야기하고 상담해 보아도, 신이 둘이나 달려들어도 타개책을 찾아내지 못하는 이 상황을, 어디까지나 인간인 그녀가 어떻게 할 수 있다고는 생각되지 않는다.

뭐… 하지만 그렇다고 해서 다른 사람의 호의를 무시할 수도 없고, 이렇게 이야기를 하는 것만으로도 마음이 조금 편해지기도 할 것이다.

다만 조금 전에 공주님은 아무렇지도 않게 말했는데, '시간이 없다'라는 건 무슨 의미일까?

이쪽은 이미 장기전을 각오하기 시작했는데…. 단순히 공주님처럼 이후에 뭔가 일정이 있다는 말일까?

그런 생각을 하면서, 나는 무릎을 꿇은 채로 이제까지의 줄거리를 다 이야기했다.

"감사합니다. 당신은 재미있는 세계에서 오셨군요."

공주님은 그런 감상을 말했다. 예의로서 말한 것이 아니라, 아무래도 진짜로 나의 이야기를 즐겁게 들은 모양이었다.

어쩐지 긴 여행에서 돌아온 모험가가, 왕족에게 여행이 어땠는지 보고한 것 같은 느낌이었다. 포상으로 금화라도 받고 돌아갈 수 있을지도 모른다.

그렇지만 '재미있는 세계'라….

하치쿠지 누나나 쿠치나와 씨는 신이기에 너그럽다고 할까, 나의 세계에는 거의 흥미를 보이지 않았는데, 확실히 이쪽 주민이 보면 내가 사는 세계 쪽이 이세계이며… 그렇다, '인간'으로서는 흥미가 솟는 요소인지도 모른다. 특히 이런 성에서 혼자 살고 있다면 그럴 만도 할 것이다.

"당신께서 보면, 저희들의 세계는 가짜 같겠군요. 그렇지만 제가 흡혈귀일 줄이야…. …되고 싶네요, 귀신이."

"……."

대답을 하지 않는 것은 불경에 해당할 것 같기도 했지만, 그러나 그런 말을 들으면 뭐라 말하기 어렵다. 네, 좋다고요, 흡혈귀가 되는 건, 이라고 가볍게 말할 수 있을 리 없다.

"다만, 그것이야말로 저에게는 가짜, 저희들은 서로 가짜인 사이네요."

오노노키가 여기까지 오는 도중에 했던 것 같은 말을 하는 공주님. 아니, 그것보다 포함한 의미가 조금 깊고, 무거울지도 모른다.

이면보다도 표면 쪽이 가짜이며, 환상이며, 사실은 존재하지 않는 것이라는 말을 듣는다면, 역시 그 말이 맞으니까. 있는 그대로 계속 존재하는 것이 딱히 올바른 것이라고는 생각하지 않지만, 그러나 여러 가지로 위장하면서 우리가 일상생활을 보내고 있는 것은 확실할 것이다.

"마치 수면에 비친 달처럼…."

시적인 말을 하는 공주님.

우리 시노부 씨께서는 절대 하지 않을 말이다.

다만 수면에 비치고 있다는 말은 정말로 좋은 예시였다. 지금의 나는 그것을 바라며 칸바루 가에 침입하려 하고 있으니까.

그것이 정말로 원래 세계로의 귀환으로 이어지는가 하면 그런 것도 아니지만…. 지금은 그 정도밖에 할 수 있는 게 없다.

"유감스럽게도 그쪽 세계의 저와 달리, 사람의 몸인 저에게는 이세계로의 문을 연다는 업은 불가능합니다."

그렇게 공주님은 미안하다는 듯이 말했다. 참으로 황공하다. 공주님에게 그런 말을 하게 만들다니, 내 쪽이 미안하다, 책임을 지고 그런 말을 한 내 목을 짓이겨 버려야 할까.

…뭐지, 이 사고방식은?

왜 목을 짓이겨야 하는데.

"하지만 지혜를 짜낼 수는 있으리라 생각합니다. 세상물정 모르는 허언이라 여기며, 부디 들어 주세요."

"아, 네. 송구합니다."

송구해?

그런 어휘가 내 안에 있었을 줄이야….

"하트언더블레이드. 생각보다 **버티고** 있는 편이지만, 귀신 오빠도 슬슬 위험한 것 같으니까 서둘러. 귀신 오빠에게 내성이 있는 것에 비례해서, 당신의 영향력도 커져 있는 것 같아."

오노노키가 끼어들며 말했다.

하는 말의 의미는 알 수 없었지만, 공주님에 대해 참으로 무례한 말씨라고도 생각했지만, 이 아이치고는 웬일로 나를 배려해 주고 있는 듯했다.

"알았어, 오노노키."

그렇게 공주님은 말했다.

그것은 나에 대한 것보다도 격의 없는 말씨다. 오노노키를 이름으로 부르고 있고.

내가 아는 두 사람은 몹시 사이가 나빠서 집 안에서 지나치게 되어도 말도 하지 않는 모습이었지만, 이쪽에서는 의외로 그렇지도 않은가…. 조금 전에 했던 말은 진짜였나. 그렇게 되면 마음속으로 시노부와 오노노키는 서로 인정하고 있다는 이야기일지도 모른다.

그것은 좋은 이야기 같기도 했지만, 그렇다면 그것을 이런 형태로 알고 싶지는 않았네….

"아라라기 님. 당신은 한시라도 빨리 자신의 세계로 돌아가시는 편이 좋겠지요. 하치쿠지 님은 느긋한 태도를 갖기를 권하신 듯합니다만, 그것은 신이기에 가질 수 있는 시점이고, 인간에게는 어울리지 않는 것입니다."

조금 전에 '시간이 없다'라는 말을 듣고 내가 생각했던 것을, 공주님은 말씀하셨다. 공주님과 사고가 일치하다니, 어찌 이런 영광이 다 있을까. 아니, 황공하게도 공주님의 생각을 읽어 버리다니, 만번 죽어 마땅한 실례일지도 모른다.

…그러니까 뭐냐고, 이 사고방식은.

나는 딱히 이 사람의 부하인 것도 아닌데…. 흡혈귀의 권속이 되었을 때에도 시노부에 대해 이런 식으로 생각하지는 않았는데?

"이렇게 말하는 것은 당신이 이 세계에 존재함으로써 이 세계에 다대한 영향을 끼치고 있기 때문입니다. 영향… 악영향이라고 말해도 될지도 모르겠군요. 실례를 알면서도 말씀드립니다만, 아라라기 님, 당신은 연약한 이 세계를 습격하신 재해입니다."

"……?"

악영향이라든가, 습격이라든가, 재해라든가.

공주님의 정중하면서도 아름다운 말씨에는 어울리지 않는, 정말로 말을 고르지 않은 매도와 폭언이었지만, 신기하게도 충격은 없었다. 그저 신기했다.

나로서는 오히려 나야말로 어떠한 커다란 재해에 휘말린 피해자 같다는 기분이었는데…. 문득 오시노 메메가 떠올랐다.

—피해자인 체하는 것이 마음에 안 들어.

그 남자가 자주 하던 말이다.

무슨 일이 있으면 그것을 금방 괴이 탓으로 돌리며 책임을 늘 자신 바깥에서 구하는 수법을, 그 전문가는 혐오하고 있었다. 그런 생각은 없었지만, 어느 샌가 이번에 나는 그런 생각을 하고 있었던 걸까?

공주님은 그것을 지적해 준 것일까.

이렇게 고마울 데가.

"당신이 보기에는 가짜, 모순에 가득 차고 이치에 맞지 않는 이 세계도 이 세계 나름대로의 밸런스를 가지고 성립하고 있습니다. 그 밸런스를, 당신은 위태롭게 만들고 있습니다. 사실… 그곳에 있는 오노노키는 당신께서 보기에는 올바르고, 저희들이 보기에는 이상하게 변질되어 버렸습니다."

"——!"

그 말을 듣고 나는 반사적으로 오오노키 쪽을 향했다. 오노노키는 가로 피스 사인을 하고 있었다.

왜 그러는 거야.

그러나 공주님의 지적은 그 말대로였다. 오노노키는 '언젠가 이런 날이 올 거라고 생각하고 있었다'라는 말을 하고 있었지만.

그리고 그 말투로 보면, 이제부터 나는 오노노키 외에도 다른 것을 '변질'시켜 버릴 것이라는 이야기인가?

"그렇다고까지 말할 수는 없지만, 다만 어찌하더라도 무리는 생깁니다. 아라라기 님은 아라라기 님이면서도, 아라라기 님은 아니십니다. 그러나 저희는 그런 아라라기 님을 아라라기 님으로서 받아들일 수 있지요. 동일인물이니까요. 거기서 발생하는 무리는, 저희의 세계를 뿌리부터 뒤흔들어 놓을지도 모릅니다."

"……."

세계라…, 어쩐지 장대한 이야기가 되기 시작하고 있었다. 아니, 원래부터 세계 이야기는 하고 있었다. 다만 나는 그것에 대한 자각이 너무 없었다.

카렌이나 츠키히, 거기에 오이쿠라에게 내가 이세계에서 온 아라라기 코요미라는 것을 들키지 않도록 접하고 있긴 했지만, 그러나 그녀들 안의 아라라기 코요미 상과 내가 일치할 리가 없으니(츠키히처럼 겉과 뒤가 다르지 않은 인간일 자신이 없다), 오노노키가 나에게 위화감을 느낀 것처럼 '어쩐지 눈치가 이상하다'라고 생각하고 있을 것이다.

실제로 오이쿠라는 그런 말을 했었고. 그렇기에 '전부 거짓말이라고 생각하고 있어.'라는 말을 했는지도 모른다.

그래도 그녀들은 어디까지나 나를 아라라기 코요미로서 인식한다. 그도 그럴 것이, 나는 다름 아닌 아라라기 코요미이니까.

아무리 동떨어진 모습이 되었더라도 지금 내 앞에 있는 것이 오시노 시노부이듯이….

“세계가 인지적 부조화를 일으키기 전에 당신은 원래 세계로 돌아가야만 합니다. 이 세계는 무사하지 못할 것이고, 물론 당신 자신도 무사하지 못하겠지요. 심상치 않은 일이 일어나겠지요. 사실, 저에게도 이미 영향은 나타나고 있습니다. 제가 아는 아라라기 코요미가 어떤 분이었는지 금세 **흐려지기 시작하고 있어요**.”

“…나는.”

나는 이 세계에서 어떤 녀석이었나요?

처음으로 내 쪽에서 공주님에게 질문을 던졌다. 그것은 그것이 알고 싶었기 때문이라기보다, 뭔가 말하지 않으면 ‘위험’하다고 생각했기 때문이다.

자칫하다간 스스로 목을 베어 버릴지도 모를 정도로, 지금의 나는 죄책감에 시달리고 있었다. 어째서? 확실히 내가 이 세계에 피해를 주고 있는 듯하다는 것은 알았지만 아직 돌이킬 수 없는 것은 아닌데, 어째서 성급히 목숨으로 보상하려는 쪽으로 생각이 향하지?

공주님이 가진 아라라기 코요미 상을 무너뜨린 것을 그 정도의 죄라고 생각하는 건가?

“그건… 알려 드릴 수 없습니다.”

공주님은 말했다.

“그, 그건… 말할 수 없을 정도로, 이미 잊어버리셨다는 말씀인가요?”

"아뇨, 아직 그 단계는 아닙니다. 이대로는 그렇게 될 우려도 있습니다만. 알려 드릴 수 없는 것은, 그것을 아는 것이 당신에게 악영향이 될지도 모르기 때문입니다. 오노노키. 당신도 쓸데없는 이야기는 하지 말도록 하세요."

"물론 한마디도 하지 않았어."

오노노키는 당당하게 거짓말을 하고 있었다.

팬티를 벗긴다는 둥 하는 소릴 한 것은 너인데…. 아니면 그것은 농담이었을까? 그렇다면 너무 악질적이다. 농담이 아니었던 편이 악질이지만.

"하, 하지만… 한시라도 빨리 돌아가고 싶은 마음이야 저도 그렇사옵니다."

뭐냐, 이 말투.

소작료를 낼 수 없어서 상소라도 하러 온 거냐.

"허나 말씀하셨던 대로 쓸 수 있는 수가 없어서…. 유일한 광명인 칸바루 가의 목욕탕에, 가령 접근했다고 해도, 그다음에 정말로 저쪽 편과 연락을 취할 수 있을지 어떨지…."

그렇다.

칸바루 가의 노송나무 욕실에 그런 전승이 있다는 것도, 어차피 시답잖은 주술에 의지하는 것이나 다를 바 없다.

칸바루 토오에가 얽혀 있다고 해도, 전승 자체는 칸바루 가의 것이지 가엔 가의 것은 아니다. 진지하게 말해서, 그런 것에 의지해도 괜찮을까?

그런 것으로 공주님을 고민하게 만들 바에야, 지금 바로 이 자리에서 목숨을 끊는 것이 훨씬 올바르… 그러니까 왜 그렇게 죽고 싶어 안달하는 거야!

"안 돼. 시노부, 이제 한계야."

옆에서 오노노키가 내 목덜미를 움켜쥐더니, 억지로 일으켜 세웠다.

뭐지? 무슨 소릴 하는 거지?

"타임 업, 데리고 돌아갈게. 그러니까 지금부터 짧게 말해."

공주님에게 무슨 무례를!

그런 무례는 내가 죽는 것으로… 아니, 공주님 앞에서 허락도 없이 일어선 나의, 시종의 몸이야말로 죄가 깊으니, 죽는다, 죽는다, 죽어야만….

"알았어. 신세를 질게, 오노노키."

"상관없어. 늘 있는 일이야."

…뭔가 멋지네, 오노노키.

이 입장, 너무하지 않아?

"아라라기 님. 당신이 나아가고 있는 길은 잘못되지 않았습니다. 그러나 그것만으로는 부족합니다. 혼자서 이루려 하지 마시고, 부디 조력자를 모으세요. 당신이 저의 빛이 되어 주신 것처럼, 이 세계에도 누군가의 빛이…."

"'언리미티드 룰 북'."

오노노키가 말했다.

그리고 점프했다. …캥거루가 아니라, 개구리다.

020

"귀신 오빠의 세계에 있는 시노부는 다른 것 같지만…. 저 공주님은 오래 이야기하고 있으면 위험해. 간단히 말하면 그 위광을 받고서 **죽고 싶어져 버린다**는 것일까. 처음에 말했잖아? 시간이 없다든가, 느긋하게 있을 수 없다든가."

말했었다.

그것은 나에게 서둘러 원래 세계로 돌아가도록 재촉하는 것이라고 생각했는데, 그 시점의 발언은 그런 의미였나.

그렇지만 그것은 제쳐 두고, 오노노키의 '언리미티드 룰 북'의 위력은 이쪽 세계에서도 건재한 듯했다. 아니, 솔직히 말해서 성능은 이쪽 세계 쪽이 훨씬 위인지도 모른다.

어쨌든 침실에서 몇 개나 되는 천장을 뚫으며 시노부가 사는 성에서 탈출하고, 그런 뒤에 근처의 도로에 착지한다는, 내 목덜미를 잡은 채로 상당한 업 다운을 감행했음에도 불구하고 내 뇌는 그다지 흔들리지 않았다.

예전에 '평범한 인간 상태'로 '언리미티드 룰 북'에 휘둘렸을 때에는 고산병에 걸린 듯한 상태가 되거나 블랙아웃되거나 해서 고생했다. 하지만 아무래도 여기까지 오는 길에 사용하지 않은 것은 단순히 이동 시간을 이용해서 나에게 이야기를 듣기 위해서였고, 이쪽 세계에서 그녀는 '언리미티드 룰 북'의 속도를 컨트롤할 수 있는 듯하다.

아니, 저쪽에서도 결코 컨트롤할 수 없는 것은 아니겠지만, 이 정도의 정확성은 없을 것이다. 아마도 정확함이 아니라 성격 문제일 것이란 생각도 든다.

저쪽의 오노노키와 퍼포먼스를 맞추기 위해 성격을 개조한 이쪽 오노노키이지만, 어디까지나 응급처치이며 완전히 일치하는 것은 아닐 테니까 말이야…. 반대로 말하면 저쪽 오노노키 정도의 시원시원한 위력을 발휘하는 것은 불가능한 것이 아닐까.

무슨 일이든 일장일단이 있다.

이번에는 그것에 도움을 받은 것이지만.

"위광을 받아서 죽고 싶어진다니…. 그야 저도 모르게 무릎을 꿇어 버리긴 했지만 말이야. 그 정도 수준까지 가면 웃을 수 없네. 그러니까 그렇게, 커튼 안에서 나오지 않는 건가."

"그래. 그 여자의 아름다움을 직접 그 눈으로 보기라도 했다간, 귀신 오빠 따윈 그 자리에서 자기 창자를 끄집어낼 거야."

"왜 그렇게 처참한 자살법을 고르는 거야. 좀 편하게 죽게 하라고."

공주님에게는 미안하지만, 그 자리에서 벗어날 수 있었던 것은 나에게 다대한 해방감을 주었고, 나는 오노노키에게 그런 식으로 딴죽을 걸었다. 그러나 그녀에게 받은 지적을 생각하면, 이런 대화도 원래는 있어서는 안 되는 것이라고 생각한다.

세계의 밸런스를 무너뜨리고 있다.

오노노키가 오노노키가 아니게 되고, 그리고 그 변화는 연쇄된다. 마치 오셀로 게임에서 '여기!'라는 장소에 돌을 두었을 때처럼 연쇄되어 뒤집히기 시작한다.

"자세히는 애니메이션판 팬북에 실려 있는 『아름다운 공주』라는 동화를 읽으면 쉽게 이해될 거라고 생각하는데."

"쉽게 이해되지만, 왜 남이 진지하게 생각하고 있을 때에 그런 소릴 하는 거야, 너는. 이제부터 너에게 딴죽 거는 것을 자제하려고 생각하고 있으니까 신소리는 하지 마."

"그 부분은 더 이상 신경 쓰지 않아도 된다고 말했잖아. 뭐라고 해야 할까, 의식해도 부담스러워. 초등학교 시절부터 자주 같이 놀았던 여자애가 어느 날 브래지어를 하고 있는 것을 깨달은 남자애 같은 리액션 하지 마."

"뭐야, 그 예시는."

"업무거든. 내 경우에는, 노력하면 변화시킨 성격도 금방 바로잡을 수는 있어. 그렇다기보다 본래 형태 같은 건 없으니까, 귀신 오빠를 저쪽으로 돌려보내면 서서히 돌아올 거야."

"…그렇다면 좋겠는데."

"하던 이야기로 돌아가자. 팬북을 찾을 수 없는 경우에는 가까운 서점에 주문해."

"선전을 계속하지 마. 하던 이야기로 돌아간다며. 서점에 가도 글씨가 뒤집혀 있어서 나는 읽을 수 없다고. …인간이었을 때의 시노부는 저런 느낌이었구나. 진짜 공주님이었어."

아니, 뭐. 그런 이야기는 들은 적이 있었지만, 솔직히 반신반의했으니까 말이야….

"반드시 그럴 것이라고는 생각하지 않지만. 귀신 오빠의 가설을 채용하면 어디까지나 저것은 '뒤편'이지, 진실을 비추고 있는 것은 아니니까. 본인도 말한 대로, 수면에 비친 달 같은 존재야."

"……."

"뭐, 하지만 이 세계에서 시노부의 저 영향력은 너무나도 커서, 이렇게 혼자 은거하고 있다는 추측은 맞아. 알현하는 것만으로 사람을 죽이는 고귀함 같은 건, 혁명으로 이어질지도 모르니까. 인간이면서 인간의 범위를 넘어서 있어."

귀중종이라고 불리는 키스샷 아세로라오리온 하트언더블레이드가 흡혈귀이면서도 흡혈귀의 범위를 넘어서 있던 것처럼, 그녀는 인간이면서 인간의 범위를 넘어 있는 것인가. 다시 봐도 말도 안 되는 녀석이구나.

정말이지, 나 같은 것과는 어울리지 않는 녀석이다. 하마터면 이세계에서 자살할 뻔했다. 그러나 어느 세계에서도 시노부를 위해서 죽는다는 것은 나의 운명일지도 모른다.

그것은 어쨌든.

오노노키 덕분에 궁지를 모면했지만(…생각해 보면 오노노키가 사전에 제대로 설명해 주었더라면 한정된 대면 시간을 조금 더 유효하게 활용할 수 있지 않았을까 하는 생각이 안 드는 것도 아니지만, 어쩔 수 없다. 그녀는 내가 무릎을 꿇는 리액션을 보고 싶었던 거다. 자살하는 모습을 보고 싶었던 게 아니어서 정말 다행이라고 생각해야 한다), 그것은 동시에 공주님께서 하셨던 말씀이(아직 영향이 남아 있다) 어중간해져 버렸다는 결과이기도 했다. 어디 보자, 뭐라고 했더라?

"나아가고 있는 길은 잘못되지 않았다…. 요컨대 칸바루 가의 노송나무 욕실이 돌파구가 된다는 생각은 틀리지 않았다는 이야기일까?"

"그렇겠지. 다만 조력을 부탁해야만 한다고도 말했지. 혼자서는 아무것도 할 수 없다고."

흠.

오시노하고 반대되는 말을 하네.

따지고 보면 그 어드바이스는 블랙 하네카와가 나에게 했던 '파트너를 찾아라'란 말과도 통하는 부분이 있어 보이는데…. 하지만 파트너라고 하면 맨 처음에 떠오르는 시노부로부터 그것과 동일한 말을 들어 버렸으니 오히려 움직일 수 없게 되어 버렸다는 느낌이 든다.

"마음에 두고 있던 여자애로부터 '얼른 여자친구를 만드는 게 좋을 텐데~. 좋아하는 애, 없어?'라는 말을 들었을 때 같은 기분일까."

"그러니까 왜 아까 전부터 계속 초등학생의 연애 사정으로 예시를 드는 거야."

"마요이 씨도 시노부도 저런 느낌이라, 이번에는 어린애 성분이 부족하다고 생각해서 말이야."

"쓸데없는 배려 하지 마. 너 혼자서 노력해."

예를 들어 블랙 하네카와가 시노부를 가리켜 말했던 거라고 해도, 저렇게나 고귀한 공주님과 행동을 함께하는 것은 불가능하다. 그 자살충동은 어설픈 괴이 따위보다 훨씬 위험하다.

나를 재해라든가 악영향이라고 말하고 있긴 했지만, 그것은 그녀 자신이 스스로를 그렇게 생각하고 있기 때문에 했던 발언인지도 모른다.

혼자서 세계를 멸망시킬 수 있는 힘을 지녔으니까.

세계의 빈약함을, 그녀는 알고 있다.

"…다만 그렇다고 해도 다시 성안으로 돌아가서 진의를 물어볼 수도 없지."

"응. 귀신 오빠의 자살 포인트는 이미 아슬아슬한 정도까지 차 있어. 기분이 가라앉을 때까지 기다리고 있을 수도 없겠지만."

"자살 포인트는 또 뭐야. 누그러지지 않는다고, 그런 생활감 있는 표현을 써도. …확실히 기분을 가라앉히고 있을 상황은 아니지."

조력자라….

확실히 칸바루의 집에 침입할 때, 칸바루의 관심을 끄는 누군가가 있어 준다면 그렇게 고마운 일은 또 없다.

칸바루, 요컨대 레이니 데빌을 가령 5분만이라도 붙들어 줄 누군가가 있다면 그 틈에 나는 노송나무 욕실을 조사하고, 그곳이 외계로 통하는 루트가 될 수 있을지를 체크할 수 있을 것이다.

하지만 말할 것도 없이, 이것은 난제다.

그런 협력자를, 이 낯선 땅에서 구하다니. 안 그래도 레이니 데빌은 내가 아는 괴이 중에서도 그 흉포함에서 비할 것이 없다.

그런 괴이, 보통 인간으로는 5분은 고사하고 1분도 붙들어 놓을 수 없을 것이다. 달아나는 것도, 그렇게 블랙 하네카와에게 도움을 받지 않으면 무리였을 것이다.

공주님의 어드바이스를 어디까지 그대로 받아들여도 될지는 알 수 없지만, 그러나… 조력을 부탁하려 해도 그 조력자로 짚이는 사람이 전혀 없다.

신에게 전투를 촉구할 수 없으니, 하치쿠지 누나나 쿠치나와 씨를 의지할 수는 없겠고….

“오노노키, 어때? 너에게는 짚이는 사람 없어? 레이니 데빌을 붙들어 놓을 수 있는 캐릭터.”

“글쎄, 으음.”

그렇게 오노노키는 팔짱을 끼었다.

“레이니 데빌에 필적하는 파괴력과 전투력을 지니고, 그러면서 이번 일의 사정을 알고 있고, 귀신 오빠의 입장에 대해서 이해를 표하고 있으며 위기감도 공유하고, 그렇기에 해결을 향해 움직인다는 모티베이션을 가지고 있는, 물론 전문적인 지식도 적지 않게 지녔으면서 여차할 때의 탈출방법도 가지고 있는 캐릭터인가…. 그런 녀석이 있을까?”

“바로 너라고!”

오노노키였다.

021

그 뒤에 나는 집으로 돌아가서(귀가는 '언리미티드 룰 북'으로 한 번에 끝났다. 완전 편하다), 오이쿠라에게 들키지 않도록 이층 침대 아래층에 들어가고, 오노노키는 카렌과 츠키히에게 들키지 않도록 여동생들의 방으로 돌아갔다.

나도 모르게 개그처럼 처리해 버렸는데, 칸바루의 집을 다시 방문할 때 오노노키에게 부탁한다는 아이디어는 아마도 블랙 하네카와나 시노부가 나에게 촉구했던 것과는 전혀 다른 것일 거라 생각한다.

저쪽 세계에서는 몇 번이나 함께 싸웠고, 또한 수도 없이 도움을 받고 있지만, 오노노키를 나의 파트너라고 부르는 것은 어울리지 않는다. 왜냐하면 그녀에게는 식신으로서 모시는 주인이 있기 때문이다.

보다 파트너다운 파트너다.

나의 세계관에서는 지금쯤 북극에서 북극곰과 싸우고 있을 폭력 음양사가, 그녀가 이쪽에는 어떻게 지내고 있는가는 알 수 없지만(남극에서 펭귄과 싸우고 있을지도 모른다. 펭귄은 상당히 강하다는 모양이고), 그 사람을 제쳐 두고 내가 오노노키를 파트너로 삼는 것은 앞뒤가 안 맞는 일이다.

그리고 시노부와 알현한 시점에서 오노노키는 어느 정도, 이미 내 편이라고 말할 수 있었다. 시노부가 오노노키를 암시하고 싶었다면, 그 장면에서 다시 한 번 '조력을 구해야 한다'라는 어드바이스가 필요했다고도 생각되지 않는다.

그녀들은 대체 누구에 대해 말하고 있는 걸까…? 그런 생각을 하면서, 그러나 답은 찾지 못하고, 나는 그대로, 이번에야말로 잠이 들었다. 일어나 보니 전부 꿈이었다는 꿈 결말 패턴에 아직도 흐릿한 기대를 걸고 있었지만, 그러나 그 기대는 헛수고로 끝났다.

"코요미! 아침이야, 아침! 일어나, 이 잠꾸러기야!"

그렇게 나를 보디 어택으로 활기차게 깨워 준 오이쿠라에게, 역시 이런 건 꿈이잖아, 너무나도 부끄러운 나의 편의주의적 망상 같은 거잖아, 라고 생각했지만.

그렇구나, 이 세계의 아라라기 군은 여동생이 아니라 오이쿠라가 매일 깨워 주고 있는 건가…. 아침에 깨워 주는 소꿉친구를 동경하던 나의 기대가 이루어진 거잖아.

게다가 냉혹한 여동생들과 달리, 고등학교를 졸업해도 그 습관은 이어지고 있는 듯하다.

"자, 난 옷 갈아입을 거니까 밖으로 나가~. 아니면 내가 옷 갈아입는 걸 보고 싶은 거야? 아~, 코요미, 응큼해라~. 하지만 괜찮아~, 코요미라면. 사알짝~."

"그, 그러지 마, 바보야. 기분 나빠."

그렇게 말하면서 황급히 방을 나오는 나. 기분 나쁘다는 말은 가족을 상대로도 너무 강한 표현으로 생각되지만, 이번의 느슨한 기획에서 가장 손해를 입고 있는 오이쿠라를 보고 싶지 않은 것은 사실이다.

어떻게 이런 뒤편이 다 있냐고.

그러나 문득, 문을 닫을 때에 돌아보니, 오이쿠라는 이쪽에 등을 향하고 두 팔로 머리를 안고 있었다.

'내가 이랬던가…?'라면서 자신의 행동에 의문을 느끼는 것처럼.

시노부가 말하는, 내가 초래하는 악영향. 동거하고, 같은 방에서, 숫자상으로는 나와 가장 오랜 시간을 보내고 있는 오이쿠라는 그것을 더욱 강하게 받고 있는지도 모른다.

그렇다면 정말로 서둘러야 한다.

나는 보고 있을 수 없지만, 행복한 가정 속에서 밝고 명랑하게 지내고 있는 오이쿠라의 인생을 엉망진창으로 만들고 싶지 않다. 오이쿠라의 인생을 엉망진창으로 만들다니, 세 번이나 하면 충분하다.

계단 부근에서,

"아, 오빠, 안녕~."

이라고 말하는 카렌과 지나친다.

키가 작은 카렌과 계단 위아래에서 대면해서, 더욱 작아 보였다.

아무래도 목욕을 마치고 나온 듯한데, 의상은 외출복이다. 오늘도 이제부터 외출하는 걸까?

"응. 오늘은 소다치 언니하고 놀러 나갈 거라고~."

"그렇구나…. 뭐, 재미있게 놀아 주고 와."

"무슨 소리야, 그건. 오빠가 소다치 언니의 뭐라도 돼?"

카렌은 쓴웃음을 지었지만, 나도 그런 카렌을 보고 마찬가지로 쓴웃음을 지을 뻔했다. 아니, 실례되는 말이다.

교복 외에는 늘 운동복 차림인 카렌이, 설령 스커트를 입고 있다고 해도 그것은 개인의 자유다. 그렇다기보다, 이것도 역시 카렌의 '뒤편'일까?

거칠고 덜렁거리는 카렌이, 실은 여자다운 옷차림을 동경하고 있었다니, 마치 만화 같지만…. 순조롭게 원래 세계로 돌아가면, 조금 더 카렌에게 자상하게 대해 주자고, 나는 마음속으로 맹세했다.

"그럼 가 볼게."

그렇게 그대로 카렌과 지나쳐서 아래층으로 내려왔다. 뭐, 카렌의 경우에 겉모습이나 패션은 바뀌어도 근본적인 성격은 그렇게 바뀌지 않은 부분이, 오이쿠라보다도 구원이 있다고 봐야 할까.

그것을 생각하면 대체 오이쿠라는 어느 정도의 감정을 눌러 죽이면서, 어느 정도의 감정의 뒤편을 갖고서 살고 있었던 것일까.

…그 녀석, 지금쯤 어디에서 무엇을 하고 있을까? 괜찮을까, 하고 문득 걱정스러워졌다. 그러고 보니 다른 마을로 여행을 떠난 오이쿠라나, 해외로 여행을 떠난 하네카와가 어째서 이 마을에 있는가를 다시금 검토할 필요가 있을지도 모른다.

단순히 '좌우 반대'가 되어 있으니까, 왠지 모르게 밖으로 나간 그녀들이 '반대'로 아직 이곳에 있다는 것처럼 생각하고 있었는데, 쿠치나와 씨의 '뒤집기' 설을 채택하면 그렇게 해석할 수 없을지도 모른다.

과연 '무엇'을 뒤집은 결과로 블랙 하네카와나 동거인 소다치 씨가 이 마을에 있는 것일까…. 그런 생각을 하면서 나는 세면실에 들어간다.

세수를 하기 위해서, 그리고 물론 세면대의 거울을 체크하기 위해서였는데 그곳에는 츠키히가 발가벗고 있었다.

항상 누군가가 홀랑 벗고 있는 거냐, 이 집은.

대체 어떻게 된 집에 살고 있는 거냐고, 나는.

유감스럽게도 이것은 이세계이든 아니든 상관없이 원래의 세계에서도 품어야 할 의문일지도 모르지만…. 카렌에 이어서, 이제부터 츠키히가 아침 목욕을 하러 들어갈 참이었던 모양이다.

"어라, 오라버니. 안녕하시옵니까."

그런 인사에 한순간 츠키히에게도 변화가 생겼나 싶었지만, 그러나 그 여동생의 뒤편이 이렇게 기품 있을 리가 없으므로, 평소대로의 장난이라고 판단할 수 있었다.

"안녕하시지 못하다."

"뭐 하러 왔어? 양치질?"

"아니, 세수를 좀…."

그렇게 말하면서 거울을 확인한다. 비스듬한 각도에서 보았기 때문에 그곳에 속옷 한 장 차림의 츠키히가 비치고 있어서 그리 진지한 기분으로는 볼 수 없었지만, 어쨌든 평범한 거울이다.

오이쿠라가 말했던 반사율이라는 것을, 여기서 생각해 본다. 거울에 비친 츠키히의 알몸과, 실제 츠키히의 알몸을 비교해 보면 확실히 그것은 결코 같은 것은 아닌 듯했다.

만화를 전자책으로 만들면 잉크의 색이 또렷해져서 종이책일 때보다 깨끗하게 볼 수 있다고 하는데, 그런 느낌의 차이일까?

반사율.

묘하게 신경 쓰이는 단어였다. 아니, 오이쿠라가 말했던 단어이니까, 나도 모르게 특별하게 생각하게 되는 것인지도 모르지만.

기본적으로는 평범한, 거울에 대한 잡학일 것이다.

…일반적인 거울은 반사율이 80퍼센트 정도라고 말했는데, 일반적이지 않은 거울이라면 어떻게 될까?

반사율 100퍼센트의 거울도 있는 걸까?

만약 그 거울을 통해서 이 세계에 왔었더라면 또 여기는 다른 모습이었을까…. 그런 생각이 드는 것은 내가 이곳을 앞뒤가 맞지 않는, 세부의 만듦새가 어설픈 완성도 80퍼센트의 세계라고 생각하고 있었기 때문인지도 모르지만….

"오빠, 왜 그래? 세수하는 거 아니었어? 오빠가 얼굴을 씻어 주지 않으면 난 아무리 시간이 지나도 욕실에 들어갈 수 없어."

"어째서 그런 건데. 별 문제 없이 들어갈 수 있을 거 아냐. 나는 오히려 네가 욕실에 들어가고 난 뒤가 세수하기 편하다고."

"알았어, 알았어. 전부 말하지 마. 오빠는 귀여운 여동생이 얼굴을 씻어 줬으면 하는구나? 알았어, 그러면 자세 잡아."

"뭐가 '알았어'야. 당연히 직접 씻을 거라고."

그렇게 말하면서 나는 여동생을 밀어내듯이 하며 세면대 앞에 섰다. 뒤에서 여동생이 니닌바오리*를 하듯이 내 어깨 위에서 팔을 둘러 왔다.

"나로는 안 되는 거냐…?"

"왜 소녀만화풍으로 말하는 거야. 그리고 내가 여주인공 쪽이잖아."

"업히기~."

츠키히는 요괴 코나키지지*처럼 온 체중을 내 등에 실었다. 그대로 나의 두 팔을 꺾는다. 백 브레이커라도 걸릴 것 같았지만, 카렌과 달리 격투기의 소양이 없는 츠키히가 그런 짓을 할 리도 없다. 그녀는 수도꼭지를 그대로 비틀었다.

호쾌하게 비틀어서, 상당히 세차게 뿜어져 나온다. 역시나 이 세계의 주민인지, 나처럼 비트는 수도꼭지를 착각하지는 않았다.

"자, 깨끗하게 씻자고~."

그렇게 말하며 츠키히는 두 손으로 떠낸 적당한 온도의 물을 내 얼굴에 뒤집어씌웠다. 등 뒤에 달라붙은 니닌바오리 상태인 것치고는, 의외로 정확한 손놀림이었다.

이런 걸 보면, 정말로 재주 좋은 녀석이다.

자신의 것이 아닌 손으로, 라고 할까, 자기 것이 아닌 손가락

※니닌바오리(二人羽織) : 하나의 하오리에 두 명이 들어가서 앞의 한 명은 얼굴만, 뒤의 한 명은 하오리를 통해 팔만 내놓고 연극 등을 벌이는 것.

※코나키지지(子泣き爺) : 몸뚱이가 아기처럼 작은 노인. 산길 등에서 갓난아기처럼 울고 있는데, 아기인 줄 알고 불쌍해서 안아 들면 갑자기 무거워져서 행인을 괴롭힌다고 한다.

이 자기 얼굴을 건드린다는 것은 이상한 기분이었다. 두개골에 달라붙어 있는 살과 가죽이 몇 번이나 움찔움찔한다. 으음~.

"머리카락이 방해되네. 자르는 게 어때?"

"네가 그런 소리 하지 마. 아마도 지금 우리의 모습을 뒤에서 보면 거의 요괴로 보일 거라고."

뒤에서 보지 않아도 거의 요괴이지만.

"큭. 오빠가 방해가 되어서 비누가 안 보여. 오빠, 비누 케이스에 있는 비누를 입으로 물어서 내 손에 비누를 떨어뜨려."

"왜 방해가 된다는 말을 들으면서까지 비누를 집어 줘야만 하는데, 그것도 입으로."

그렇게 말하면서도, 그것도 입으로 집어 주는 자상한 오빠였다. 츠키히는 손바닥으로 그것을 거품을 내고, 내 입에 돌려놓았다.

내 입을 비누 케이스로 쓰지 마.

토해 낸 비누는 세면대 안으로 떨어졌다. 담겨 있던 물이 자연히 거품이 나고, 비눗물이 소용돌이친다.

"눈 감아. 실명의 위험이 있으니까."

"그야 비누라도 도가 지나치면 그렇게 되겠지만, 기껏해야 세수인데 그 정도의 경고는 하지 마."

"아니, 남의 얼굴을 씻는 건 나도 처음이라서, 내 손톱이 오빠의 안구를 찌를지도 모른다는 의미야."

"그런 경고였다면 하는 게 늦었어."

"거품을 먹어랏!"

그런 기합소리와 함께 츠키히는 내 얼굴에 거품을 발랐다. 호쾌한 기합에 비해, 조금 전까지보다 더욱 부드러운 손놀림이다.

처음인 것치고는 능숙하다고 생각했지만, 그러나 츠키히에게는 완성도에 불만이 있는지, "으음, 그저 그러네."라고 말했다.

"소다치 언니의 세안 폼, 슬쩍 빌려 쓸까~."

"아니, 그건 안 돼… 커훅, 어훅."

정말로 거품이 입안에 들어갔다.

여동생이 한창 얼굴을 씻어 주는 동안에 말을 해서는 안 된다. 어쨌든 여동생이 얼굴을 닦아 준다는 체험을 한 적이 없으므로.

"좋아, 뭐, 오늘은 이런 정도로 해 둘까. 세수하고 다시 와!"

그렇게 말하며 츠키히는 내 얼굴의 거품을 씻어 내기 시작한다. 그러는 동안에 물은 계속 틀어져 있어서, 실눈을 뜨고 보니 세면대 안에는 가득히 물이 담겨서 지금 당장이라도 넘칠 것 같았다.

할 수 있다면 내가 손으로 수도꼭지를 잠그고 싶었지만, 츠키히에게 두 팔을 봉인당해서 그것은 불가능하다. 할 수 없다. 이번에는 입으로 수도꼭지를 물기로 할까.

실행한다….

"…가훅?!"

거품은 이미 거의 씻겨 나갔는데, 나는 그런 소리를 내 버렸다. 그야말로 입에 거품을 물며 놀라 버렸다.

눈을 크게 떴다.

바로 아래, 세면대 아래에 괴어 있는 물.

내가 수도꼭지를 잠근 것에 의해 수면에 일던 물결은 그치고, 그리고 내가 입에서 떨어뜨린 비누 때문에 비눗물이 됨으로써 채워져 있던 물의 투과율이 떨어져서, 반사율이 상대적으로 올라간다.

즉, 그곳에 여동생이 닦아 주고 있는 내 얼굴이 불완전하게나마 비치고 있었던 것인데, 그 얼굴이.

씨익 웃었던 것이다.

022

뭐지, 이건? 대체 어떻게 된 일이지, 거울이 아니라 수면에? 그렇게 생각하고 눈을 크게 떴을 때, 그야말로 츠키히의 손톱이 내 눈을 찔렀다.

매번 있는 일이지만, 중요한 타이밍에 저지르는 여자였다.

"난 잘못한 거 없어. 제대로 주의를 줬잖아. 왜 오빠는 시키는 대로 못 하는 거야?"

그렇게 말하며 츠키히는 내 세수 작업을 포기하고, 욕실로 쪼르르 도망쳤다.

너처럼 속 편하게 살고 싶어, 나는.

진짜 부럽다고.

다시 세면대에 눈길을 돌렸을 때에는, 비눗물은 이미 전부 배수구로 빨려 들어간 뒤였다. 갑자기 눈앞에 나타난 힌트를 잃어버린 듯한 기분이었다. 하지만 뭐, 얼굴이 씻기는 상쾌한 기분에 자기도 모르게 풀어져 있던 내 얼굴이 그냥 비치고 있었던 것뿐일지도 모르므로, 너무 낙심해도 소용없을까….

네 이놈, 츠키히, 방해했구나! 라는 기분도 있었지만, 그러나 애초에 츠키히가 내 얼굴을 씻어 준다는 이야기를 꺼내지 않았더라면 볼 수 없었던 영상이기도 하다. 한 방씩 주고받고 해서 비긴 것이라고 생각하자.

그 뒤에 카렌과 츠키히, 그리고 오이쿠라가 외출하기를 기다린 뒤에, 여동생들의 방에서 오노노키를 꺼내 와서 칸바루 가로 향했다.

낮 동안에는 사람의 눈도 있으므로 '언리미티드 룰 북'이 아니라 BMX로 이동, 둘이 타는 것은 법규 위반이지만, 오노노키는 엄밀히 말하면 인형이므로, 봉제인형을 목말 태우고 달리는 것이라고 생각하면 법적 문제는 해소할 수 있을 것이다.

"…목말이라는 건 봉제인형이라고 해도 상당한 기행이라 생각하는데."

천하의 오노노키가 딴죽을 거는 측에 섰지만… 뭐, 오기는 2인승용 봉까지 빌려 주지는 않았으므로 어쩔 수 없다.

"다양한 캐릭터를 목말 태우는구나, 귀신 오빠는. 이제 목말 태운 적 없는 캐릭터는 누구야?"

"목말 태운 캐릭터 쪽이 많은 것처럼 이야기하지 마. 말해 봤자 너를 포함해서 네 명 정도야."

"나하고 시노부하고, 첫째 여동생하고, 그리고 누구야?"

묵비권을 행사했다.

뭐, 오노노키는 이 세계관에서 팬티 룩이므로 그렇게 멋진 일은 되지 않지만, 평소에 카게누이 씨를 손가락 위에 지탱하고 있을 만해서(?), 밸런스 감각은 뛰어난 듯했다. 자전거 조종에 전혀 지장을 주지 않는다. 그렇다기보다, 머리카락을 핸들처럼 붙들려 있으므로(내가 트윈 테일처럼 되어 있다), 어쩐지 내가 조종당하고 있는 것 같았다.

오늘 칸바루 가에서 어떻게 행동할지는 어젯밤 중에 의논을 마쳤고 현재 변경사항은 없지만, 그러나 일단 오늘 아침에 있었던 사건에 대해서는 오노노키에게 보고해 두기로 했다.

"허어, 그렇구나. 하지만 뭐, 물이 흘러가 버린 것은 어쩔 수 없지. 별 상관없어 보이니, 신경 쓰지 않아도 괜찮지 않을까? …아니, 근데 이봐."

오노노키가 한 타이밍 늦은 딴죽을 구사해 보였다.

내 어깨 위에 타고 있는 만큼.

"아주 중요한 거 아니야, 그거? 이세계로 이어지는 게이트는 역시 원숭이 언니의 집이 아니라, 우리 집 세면실에 있었던 거 아니야?"

"우리 집이라고 당연하다는 듯 말하지 마."

"그 말, 소다치 언니에게도 전해 둘게."

"하지 마. 오이쿠라를 이 이상 몰아붙이지 마. …하지만 정말로 한순간이었고, 잘못 보았을지도 모르고…. 재현도 불가능했어. 무엇이 계기인지도 모르겠어."

"확실히 첫 번째는 거울이고, 두 번째는 수면으로 된 거울…. 장소는 동일하지만 의미가 다르네. 공통항은 귀신 오빠가 세수를 하는 것이, 거울 면이 이세계로 이어지는 조건일지도 몰라."

"무슨 그런 조건이 다 있어. 그런 조건이라도 괜찮다면 얼굴 같은 건 욕실에서도 씻고 말이지. …게다가 어찌 되었든, 거기에 비친 내가 웃고 있다든가 움직임이 연동되지 않는다든가 하는 건 별로 중요한 일이 아니야. 귀환을 목표로 한다면 시노부라든가, 시노부에게 접촉을 취할 수 있는 녀석이 비쳐 줘야 해."

"흠. 그건 그러네. 그렇게 되면, 역시 오늘의 미션이 중요해진다는 거구나."

"응, 가능하면 오늘 끝내 버리고 싶어. 날을 넘겨 버린 것은 상당히 뜻밖이야. 조금 전에 슬쩍 말했지만, 오이쿠라 쪽에는 이미 악영향이 나타나기 시작한 것 같고."

"……."

응?

왜 거기서 침묵하지?

갑자기 입을 다물어 버리면 화나게 만든 게 아닐까 하는 생각에 가슴이 두근거리는데…. 뭐, 세면실에서의 기회를 놓친 것은 설교를 들어도 어쩔 수 없는 일이었나?

"귀신 오빠. 실은 한 가지, 이번 이변에 간단한 해결책이 있는 것을 깨닫고 있으려나?"

"간단한 해결책?"

"응. 초간단한 초해결책."

"…초간단은 그렇다 치고, 초해결책이란 건 조금 어감이 무서운데."

그 표현이라면, '죽으면 편해진다' 같은 메소드가 예상된다. 그렇지만 있다는 말을 하면 듣지 않을 수는 없다.

나는 "뭔데?"라고, 그런 제안을 들어도 딱히 조금도 겁먹지 않는데? 라고 하듯이 무뚝뚝하게 되물었다.

"일종의 코펜하겐 해석인데 말이야."

"코펜하겐 해석? 어려운 소리를 하네…. 뭐였더라, 양자역학에서 나온 말이었지?"

현재를 완전히 파악하는 것은 불가능하고, 그렇기에 미래를 확정적으로 예상하는 것은 불가능하다는 사고방식. 그것이 이 현상에서 나에게 어떻게 변하는 거지?

"딴죽을 걸어 달라고. 코페르니쿠스적 전환을 잘못 말한 거라고."

"그걸 어떻게 알아! 그렇게 비슷하게 잘못 말하지 마!"

"코페르니쿠스적 전환과 코펜하겐 해석은 딱히 비슷하지는 아니라고 생각하는데…."

자기가 착각해 놓고, 그런 식으로 나를 비난해 오는 오노노키. 그건 그렇다 치고.

"일종의 코페르니쿠스적 전환인데 말이야."

그렇게 수습했다.

"귀신 오빠가 원래의 세계로 돌아가는 것을 포기하고, 이 세계에 뼈를 묻을 각오를 하면 돼."

"그렇군! 그 방법이 있었네! 머리 잘 돌아가는걸, 오노노키. 그렇게 되면 더 이상 칸바루의 집 욕실에 침입을 시도할 필요 따윈 없고, 지금부터 하겐다즈에 가자고, 얼마든지 사 줄게! …가 아니라."

나도 나대로 자전거에 타고 있으므로 익숙하지 못하나마 일단 한 타이밍 늦은 딴죽을 걸어 보았는데, 오노노키의 반응은,

"하겐다즈 직할점은 일본에 더 이상 없어…."

라는 말이었다.

진짜냐. 이 세계 한정의 이야기가 아니란 말인가. …가 아니라.

"어째서 그게 해결책이냐고. 아니, 그게 말이지, 초해결책이라고 해도 아무것도 해결되지 않잖아. 내가 이 세계에 계속 있으면…."

"그건 돌아가려고 하니까, 요컨대 귀신 오빠 쪽이 이 세계에 익숙해질 생각이 없기 때문이야. 전학생이 혼자 계속 자기 고향 자랑을 사투리로 이야기해서, 반 전체의 분위기를 계속 나쁘게 만들고 있는 것 같은 상황이야."

"뭐야, 그렇게 껄끄러운 예시는."

"굳이 말하자면 나는 반에서 혼자 붕 떠 있는 그 애에게 말을 걸어 주는 자상한 히로인이지."

"초등학생 러브 코미디의 예시가 이어지고 있었던 거냐…."

"귀신 오빠가 포기하고 이 세계에 마음을 열면, 세계 쪽으로부터 귀신 오빠가 영향을 받아서, 압력을 받아서 원래대로 돌아오게 되지 않을까. 우리가 보는 원래대로고, 또한 엄밀히는 가

락을 맞추는 형태가 되겠지만…. 하지만 기본적인 다수결을 취해서, 우리의 영향력 쪽이 귀신 오빠에게 뒤지는 일은 없을 거라고 생각하지만 말이야."

"……."

개그가 아니라 진심으로 하는 제안인 듯하다. 주관을 벗어나서 생각하면, 확실히 오노노키가 말하는 대로인지도 모른다.

내가 포기하면.

귀환을 단념하고 이 세계에서 살아갈 각오를 한다면…. 뭐라고 해야 할까, 오노노키를 따라서 말한다면 해난사고를 당해서 표류한 이국의 땅에서 살아갈 결의를 한다는 느낌일까?

"나쁜 제안은 아니라고 생각해. 이 세계의 밸런스를 유지하기 위해서뿐만이 아니라, 귀신 오빠를 위해서도. 그도 그럴 것이, 깨닫지 못하고 있을지도 모르겠는데, 귀신 오빠, 돌아가려고 하지만 않으면 신변의 위험은 없다니까?"

오노노키는 지금은 평소의 무뚝뚝한 국어책 읽기 어조이므로 딱히 강하게 설득하려는 생각은 없다는 느낌이지만, 나의 등을 떠미는 듯한 말을 했다.

"칸바루 가에 다가가지만 않는다면, 원숭이 언니는 자발적으로 습격해 오지는 않을 것 같고. 귀신 오빠의 결의 한 번으로, 내일부터는 소다치 언니와의 따끈따끈 는실난실한 생활이 시작되는 거야."

"그게 주된 목적인 것처럼 말하지 마. 오이쿠라하고 계속 는실난실하기 위해서 내가 이 세계에 남을 결의를 하는 것처럼 말하지 마. 후우….”

일고할 가치가 있는 제안…인지도 모른다.

여차할 경우에는 그것도 어쩔 수 없을지도 모른다, 라고. 그러나 어디까지나 주관을 배제하면 그렇게 생각하는 정도이지, 지금으로서는 일고할 필요도 없는 안이다.

생각해 준 오노노키에게는 미안하지만, 나는 이쪽 세계에 뼈를 묻기에는 저쪽 세계에 너무 많은 것을 남겨 두고 있다.

희망이 있는 한, 그것을 추구한다. 설령 목숨을 위험에 노출시키게 될지라도.

“목숨을 위험에 노출시키는 것은, 나도 마찬가지지만.”

“그, 그건 그게….”

“괜찮아, 어차피 이미 죽었으니. 물어본 것뿐이야… 물어보고 싶었던 것뿐이야. 게다가, 이 제안에도 구멍이 없는 것은 아니니까.”

오노노키는 말했다.

“귀신 오빠가 완전히, 지금 그대로의 포지션에 딱 들어갔다고 해도, 언제 진짜 아라라기 코요미가 나타날지도 모르는 법이니까.”

“진짜라니. 뭐, 너희들에게는 진짜겠지만, 나를 가짜처럼 말하지 마.”

“같은 인물이 두 명 있는 도플갱어 현상은 그것대로 세계를 불안정하게 만들 테고 말이지…. 어디에 갔을까, 아라라기 코요미. 역시 귀신 오빠하고 바뀌어서 그쪽 세계로 간 걸까?”

"……."

그렇다면 두려워하던 대로 저쪽 세계에 오시노 오기가 두 명 있을지도 모른다. 뭐, 이쪽 세계에 있어서 아라라기 코요미가 오시노 오기의 모습을 하고 있다고 가정했을 때의 이야기지만.

하지만 그렇게 생각하면 나와 오이쿠라가 같은 방이었던 것도 설명되는 것 같은 기분이 드네. 아무리 가족 같은 느낌이 강해도, 상식적으로 고교생 남녀를 같은 방에서 살게 하지는 않을 것이라 생각한다.

전문가인 오노노키를 제외하면, 오이쿠라가 가장 '나'에게 위화감을 느끼는 듯 보이는 것은 아라라기 코요미와 아라라기 코요미에게 남녀 차가 있기 때문일 수도 있지는 않을까…. 나도 역시나 연인이 있는 몸으로 오이쿠라와 그 거리감은 이상하지 않나?

"으음~…."

저쪽에서 오기와 오기가 사투를 벌이는 무익한 전개가 되지 않았으면 좋겠는데…. 어쨌든 자기부정감의 화신 같은 애니까.

이렇게 되면 센조가하라 히타기가 이 세계에서 나와 어떠한 관계성에 있는지를 알아 둘 필요가 있는지도 모른다. 아니, 그런 걱정은 오늘, 이제부터의 미션이 실패한 뒤에 생각하면 된다.

우선은 주력하자. 레이니 데빌을 피하는 것에.

퇴치에, 가 아니라는 것을 나약하다고 할 수도 있지만… 뭐, 원숭이의 손이라면 몰라도 설마 칸바루 스루가 자체를 퇴치해 버릴 수도 없으므로 그 정도의 마음가짐이 딱 좋을 것이다. 그렇게, 내가 마침 그런 식으로 생각했을 때.

"도착했어."

그렇게 오노노키가 말하고 앞쪽을 가리켰다. 그 손끝이 가리키는 방향에는 산산이 부서진 벽이 있었다.

어제, 칸바루가 벽을 타고 달렸던 결과이지만, 앞뒤가 맞지 않아도 괜찮은 세계관이라고 해도 딱히 파괴한 곳이 저절로 수복되거나 하지는 않는 모양이다. 그 앞에 보이는 칸바루 가의 대문도, 물론 산산조각 난 상태였다.

"그러면 나머지는 예정대로 하자고. 적당히 시간을 벌고 있을 테니까, 저택 안을 느긋하게 수색하고 와. 뭐하다면 개운하게 목욕을 하고 나와도 괜찮아, 귀신 오빠."

"그런 정신적 여유가 있겠냐."

"하지만 시간적 여유는 있어. 나라면 5분은 고사하고 다섯 시간은 시간을 벌 수 있으니까."

그렇게 오랫동안 욕조 안에 들어가 있다간 머리에 열이 올라 현기증이 나 버릴 거다.

그렇게 받아치려고 생각했지만, 그럴 수는 없었다. 왜냐하면 벽 너머, 요컨대 칸바루 가의 부지 안에서 이쪽을 향해 모래먼지를 일으키며 일직선으로 달려오는 레인코트가 보였기 때문이다.

조금 전까지는 저렇게 멀리 있었을 텐데, 벌써 이렇게 가까이까지…. 어제, 그럴 필요가 있었다고도 생각되지 않는데 어째서 나를 쫓을 때에 벽을 타고 달렸는지 의아했는데, 훌륭한, 훌륭했던 일본정원을 가로질러 달려오는 그녀를 보고 나는 납득했다.

땅을 갈라지게 만들며 달려오는 그녀를 보고서. 그야 파괴할 거라면 지면보다는 일단 벽이 나을 것이다.

그렇게 되면 이성이나 판단력이 전혀 없다고도 할 수 없는 듯하지만, 그걸 생각하고 있을 상황도, 이미 아니었다.

"그대로 가, 귀신 오빠. '언리미티드 룰 북'."

오노노키는 내 어깨에서 뛰어내리면서 산산조각 난 벽을 겨눈 손가락을, 그대로 거대화시켜서 파괴력으로 변질시킨다. 그것을 정면으로 충돌시키듯이, 직진해 오는 칸바루 스루가에게 향한다.

손가락의 파괴를 발의 파괴로 향한다. 오노노키의 두 손을 자유롭게 하는, 그러기 위한 목말이기도 했다. 그리하여 원숭이와 시체의 싸움이 시작된 것이었다.

023

사투가 시작된 자리의 옆을 살금살금 빠져나와서 칸바루 가로 잠입하는 스니킹 미션의 제1단계는 우선 성공했다. 당연히 레이니 데빌은 나를 쫓으려고 했지만, 오노노키가 멋지게 그것을 가로막았다.

저 형태가 되면 이젠 걱정 없을 것이다. 아무리 그래도 다섯 시간이라는 말은 허풍이겠지만, 방어전에 전념하면 레이니 데빌에게 오노노키가 밀릴 일은 없을 것이다.

유일하게 걱정되는 점이 있다고 한다면, 오노노키가 레이니 데빌을 깜빡하고 이겨 버리는, 요컨대 깜빡 퇴치해 버린다는 패턴이었다. 하지만 내가 있는 세계에서의 오노노키라면 몰라도, 이 세계의 오노노키는 적당히 조절할 줄 아는 것 같으니, 어지간한 일이 없는 한에야 그런 전개는 되지 않을 것이다.

달리 말하자면 어지간한 일이 있을 경우에는 그런 전개가 될 수도 있고, 또 예를 들어 죽을 위기에 몰리더라도 레이니 데빌에게 치명적인 대미지를 주지 말라고 명령할 수 있는 입장도 아니다. 그렇게 되면 역시 느긋하게 움직일 수는 없다. 얼른 노송나무 욕실을 조사해야만 한다.

그렇게 생각하고 있었으면서, 나는 바로 길을 잃고 말았다. 너무 넓다고, 칸바루의 집…. 게다가 좌우가 반대가 되어 있는 것을 깜빡하고 있었다.

정원 방향에서 들리는 대공사 같은 소리를 들으면서, 나는 우왕좌왕(좌왕우왕인가?)한 끝에 간신히 목적하던 노송나무 욕실을 발견했다.

"후우…."

그렇게 나는 한숨을 쉬었다.

키타시라헤비 신사의 경내에서 여기에 오는 것을 떠올린 뒤에 실제로 올 때까지 열 시간 정도 걸리고 말았다. …어쩐지 뭔가 하나 해낸 듯한 기분도 들지만, 실은 아직 아무것도 한 것이 없다.

지금까지는 마라톤을 시작하기 전에 이 사람 저 사람에게 달리는 요령을 듣고 있었던 것과 비슷한 상황이었고, 나는 지금 간신히 시작의 총성을 들은 것이다.

…그렇게 말하면 칸바루와 동거하고 있는 칸바루의 조부모님과는 만나지 않았는데…. 일단 그 사람들이 외출했을 만한 시간대를 노렸는데, 효과가 있었던 것일까? 뭐, 레이니 데빌만 없다면 설령 만나더라도 별일 없었겠지만, 그러나 만나지 않고 넘어갈 수 있다면야 당연히 그쪽이 좋다.

나는 그 시점에 내 방보다 넓은 탈의실에서 나무 미닫이문을 열고 욕실 안으로 들어갔다. 다행히 목욕물은 채워져 있었다.

이런 규모의 욕실에 있는 빈 욕조에 물을 채우려 하면, 15분이나 30분 정도로는 끝나지 않을 것이므로 이것은 운이 좋았다. 그 레이니 데빌도 카렌이나 츠키히처럼 아침 목욕을 했던 것일까?

그렇게 생각하고 보면 여자 후배가 목욕하고 나온 욕실을 살펴보는 것 같아서 어쩐지 배덕감이 느껴지는데…. 어쨌든 나는 재빨리 그 욕조의 수면을, 빛이 완전히 반사되도록 비스듬한 각도로 바라보았다.

"……."

새삼스럽게 이렇게 목적을 달성해 보니, 어쩐지 엄청나게 바보 같다고 할까…. 자신의 행동에 의문을 느끼지 않을 수가 없네…. 오노노키까지 말려들게 해 놓고 대체 무슨 짓을 하고 있는 걸까 하는 기분을 억누를 수 없다.

당연히 수면에는 아무것도 비치지 않고 말이야.

굳이 말하자면 욕실 천장이 비칠 뿐이다. 이런 걸 오노노키에게 어떻게 보고하면 좋냐고.

원래부터 밑져야 본전이란 생각이었고 지푸라기라도 잡는 심정이었다고 할 수도 있지만, 그러나 실패로 끝나 보니 '왜 지푸라기 따위에 의지했던 거야?'라고 할 만한 상황이다. 지푸라기 장자*라도 될 셈인가요?

찰팍찰팍하고 수면에 물결을 일으켜 봐도, 단순히 파문이 퍼져 나갈 뿐이었다. 그런 식으로 물놀이를 하고 있는 동안, 나의 관심사는 어떻게 교묘하게 설명하면 오노노키에게 바보 취급을 당하지 않고 넘어갈 수 있을까 하는 곳으로 옮겨 갔지만, 거기서.

"아아…."

그런 소리와 함께 떠올렸다. 전에 여기에 와서 칸바루에게 들은 이야기의 정확한 내용이 떠올랐던 것이다. 그렇다, 욕조의 수면에 장래 맺어질 상대가 비친다는 것은 입욕 중이었다.

사소한 차이일지도 모르지만, 욕실 수전 근처에서 옷을 입은 상태로 바라보면, 그것은 전승과는 다른 시추에이션이라고 판단될지도 모른다. 으음….

독을 먹을 것이라면 접시까지, 란 속담으로 말하면 이미 접시

※지푸라기 장자(わらしべ長者) : 어느 가난한 젊은이가 지푸라기부터 물물교환을 거듭한 끝에 재산을 크게 불려서 잘 살았다는 이야기.

는 먹어 버렸는데, 차라리 포크나 나이프… 아니, 테이블까지 먹어 버려야 하지 않을까?

여기까지 와서 빈손으로 돌아갈 수는 없다… 아니, 그렇게 하더라도 역시 빈손으로 돌아가게 될지도 모르지만, 하지만 그렇다고 해서 쓸 수 있는 방법을 다 쓰지 않을 이유는 전혀 없을 것이다.

결코 노 리스크는 아니지만, 게다가 커다란 이득이 되는 것도 아니지만, 나를 위해서 흉포한 괴이, 레이니 데빌과 싸워 주고 있는 오노노키를 위해서라도 나는 옷을 벗겠어!

한바탕 목욕을 하겠어!

다행히, 조금 전에 손을 넣어 보기로는 아직 따끈했다. 그렇게 멀리 가지는 않았다…가 아니라, 다시 물을 데울 필요는 없다.

나는 탈의실로 나가 재빨리 알몸이 되어서 욕실로 돌아왔다. 남의 집에서 알몸이 된다는 것은 역시 불안한 일이지만, 그러나 되도록 서둘러야 한다고는 해도 매너는 지켜야 한다.

몸을 씻지 않고서 욕조 안에 들어가서는 안 된다. 아니, 매너 같은 이야기를 하기 시작하면 남의 집 욕실에 멋대로 들어온 것 이상의 매너 위반은 좀처럼 찾아볼 수 없겠지만.

귀를 기울여 보면, 이따금씩 상당히 큰 파괴음이 울려 퍼지고 있다. 배틀은 계속되고 있는 듯하다. 오노노키가 싸우고 있는 이상에야 나도 할 일을 내팽개칠 수는 없다며, 몸에 거품을 낸다는 싸움을 계속하고 샤워로 씻어 낸다. 준비 완료.

그리고 나는 노송나무 욕조에 들어갔다.

입욕했다.

후우, 기분 좋다… 가 아니라고.

결론부터 말하면, 알몸이 되어 입욕하고, 각도를 줘서 수면을 보았지만 딱히 어떤 변화는 없었다. 솔직히 그게 당연하다는 기분밖에 들지 않았다.

응.

그렇게 편의주의적인 일이 일어날 리가 없지.

왜 이것을 명안이라고 생각했을까. 부끄럽다. 제정신이 아니었다고밖에 생각되지 않는다. 자, 다른 방법을 생각하자. 역시 이 세계에 있었을 또 한 명의 '아라라기 코요미'를 찾는 것부터 시작해 볼까?

오기일 것이라고 생각하지만, 오기가 아니었을 경우에는…. 그러다가.

까마귀 미역 감는 듯한 행동에도 정도가 있지만, 어깨까지 잠기고서 100까지 세는 것을 기다리지 않고, 내가 일어서려고 하던 그때였다.

드르륵.

그렇게 욕실의 나무문이 열렸다. 말도 안 돼. 설마 레이니 데빌이 오노노키를 쓰러뜨리고 나를 쫓아온 건가?

그러나 그럴 리가 없다.

오노노키가 그렇게 간단하게 패배할 리가 없다는 신뢰도 있지만, 그 이전에 레이니 데빌의 상태인 칸바루 스루가가 이성적으로 문을 열 리도 없다.

저택 앞의 대문을 그렇게 했던 것처럼, 악마에게 문이란 열어야할 물건이 아니라 부숴야 할 물건이다.

사실, 문 너머에 서 있는 사람은 칸바루 스루가가 아니었다. 그렇다고 해서 깜빡 그녀를 쓰러뜨려 버린 오노노키도 아니었다.

그렇다고 사실은 외출하지 않았던 칸바루의 외할아버지 외할머니도 아니었다. 이렇게 에두른 말투를 써도, 이다음에 의외의 결말이 기다리고 있는 것도 아니다.

왜냐하면 전혀 모르는 사람이었다.

처음 만나는 누군가가.

알몸으로 그곳에 서 있었다.

본 적 없는 사람이, 본 적 없는 알몸으로 그곳에 서 있었다.

"응? 누구지, 너는?"

그렇게.

그 사람은 실오라기 하나 걸치지 않은 몸을 전혀 가리려고도 하지 않고 말했다. 한 손에 수건을 들고 있는데도 그것은 어깨에 걸친 채로, 동요한 기색도 없이.

알몸의 그 사람은 알몸의 내 정체를 물었다.

"훗…. 사람의 이름을 물을 때는 우선 자기소개부터 하는 법이라고."

뜻밖의 상황에 나는 잔뜩 동요해서, 몸을 가리기에 필사적이었다. 실오라기 하나 걸치지 않은 필사였지만, 그래도 무리를 해서 전신전령으로 아낌없이 온 힘을 다해 그런 허세를 부렸다.

어쨌든 출입구에 서 있었으므로 그 사람을 밀어내지 않고서는 욕실 밖으로 나갈 수 없고, 도망칠 수도 없다. 설마 이 상황에서 본명을 댈 수 있을 리도 없으니, 이름을 되묻는 정도밖에 할 수 있는 행동이 없기도 했는데, 그러자 그 사람은, 간단히,

"나는 가엔 토오에다."

라고 대답했다.

"그래서 누구지, 너는? 대답하지 않으면 성불시켜 버린다?"

024

가엔 토오에.

이미 몇 번이나 이름이 나왔지만, 설마 등장하리라고는 생각하지 않았으므로 제대로는 소개하지 않았다.

칸바루 스루가의 어머니다.

가엔 이즈코의 언니다.

칸바루 스루가에게 '원숭이의 손'을 남긴 인물이며, 또한 뭐든지 알고 있는 가엔 이즈코가 이 세상에서 유일하게 두려워했던 인물이다.

그리고… 고인이다.

고인. 그렇다, 반려자인 칸바루 가의 장남과 함께 교통사고로 죽었을 것이다. 그런 그녀가 어째서 여기에?

어째서 지금 나와 함께 입욕 중?

"이야~. 미안, 미안해. 위협해서 미안해. 스루가의 선배일 줄은 몰라서 말이야. 그렇다면 그렇다고 얼른 말해 주지 그랬어."

그렇게 말하며 시원시원한 느낌으로 호쾌하게 웃는 토오에 씨. 시원시원하다고 할까, 이 사람, 아직도 몸을 안 가리고 있다고….

가슴이 그대로 드러나 있잖아.

상황이 상황이니만큼 욕실에서 나갈 수 없게 된 나는, 도로 욕조에 들어가게 되었다. 토오에 씨와는 대조적으로 어깨까지 푹 담그고, 되도록 몸을 가리는 나였다.

남자답지 못하다고 말할 거라면 하라고.

알몸에 자신이 있는 타입이 아니라고.

"아라라기 군이었던가? 스루가 녀석, 학교에서는 좀 어때? 그 녀석은 바보니까 바보 짓만 하고 있겠지, 어차피."

"하, 하아…."

학교에서는, 이라기보다 지금은 마당에서 바보 같은 배틀을 하고 있다…는 것을 토오에 씨는 모르는 걸까?

이 세계의 주민은 앞뒤 맞추기에 신경 쓰지 않는데 이제 와서 새삼스럽게 무슨 소리냐는 느낌이기도 하지만…. 그러나 후배의 어머니와 혼욕을 하는 경험을 할 마음의 대비까지는 하지 않았던 나는 그저 혼란스러울 뿐이었다.

그렇다기보다.

칸바루의 어머니, 너무 젊지 않아?

사람의 나이를 판단하는 데 있어 의외로 중요한 팩터인 '의상'

이 없는 상태라서 확실히 말할 수는 없지만…. 어디 보자, 몇 살이었더라? 가엔 씨보다 대여섯 살 위…라고 언젠가 들었던 것 같기도 하고?

아무것도 입지 않은 발가벗은 상태로 판단하는 한, 그런 식으로는 도저히 보이지 않는다. 하지만 뭐, 가엔 씨도 서른 살이 지났다고는 생각되지 않을 정도의 동안이니 언니도 그런지도 모른다. 애초에 나는 알몸이고 아니고에 상관없이 여성의 나이를 판별하는 것에 몹시 서투른 녀석이다.

혹은.

나의 세계에서 하치쿠지 마요이가 그랬던 것처럼, 교통사고로 세상을 떠났을 때 그대로의 모습인지도 모른다. 만약 눈앞의 토오에 씨가 유령이라면 그럴 수도 있겠지만….

젠장, 머리가 잘 돌아가지 않는다.

사고가 연결되지 않는다. 눈앞에 알몸의 여성이 있으면 그야 누구라도 그럴 거라고 생각하지만, 그러나 그런 말을 하고 있을 수도 없고.

"……."

우선, 시험에서 아는 문제부터 풀어 나가는 것처럼, 나는 알기 쉬워 보이는 부분부터 손대기 시작했다. 우선은 이 사람이 정말로 칸바루의 어머니, 가엔 토오에인가 어떤가부터다.

이렇게 앞뒤가 맞지 않는 세계관에서 개인을 특정하는 것은 어려우니까, 기본적으로 자기신고를 믿을 수밖에 없겠지만….

뭐, 어쨌든….

비슷하다… 라고 하면 비슷한가?
가엔 씨하고도, 칸바루하고도.
태도야 그녀들과는 선을 달리하는 호방뇌락한 그것이지만, 체격적으로는 그녀들에 가깝다. 작은 몸집에 날씬한 몸매다.
어느 쪽인가 하면 가엔 씨 쪽에 비슷할까…. 자매 쪽이, 그야 DNA적으로는 그렇게 될까. 하지만 의지가 강해 보이는 눈이나 눈썹 같은 부분은 칸바루에게 물려진 것처럼도 보인다….
"뭐야, 너 굉장하구나. 그렇게 당당하게 응시하는 거야? 얼마나 여자에 굶주린 거야."
"네? 아, 아니, 그게 아니라, 얼굴을."
내 시선을 오해했는지(오해다), 토오에 씨가 역시나 그런 말을 해서 나는 황급히 해명했다.
"얼굴을 보고 있었어요. 칸바루하고 비슷하구나 해서."
"흐응? 스루가가 나하고 닮았다…. 크크크. 그런가, 스루가의 가슴도 이렇게 커진 건가."
"아, 아뇨. 그러니까, 얼굴이."
칸바루의 가슴 같은 건 본 적이 없다고.
아슬아슬하게 본 적 없다.
…응?
어라, 지금의 대화, 조금 이상한 것 같았는데. 마치 그렇다면 칸바루의 가슴이 커진 것을 몰랐다는 것 같은데?
"……."
"으음. 하하. 알고 있다든가 모른다든가, 그런 것은 아무 상관

없어, 아라라기 군."

내가 느낀 의문을 짐작했는지, 토오에 씨는 그런 말을 했다. 그것은 여동생인 가엔 씨하고는 또 다른 가치관이었다.

가치관이라고 하기에는 뭐라고 할까, 너무 느슨한데…. 여동생은 '뭐든지 알고 있다'라고 말하고 있는데, 언니가 그걸 '어떻게 되든 상관 없어'라고 말하면 여러 가지로 허사다.

그렇다기보다, 점점 기억나기 시작했는데, 가엔 씨에게 들었던 언니의 이미지와 이 사람, 상당히 다른데…?

아주 자기비판 정신이 강한, 금욕적인 사람이라고 했을 텐데…. 지금은 그 편린이 흐릿하게도 보이지 않는다.

싹싹한 어머니라는 느낌이다. 아니, 싹싹한 어머니라도 보통은 딸의 선배와 입욕하지는 않겠지만.

다만 그렇지 않다면 나는 경찰에 신고당해도 어쩔 도리 없는 불법침입자였으므로, 여기서 설마 '당신은 이상해요'라고 엄히 지적할 수도 없다.

뭐, 가족의 평판이란 외부에서의 그것과 어긋나기도 하니까 말이야. 게다가 생각해 보면 가엔 씨는, 나도 스토익하다는 둥, 언니와 같다는 둥 하는 엉뚱한 소리를 했었다.

모든 것을 아는 것에 비해, 그 사람, 의외로 사람 보는 눈은 없는지도 모른다.

"아니, 아니. 내가 이렇게나 느슨해진 것은 결혼한 이후야. 요컨대 남자가 생기고 나니 변한 것뿐이야."

토오에 씨는 또다시 내 의문을 짐작한 것처럼 한발 앞서 그렇게 대답했다. …아니, 근데 잠깐.

이건 아무리 그래도 짐작하는 게 너무 빠르잖아.

아무리 그래도 이렇게 예민한 내용을 물어볼 생각은 없었는데…. 얼굴에 드러나 버린 걸까? 그렇다면 내 얼굴은 웅변이 너무 지나치잖아.

"뭐, 느슨해졌다고 해도 이번 기획 정도는 아니니까, 넘어가 줘. 어른이 되면 여러 가지 일들이 있다고. 토오에는 옛날하고 조금도 변하지 않았구나, 하는 소릴 듣는 것은 기쁠지도 모르지만, 그런 일은 없다고."

"하아… 엥?"

느슨한 기획?

그건 내가 하치쿠지 누나를 상대로 말했던 재미있는 대사였고, 그런 말을 토오에 씨가 알고 있을 리가 없는데… 뭐지?

조금 전부터, 마음을 들여다보고 있는 것 같은 느낌인데.

아무리 문자 그대로 서로 훤히 드러내 놓고 있는 상황이라고는 해도, 그렇게 마음을 들여다볼 수 있는 법일까. 이쪽에서는 토오에 씨의 '속셈'을 전혀 읽을 수 없는데?

요괴 사토리냐, 이 사람.

"다, 당신은… 뭘 알고 있나요?"

"그·러·니·까. 알고 있다든가 알지 못한다든가, 그런 건 어떻게 되든 상관없다니깐. 중요한 건 이해하는가, 못 하는가야. 알고 있든 모르고 있든, 그 지식을 활용할 수 없다면 돼지 목의 진주고, 오히려 모르기 때문에 감각적으로 이해하기 쉬운 것도 있고 말이지.”

토오에 씨는 싱긋 웃었다.

젖은 머리카락을 쓸어 올린다.

“그도 그럴 것이, 모르는 것이라도 실제로 보면 대개는 알 수 있게 되잖아?”

“…….”

초천재 기질의 사람이구나.

오시노, 혹은 역시 여동생인 가엔 씨하고 같은 타입인가 했는데, 그 말씨를 들으니 전혀 다르네…. 요컨대 욕실에 들어온 시점에서는 아무것도 몰랐지만, 내 눈치나 언동을 관찰함에 따라, 뭔가 말한 것도 아닌데 내가 처해 있는 현재 상황을 대강 예상했다는 건가?

아니, 모르겠다.

거기까지 생각하는 것은 내가 과대평가하는 것인지도 모른다. 단순히 이렇게 혼욕하는 것을 느슨한 기획이라고 표현한 것인지도 모른다. 확실히 느슨하다고 말하면 이렇게까지 느슨한 온천 리포트는 좀처럼 없을 테고….

“내 세대에서 보던 서스펜스물에는 중간쯤에 반드시 자욱한 온천 수증기 속의 노출신이 있었는데 말이야. 크크크. 지금은 그런 것이 규제되고 있는지. 좀처럼 텔레비전에서 가슴을 볼 수 없게 되어 버렸지.”

“가슴이라니요…. 아니, 그게….”

이야기가 엉뚱한 방향으로 빗나갈 것 같아서, 나는 어떻게든 궤도수정을 꾀했다. 아니, 지금 중요한 것은 이 상황을 어떻게 헤쳐 나갈까 하는 점이다.

헤쳐 나가야 하는 것은 나의 서스펜스다.

…아니, 잠깐?

가엔 씨의 언니이며, 또한 칸바루에게 '원숭이의 손'을 남긴 이 사람은 전문가는 아니어도 괴이에 대한 엑스퍼트… 아니, 조커이기는 할 것이다.

이쪽 세계관에서는 어떤지 알 수 없지만, 저쪽 세계에서는 상당한 빈도로 이 사람의 영향력과 조우했다. 오기의 탄생은 명백히 내 책임에 의한 것이지만, 그곳에 이 사람이 얽혀 있던 것 역시 사실이다.

그렇다면… 어떤 이유로 이 사람이 여기에 있는지는 모르겠지만—아무리 칸바루의 어머니라고 해도 토오에 씨는 칸바루 가와는 사이가 나빠서 이 저택의 문지방을 넘는 것은 허락되지 않았을 것이다—이렇게 만난 기회를 나는 놓쳐서는 안 되는 것이 아닐까?

수면에서 통화구를 찾는다는 아이디어는 헛수고로 끝나 가고 있지만, 그 실패를 경험함으로써 토오에 씨와 조우할 수 있었다면 밑져야 본전의 시도는 좋은 결과로 바뀔지도 모른다….

"응? 뭐야, 또 빤히 쳐다보고?"

그렇게 토오에 씨는 다시 나의 시선, 가격 감정을 하는 듯한 내 시선에 민감하게 반응한다. 어쩔 수 없다는 듯 두 손을 머리 뒤에 깍지를 끼고, "알았어, 알았어."라고 말했다.

"나중에 안아 줄 테니까 내 방으로 와. 알겠냐? 스루가한테는 비밀이라고."

"아니라니까 그러네!"

알겠냐, 라고 말하면 안 된다니까!

딱히 본 것을 뭐든 이해할 수 있는 것도 아닌 듯하다. 아니, 그냥 장난일지도 모르지만, 그렇다고 한다면 상당히 악취미다.

어떻게 된 사람이냐고.

딱히 이것이 내 세계관에서 가엔 토오에 씨와 동일한 것은 아니겠지만…. 뭐, 이것으로 이 세계가 나의 망상이라는 설, 혹은 꿈이라는 설은 완전히 사라졌다.

건강한 센고쿠나 재잘거리는 오이쿠라는, 잠재적인 나의 소망으로서 보길 바랐는지도 모른다는 말을 들으면 강하게 부정하기 어렵기도 했다. 하지만 아무리 나라도 후배의 어머니와 혼욕을 하고 싶다는 욕구가 있을 리 없다.

무슨 그런 무의식이 다 있냐.

"하하…. 어쩐지 일이 재미있게 되어 버린 것 같아서, 참 좋네. 뭐, 나이를 먹으면 여러 가지 일들이 있는 것처럼, 젊을 동안에도 여러 가지 일들이 있겠지만, 노력하시라고, 청소년."

"…그렇게 성의 없는 어드바이스를 하셔도 말이죠."

"뭐야. 어드바이스를 원했던 거냐? 뭐, 그런 참이겠다만. 하지만 난 말이지, 아라라기 군. 남에게 뭔가를 가르칠 수 있을만한 사람이 아니야."

"……?"

“이건 여러 가지 의미로 그런데 말이지…. 너의 상황을 고려하면, 네가 스루가에게 해 준 일을 생각하면 힘이 되어 주고 싶지 않은 것도 아니지만, 하지만 부탁받지도 않았는데 그렇게까지 이야기에 참견하는 것도 뭐하다고 생각하고.”

어째, 시원시원한 성격치고는 애매모호한 소리를 한다. 어떻게 해석하면 좋을까? 내가 칸바루에게 했던 일이라는 것은… 이 세계에서의 일일까? 아니면 저쪽 세계에서의 일일까?

모르겠다…. 그리고 알아도 괜찮은 것인지 어떤지도 모르겠다. 질문을 계속 날리고 싶은 참이기도 하지만, 내가 이 세계에 주는 악영향 같은 것을 생각하면 그것도 섣불리 할 수 없다.

다만 이 사람의 경우, 적극적으로…는 아니겠지만 자발적으로 내 눈치를 보고서 사정을 읽어 내려고 하는 구석이 있는 것 같으니, 만약 영향을 주고 싶지 않다면 얼른 목욕을 마치고 오노노키와 함께 철수하는 것이 최선의 방법으로 생각되었다.

하지만 이 자리에서 도망친다는 것은 곧 알몸으로 도망친다는 것이며, 수건도 들고 있지 않은 나는 어찌하더라도 토오에 씨에게 엉덩이를 노출시키게 되고 만다.

부끄러워!

수치심은 제쳐 두더라도, 신세를 진 후배의 어머니에게 엉덩이를 보인다니, 그런 실례되는 짓을 할 수 있을 리가 없다.

먼저 나가 주지 않으려나~ 하고 기대해 보았지만 핸드타월을 머리 위에 얹은 토오에 씨는 느긋하게 목욕을 즐길 태세다.

저 정도로 당당하게 있고 싶다.

"……."

"조금 전에, 알고 있다든가 모른다든가, 그런 이야기를 했는데 말이야…. 상황은 그렇게 단순하지 않지, 아라라기 군."

"네, 네?"

묵묵히 있으니 저쪽에서 말을 걸어왔다. 이쪽에서 질문을 던지지 않아도 저쪽에서 말을 걸어온다면 결과는 같으므로, 방침을 확실히 정하지 않은 상황인 나는 리액션에 망설이게 되었다.

다만 토오에 씨는 나의 망설임 따윈, 말 그대로 '어떻게 되든 상관없다'는 듯이 그대로 계속했다.

"'알고 있다'와 '모른다'는 결코 이원론이 아니야. 여동생은 '모른다'를 배제하고 '알고 있다'를 추구했고, 너의 친구인 하네카와는 '알고 있다'와 '모른다'를 자신의 양륜으로 삼고 있었는데, 두 사람 모두 중요한 것을 못 보고 있어. 요컨대 지식 안에는 '잘못 알고 있다'는 경우도 많이 있다는 것…. 알고 있다고 생각하지만 착각하고 있는 경우도 있고. 그래서 모든 것에는 이해가 중요해."

"…하네카와를, 알고 계신가요?"

그건 이 세계의 블랙 하네카와를 말하는 것일까. 내가 아는, 일본에서 떠난 하네카와 츠바사일까. 어느 쪽이지?

'아무것도 모른다'를 표방하는 오기는 언급하지 않았지만, 그것은 '모른다'는 것 때문일까, 아니면…. 안 된다, 생각하면 생각할수록 나른해지기 시작했다.

욕조 안에 잠겨 있기 때문이 아니라, 몹시 상기되었기 때문이다.

"알고 있다고는 말할 수 없지. 조금 이해하고 있을 뿐이야. 너는 어떻게 생각하지? 아라라기 군. 친구를 어느 정도나 이해하고 있다고 생각하지? …해외로 여행을 떠난 친구의 생각을, 너는 사실 전혀 이해해 주지 못하고 있는 거 아냐?"

"……."

'해외'라는 단어가 나오면 이미 그것은 내가 아는 하네카와뿐이다. 확신했다, 목욕을 하러 들어온 시점에서 아무것도 몰랐을 이 사람은, 지금은 완전히 내 사정을 파악했다.

어느 시점부터 속을 떠보며 반응을 엿보았는지는 알 수 없지만, 그릇이 너무 다르다.

이렇게 되면 괜히 사양하는 것은 역효과일 뿐일 거라며, 나는 오히려 체념의 경지라고 할까… 더 이상 숨기지 않기로 했다. 숨긴다고 말하는 것은 물론 몸을 숨기는 것이 아니라, 속마음을 말한다. 이제 와서 자백해도 딱히 토오에 씨는 놀라지도 않겠지만.

어째서 내가 지금 이 노송나무 욕실에 들어와 있었는지, 그 어쩔 도리 없는 이유를 상세히 밝힌다. 오노노키를 '변하게' 만들어 버린 것처럼, 이 사람에게 주는 영향에 대해 잊은 것은 아니지만, 아마도 이 사람에게는 그런 것은 별 상관이 없을지도 모른다는 기분이 들었다.

감이지만.

나에게서 영향을 받을 만한 사람이 아니다. 영향하에 있지 않은, 굳이 말하자면 영향상影響上에 있는 사람이다.

삼켜 버릴 것이다.

“흐음…. 그런 주술을 믿고서 여기에 온 거구나. 소녀 같네~.”

이야기를 다 듣고 나서 토오에 씨는 재미있다는 듯이 고개를 끄덕였다.

“내 제자 중에도 그런 애가 있었지. 주술을 좋아한다고 할지, 저주를 좋아한다고 할지. …하지만 그 어프로치는 포기하는 편이 좋아. 이 욕실은.”

찰팍, 하고.

토오에 씨는 수면을 손바닥으로 두드렸다.

“평범한 욕실이야. 가령 여기에 뭔가가 비친다고 하면 그건 보는 측의 기분 문제.”

“…그런가요.”

응.

알고 있던 사실이긴 했지만.

그래도 가엔 토오에가 관여하는 형태로 에피소드를 듣고 있었기 때문에, 혹시나 하는 기분도 있었지만, 그러나 다시 한 번 본인에게 그런 말을 들어 버리면 바보 같은 기분도 한층 강해지는 느낌이었다.

“아니, 아니. 부끄러워할 것은 없어. 미안하게 됐네, 내가 뭔가 기대하게 만들어 버린 것 같아서.”

토오에 씨는 그렇게 말해 주었지만, 지금까지 그것에 기를 쓰고 있었던 것을 생각하면, 오노노키를 싸우게 만들어 버린 것을 생각하면, 역시 부끄러운 마음은 씻을 수 없다.

게다가 나는 알몸이다.

부끄럽지 않을 리가 없다.

"여동생이나 오시노 군이 나에 대해 이러쿵저러쿵 이야기했던 모양인데, 전설 따윈 만나 보면 이런 법이라고. 그거지, 위인들의 에피소드를 조사해 보면 의외로 스캔들 범벅이라거나, 그 사람보다 위대한 사람이 있거나 한 것과 비슷해. 미안해, 이런 평범한 아줌마라서."

노골적인 소리를 한다. 그것을 말해 버리는 부분이, 역시 보통 인물이 아니라는 분위기가 느껴지지만.

어떤 걸까.

이야기에 참견할 생각은 없다고 처음에 확실히 말했으니, 모든 것을 자백해 봤자 어드바이스를 받을 수 있다고는 생각하지 않는다. 다만 그래도 여기에서 토오에 씨에게 모든 것을 이야기한다는 공정은 필요한 것이었다고, 이야기를 마친 뒤에 알았다.

이제까지는 상대에게 이해시키기 위해서 사정을 이야기해 왔다는 느낌이었는데, 이번에 한해서는 나는 자신을 위해서 생각을 정리했다는 기분이었다.

"뭐, 내가 말할 수 있는 것은 거의 없지만."

역시 그런 식으로 말을 받는 토오에 씨였지만,

"하지만 거기까지 말해 주었는데 아무것도 하지 않는다는 것도, 역시 애교가 없지. 좋아, 아라라기 군. 등을 씻어 줄게."

그렇게 말하며 일어섰다.

첨벙, 하고 일어섰다.

여러 가지 의미에서 부끄러움에 휩싸이는 나에 비해, 여전히 부끄러움의 조각도 없는 토오에 씨였다. 그대로 샤워기 수전이 있는 쪽으로 나간다.

"자, 어서. 좀처럼 없다고, 가엔 가의 사람이 등을 씻겨 주는 경우는."

가엔 가에 한하지 않고, 누군가가 등을 씻어 주는 경우는 거의 없다고 생각한다. 얼른 수건을 거품을 내기 시작하는 토오에 씨에게, 그러나 나는,

"아, 아뇨. 괜찮습니다. 이미 몸은 다 씻었으니까요."

라고 사퇴를 신청했지만,

"괜찮아, 괜찮아."

라면서 토오에 씨는 거절을 허락하지 않는 어조로 말했다.

"등은 꼼꼼하게 씻어야지. 뭐, 나한테 맡기라는 말은 하지 않겠지만 말이야. 나는 남편의 등도 씻어 준 적이 없으니까."

"그런 중대한 행동을 처음 만나는 사람에게 해서는 안 된다고 생각해요, 아주머니."

"처음 만나는 것도 아니고."

그렇게.

토오에 씨는 시원스레 말했다.

"나의 '왼손'이, 너를 만났을 거 아냐."

"……."

"그 이야기는 아직 못 들었나 보구나, 아라라기 군. 너는 알고 싶지 않니? 어째서 내가 소원을 들어주는 '원숭이의 손'을 딸에

게, 스루가에게 남겼는지."

025

그렇구나.

거울이란 것은 '좌우 반대'이며, '전후 반대'이며, '겉과 뒤를 뒤집는' 것이며…. 어떻게 표현해도 결국 마찬가지이겠지만, 이렇게 보니 역시 '유리 너머'라는 생각이 든다.

샤워 수전 곁에서 토오에 씨에게 등을 맡긴 채, 앉아 있는 의자 정면에 있는 거울을 보며 그렇게 생각한다. 뭐, 이름만 들었을 뿐이지, 거의 모르는 사람이 등을 씻어 주고 있다는 긴장에, 거울을 바라보는 정도 외에는 할 수 있는 것이 없었기에 깨달은 사실이지만.

예를 들어 거울에 손바닥을 대고서 거울 속의 자신과 하이터치를 하는 것처럼 가장해도, 잘 보면 유리의 두께만큼 손과 손 사이에는 간격이 있다.

맞닿을 수 없다.

나의 모습이 비치고 있는 것은, 거울 면은 거울 면이어도 유리 너머 쪽이다. 그것은 굳이 말하면 '거울의 이면'에 영상이 비치고 있다는 이야기가 된다.

그렇다면 거울의 본질은 도포된 은막에만 있으며, 그 외에는 그저 투명하게 비치는 유리로 봐야 할까. 거울을 보고 있는 것인지 유리를 보고 있는 것인지, 아니면 역시 '자기 자신'을 보고 있는 것인지, 그렇게 되면 알기 어렵다…. 우리는 거울과 마주할 때, 대체 무엇을 보고 있는 것일까?

빛의 반사라….

그런 것을 곰곰이 생각해도 현 상황의 타파로 이어지지는 않겠지만, 일단 현실도피에는 도움이 되었다.

"탄탄하고 멋진 등이네. 과연 남자애야."

"아뇨, 제가 어떤 등을 하고 있는지는 잘 모르는데요…. 게다가 제 경우에는 흡혈귀화 했던 것이 몸 가꾸기의 요령이라서…."

"흡혈귀? 아아, 조금 전에 말했었지. 편리한 건강법이네. 나는 이 몸매를 유지하는 게 얼마나 고생인지…."

그렇게 말하면서 쓱쓱, 하고 수건으로 내 등을 문지르는 토오에 씨. 등을 씻는다기보다, 깎아 내고 있다는 느낌이다.

정말로 수건인가? 수세미 같은 거 아니야?

정말이지, 어떻게 된 세계관이냐…. 아침에는 내 여동생이 얼굴을 씻어 주질 않나, 낮에는 후배의 어머니가 등을 씻어 주고…. 밤에는 대체 누가 뭘 씻어 주는 거지?

감으로서는 오이쿠라 쪽이 위험하다…. 그렇게 되면 어떻게든 밤까지 사태를 해결해야만 한다.

오이쿠라 소다치는 내가 지킨다!

…공격하고 있는 것도 나지만.

"이렇게 등을 씻어 주고 있으려니 어쩐지 효자손이 된 것 같은 느낌인데, 듣고 싶은 이야기는 확실히 '원숭이의 손'에 관해서였던가? 아라라기 군."

"하, 하아…."

그랬다.

그것을 위해서 지금 이 수수께끼의 상황을 감내하고 있는 것이다. 다만, 그렇게 되면 듣고 싶은 것이 또 한 가지 있다.

내 등을 씻어 주는 것이 우리들의 키 아이템인 '원숭이의 손'에 관한 이야기를 듣기 위해서라는 것은 됐다고 쳐도, 어째서 그런 거래 같은 조건을 꺼내면서까지 내 등을 씻어 주려 하는 것일까?

조금 전의 이야기를 믿는다면, 설마 청소년의 등을 씻는 것을 좋아한다는 것도 아닐 텐데…. 하치쿠지나 시노부, 오노노키라는 소녀, 유녀, 동녀와 즐겁게 놀아 온 나이지만, 자기 자신 역시 법률상으로 분류하면 소년에 해당하는 나이임을 뼈저리게 깨닫게 되는 느낌이었다.

"네…. 건방진 소리를 하는 것 같지만 제가 보기에는… 어디까지나 저의 가치관, 세계관인데요. 그 '원숭이의 손'을 남긴 것이 칸바루에게 좋은 일이었는지 어떤지, 잘 모르겠어요."

아니, 문제는 나의 세계관에만 있지 않을 것이다.

어떠한 경위가 있었다고 해도, 혹은 없었다고 해도 이 세계관에서도 칸바루가 레이니 데빌이 되어 있다는 것은 '원숭이의 손'의 나쁜 작용이 있었던 것이 아닐까 하는 생각이 든다.

"아니, 딱히 확실한 의도가 있어서 남긴 것은 아니야. 딸에게 도움이 될 거라고 생각한 것도, 반대로 딸에게 심술을 부리려고 생각했던 것도 아니야. …라고 생각할걸? 그쪽의 나도.”

“…….”

미묘한 표현이다.

지금 여기에 있는 토오에 씨가 살아 있는지 죽어 있는지가 애매하다. 하지만 한 가지, 확실한 것도 있었다.

내 정면에 있는, 칸바루 가의 욕실 벽에 설치된 거울. 거울의 ‘두께’ 같은 것에 대해서 생각하는 계기가 되었던 그 거울, 거기에 비치고 있는 사람이 **나뿐이다**, 라는 현실.

등 뒤에, 토오에 씨가 없다.

토오에 씨의 나신은 거울에 비치지 않는다. 뜻밖에 밝혀진 그 확실함을, 나는 과연 어떻게 해석해야 할까?

예전에 여동생과 욕실에 들어갔을 때는 서로 머리를 감겨 주었는데, 거울에 비치지 않았던 것은 내 모습 쪽이었다. 그 사실에서 나는 자신의 흡혈귀화가 역치를 넘어서 진행되고 있음을 알았던 것인데…. 토오에 씨도 이렇게 거울에 비치지 않는다는 것은, 흡혈귀라는 이야기일까?

아니, 아니. 그럴 리 없다.

이 세계관에 ‘흡혈귀’는 없다. ‘거울 속’은 이쪽이다.

요컨대 해석은 반대이며.

내가 보면 원래 세계, 이쪽에서 보면 저쪽 세계에서의 토오에 씨의 부재가 이러한 결과로 나타난 것이라 여겨진다. 결국, 저쪽 세계에서 가엔 토오에 씨는 죽었으며 이쪽 세계에서는 살아 있다, 라는 이야기일까?

아니면 토오에 씨는 거울 속에서만 존재하는 유령인지도 모른다. 그러한 괴담도 없지는 않았을 것이다.

뭐, 상대가 유령이라고 생각하면 오히려 마음이 편해지기도 했다. 육감을 지닌 살아 있는 몸의 후배 어머니가 등을 씻어 주고 있다고 생각하는 것보다는 어느 정도 마음 편하다.

"아시는 대로, '원숭이의 손'…의 바탕인 레이니 데빌의 정체는 내 분신이야. 내 이면이었어. 나 자신을 공격하는 나의 이면. 가엔 가라는 곳은 대대로 그런 집안이거든. 괴물 제작의 전문가였지."

"괴물… 제작."

"불초한 여동생이 동료들과 함께, 시체의 괴이를 하나 만들어낸 것을 알고 있겠지? 그것도 그 베리에이션이라고 말할 수 있어. 그 녀석은 부정하겠지만, 가엔 가의 인간으로서의 재능을 짙게 물려받았던 것은 역시 여동생 쪽이었던 거야. 여러 가지 일이 있어서 그 녀석은 괴물 퇴치의 길을 선택한 모양이지만."

그쪽에서도.

…라고 말하는 토오에 씨.

그쪽에서도, 라는 말은 이쪽에서도 가엔 씨는 괴이 퇴치의 전문가…들의 관리자 같은 일을 하고 있다는 건가.

그것은 어쩐지 안도가 된다고 할지…. 몇 안 되는 이 세계와 저 세계의 공통항을 발견한 듯한 기분이 드는 이야기였다. 가엔 씨가 그 길을 선택한 경위를 생각하면 단순히 좋은 이야기라고는 말할 수 없겠지만.

“자신의 이면과 어떻게 마주하는가 하는 이야기야. 이면이라고 해서 등을 맞대게 되면 안 돼. 나는 그렇게 생각해. 자신의 등을 어떻게 보는가.”

그렇게 말하며 토오에 씨는 내 등을 다시 강하게 문지른다. 어느 샌가 수건이 아니라 손으로 직접 닦고 있었다.

츠키히가 해 줬던 것 같은 부드러운 손놀림은 물론 아니고, 등을 벅벅 긁히고 있는 듯한 기분이었다.

내 등에 등사판이라도 새길 생각일까.

“등…. 등을 보려고 한다면 어지간히 고개가 길지 않은 한, 거울을 사용하게 되겠네요.”

“그래. 거울이란 결국, 여러 가지 각도에서 자신과 마주하기 위한 장치야. 나에게 거울은 레이니 데빌이었어.”

“…하지만 그렇게 이름 붙임으로써 퇴치한 거 아니었나요? 마주하기는커녕, 퇴치했던 것이….”

“칸바루 가에 맡겨졌다고 해도, 스루가가 가엔 가의 피를 잇고 있는 것은 틀림없는 사실이지. 언젠가는 나나 여동생과 마찬가지로 자신과 마주하게 될 거야. 그때 도움이 되면 좋겠다, 정도는 생각했을지도. 어차피 ‘왼손’ 따위, 레이니 데빌의 일부에 지나지 않아. 사용할 곳이 없으면 스러질 뿐이야.”

“그러고 보니… 언제였던가, 오시노가, 오시노 메메가 신경 쓰고 있었는데요. 레이니 데빌의 나머지 부분은 어디에 간 건가요? 칸바루가 물려받은 것은… 어디 보자, 적어도 저의 세계에서는 왼손뿐인데요."

"여기저기로 흩어졌어. 흩어져 있는 한, 안전하니까. 다만 한데 모으면 위험할지도 몰라. 어쨌든 내 분신이니까."

"…아무렇지도 않게 무서운 소리 하지 마세요."

"아니, 아니. 그렇게 말해도 이미 미라, 말하자면 괴이의 시체 같은 물건이야. 독에도 약에도 쓸 수 없는 단순한 시체. 거의 신경 쓸 것도 없다고 생각하지만, 만약 발견하면 처분해 줘. 부모의 인과가 자식에게 응보…라고 해도 부모가 없어도 자식은 자라지. …스루가에게도 기회를 봐서 전해 줘. 그런 물건을 나중을 위해 소중히 취급할 필요는 없다고. 내가 너에게 말하고 싶었던 것은, 결국 단 한 가지뿐이야. '나처럼 되지 마'라는 말이야."

"…도저히 전할 수 없는 말이네요. 그건. 어머니가 딸에게 할 말이 아니에요."

"어이쿠, 아라라기 군. 열여덟 살의 꼬마가 어머니에 대해 이야기하는 게 아니야. 네가 대체 어머니의 뭘 안다는 거지?"

놀리는 듯한 그런 말을 듣게 되니 대답할 말이 없었다. 어머니가 된 적도 없거니와 될 일도 없고, 거기에 더해 나는 어머니와 앙금이 있는 입장이었다.

"……."

"크크크, 미안, 미안. 맡기기에는 확실히 무거운 메시지였네. 지금 것은 취소야…. 하지만 만약 스루가가 자신과 마주하고, 그리고 벽에 부딪혀 있을 때에는 힘이 되어 줘."

지금의 토오에 씨는 완전히 '저쪽'의 스탠스로 이야기하고 있었다. 정말로 이상한 사람이다. 가엔 씨가, 그 가엔 씨가 언니에 대해서 이야기할 때만큼은 신중해진 눈치였던 이유를, 이렇게 보니 알 것 같은 기분이 들었다.

토오에 씨는 내 머리 너머로 손을 뻗어서 샤워헤드를 들고 내 등을 씻어 내기 시작했다. 고문의 시간은 끝난 듯하다.

어쩐지 마비되어 있었는데, 등이 아주 얼얼했다. 뜨끈한 물이 닿으니 따끔따끔하다. 피가 나고 있는 거 아냐, 이거?

"약이 되지 못한다면 독이 되어라. 그렇지 않으면 너는 그냥 물이다."

토오에 씨는 물소리에 섞이는 목소리로 말했다.

"그런 말을 하면서 나는 그 녀석을 키웠는데, 나의 진의는 어느 정도나 전해지고 있었을까. 나는 그 녀석에게 말하고 있는 듯하면서도, 실은 스스로에게 말하고 있던 것뿐일지도 몰라. 그 녀석이 보면 나는 부모였겠고, 여동생이 보기에 나는 언니였겠지만, 내가 보는 나는… 그냥 울보 악마였어."

겁쟁이였어, 라고.

시원시원하게 말해서 알기 어려웠고, 내가 멋대로 그렇게 생각했던 것뿐인지도 모르지만, 그 대사는 어딘지 모르게 나약한 소리처럼 들리기도 했다.

"나는 그 악마를 배제할 수밖에 없었지만, 아라라기 군은 자신의 분신을 지키는 길을 선택했지. 그렇다면 마지막까지 그것을 관철해야 해. 그것이 어둠이든 빛이든, 너의 파트너임은 변함없어."

"…파트너?"

그 말에 나는 돌아보았다.

파트너.

…를 찾아라. 나는 그렇게 블랙 하네카와에게 들었다. 단순한 우연의 일치라고 해도, 그러나 이 타이밍에 사용된 그 말의 진의를 캐묻지 않을 수 없었다.

있을 수 없었다, 그러나 캐물을 수 없었다.

돌아보았을 때, 그곳에는 아무도 없었기 때문이다. 거울에 비치고 있던 것과 마찬가지로, 지금 이 노송나무 욕실에 있는 것은 나뿐이었다.

언제부터 그랬던 것일까.

아니면 처음부터 그랬던 것일까.

가엔 토오에는 수건만 남기고 사라져 있었고, 샤워헤드는 바닥을 구르고 있었다.

"……."

나는 말없이 샤워헤드를 후크에 돌려놓고, 계속 틀어져 있던 물을 멈추고 수건을 집어 들었다.

일단 이 수건이, 조금 전까지의 대화가 수면에서 통화구를 찾자는 아이디어가 불발로 끝나서 오노노키에게 핑계를 대기 위해 생각했던 나의 망상이 아님을 증명한다고 말할 수 있는 부분일까. 아니, 굳이 말한다면 또 한 가지, 내 등의 아픔도 증거가 될까?

정말로 피가 나고 있는 게 아닐까 싶을 정도로 욱신거린다….

등과 마주하려면 거울이 필요하다는, 조금 전에 있었던 토오에 씨와의 다이얼로그는 아니지만, 나는 자신의 등을 확인하려고 일어서서 거울로 확인했다.

그리고.

거기서 나는, 숨을 삼켰다.

고개를 비틀어서 확인한, 거울에 비친 나의 등에 출혈은 없었지만 채찍질이라도 당한 것처럼 이쪽저쪽이 지렁이처럼 부어올라 있었는데, 그것이 글자 형태를 이루고 있었다.

정중하게, 거울 문자로.

그렇기에 거울에 비추면, 쉽게 읽을 수 있었다.

'나 오 에 츠 고 교'

그렇게 적혀 있었다.

아무래도 나의 다음 목적지가 결정된 듯하다.

026

"너, 웃기지 마. 죽여 버린다, 치킨 자식아."

오노노키에게 사정을 설명했더니, 아주 지저분한 말로 매도당했다. 저쪽 세계에서도 이쪽 세계에서도 오노노키에게 이 정도 수준의 매도를 들은 것은 처음이었다.

아슬아슬하게 무표정 무뚝뚝 어조를 유지하고 있지만, 이 세계에 있던 본래의 오노노키였다면 멋진 얼굴 정도가 아니었을 것이다.

"정말로 목욕을 하는 녀석이 어디 있어. 그것도 유부녀하고. 미망인하고."

"아니, 미망인은 아닌 거 아닌가…."

유령이었다고 한다면, 남편과 함께 이미 죽어 있고 말이야.

애초에 미망인이라는 말은 남녀차별 요소를 품은 숙어이므로 사용에는 주의해야 할 것이다. 동성 간에는 도원결의라든가 문경지교라든가 하는 말이 있지만.

이미 칸바루 가에서 벗어나서, 우리는 시로헤비 공원으로 이동해 있었다. 딱히 시로헤비 공원일 필요성은 없었지만, 어제 여기로 이동하는 것으로 레이니 데빌을 피했으므로 그 패턴을 밟은 것이다.

목욕을 하고 나온 나는, 마당으로 나가 자전거를 타고 칸바루와 오노노키의 배틀에 끼어들었고, 그것을 신호로 오노노키가,

"'언리미티드 룰 북'…."

이라며 비상했던 것이다.

겉으로 보기에 레이니 데빌은 레인코트 끝자락이 찢겨져 있는 정도로, 큰 대미지를 받지는 않은 눈치였다.

오오노키는 멋지게 '상대를 다치게 하지 않게 힘을 조절하며 시간벌이를 목적으로 싸운다'는 미션을 이뤄 낸 듯했다. 과연 프로페셔널.

그렇지만 나도 아마추어이긴 하지만 노력했다며, 공원의 광장에서 노송나무 욕실에서 체험했던 괴이담을 이야기했다. 그리고

곧바로 매도의 목소리로 이어졌던 것이다.

"이거야 원…. 주인님에게 칭찬받으려고 쥐를 잡아서 전해 줬더니 엄청나게 혼난 고양이의 기분이라고."

"그렇게 좋은 게 아니야."

"이 예시가 좋은 거라고…."

기본적으로 고양이를 싫어하는 내 입장에서는, 스스로를 고양이로 예를 드는 것은 상당한 쇼크의 표현인데.

"그리고 나를 주인님으로 가정한다는 것도 좀 그런데. 신의성실의 원칙에 반하고 있는 거 아닐까? 언니가 보기에는 손자식신 같은 게 된다고, 귀신 오빠."

"손자식신이라니. 정식 용어냐, 그거? 카게누이 씨의 부하에 들어가는 것은 싫은데…."

그렇게 말하며 공원을 둘러보는 나. 다행히 목격자라고 할까, 나와 오노노키가 대화하는 모습을 보는 사람의 눈은 없었다.

결과적으로 꽤나 긴 목욕이 되어 버렸는지, 시간은 오후가 되어 있었다. 오늘 밤에는 다시 한 번 키타시라헤비 신사를 방문할 예정이므로, 그때까지 어떻게든 앞으로 한 번의 행동을 더 취할 수 있을 것 같다.

"그러니까 오노노키. 다음에는 나 오 에 츠 고 교… 요컨대 나오에츠 고등학교로 가 보려고 생각하는데, 어떨까?"

"으음…. 뭐, 다른 짚이는 것이 없다면 그렇게 할 수밖에 없겠지. 솔직한 마음을 말하자면, 가엔 씨의 언니에게서 받은 어드바이스를 따른다는 것은 별로 기분이 내키지 않지만."

마음, 이라든가 기분이 내키지 않는다든가.

아무래도 오노노키답지 않은 표현이다.

"어드바이스가 아니야, 아마도. 어드바이스는 하지 않는다고 말했으니까. 이것은 시사라고 할까, 심사라고 할까…. 사용하든 말든 괜찮은 힌트 같은 것이겠지."

생각하기론, 그 근처가 그녀의 라인이었던 것이 아닐까. 오시노가 사람을 돕는 것에 선을 긋고 있던 것처럼, 토오에 씨도 어디까지 의도적인지는 차치하더라도, 그 반칙적인 재능을 다른 사람을 위해서 쓰는 것에 제한을 걸고 있다.

그런 인상을 받았다.

"'이것'이라고 말했는데 말이지, 귀신 오빠. 아직 나는 그 스티그마를 보지 못했는데 말이야."

"어? 볼 거야? 여기서 옷을 벗으라는 거야? 그건 좀 부끄러운데…."

"왜 정상적으로 부끄러워하는 거야, 귀신 오빠. 애초에 이야기 자체가 거짓말 같은데, 보지도 않고 믿을 수 있을 리 없잖아. 아무것도 발견하지 못한 핑계로 적당히 꾸며내고 있는 거 아니야?"

"마, 말도 안 돼. 내가 그런, 자신의 실수를 은폐하는 짓을 할 리 없잖아."

머리를 짜내고는 있었지만.

그런 생각을 하는 동안에 유부녀가 등을 씻어 주는 전개로 이어졌던 것이다.

"자, 등을 돌려."

의사선생님 같은 말을 하는 오노노키. 인형에게 인형놀이의 인형 취급을 받는 것도 이상한 기분이었다.

셔츠를 걷어 올린다.

"어이, 이보셔."

"어? 뭐가? 그 어조도, 내용도, 왜?"

"아무것도 없잖아. 그냥 근육질의 좋은 등 근육이야."

"근육을 칭찬해도 말이지. …그런데 정말로?"

"정말로."

"그럴 수가…."

고개를 비틀어 보지만 당연히 자신의 등은 보이지 않는다. … 그러나 그렇게 잔뜩 부어오른 자국을 오오노키가 못 볼 리가 없을 것이다.

그러고 보니 언제부터인가 아픔도 사라져 있고…. 욕실에서 거울을 봤을 때는 이 상처 자국, 제대로 사라지기는 할까? 하며 불안했었는데, 아무래도 토오에 씨는 그 부분도 제대로 배려해 준 것 같다.

그러나 배려해 주었다고 한다면, 상처가 사라지는 것이 조금 빠른데 말이지….

"아, 아냐. 있었다고, 조금 전까지. 이 등에 적혀 있었어. 나 오 에 츠 고 교, 라고 거울 문자로."

"이거야, 원. 필사적이네. 예쁜 펜팔 상대가 있다고 거짓말을 했다가 뒤로 물러날 수 없게 된 남자애처럼 필사적이야."

"초등학생 러브 코미디로 예시를 들지 마, 개그가 아니니까. 정말이라고, 오노노키, 이 눈을 봐 줘! 이 눈이 거짓말을 하는 눈이냐?!"

"정말로 그런 대사를 하는 사람은 처음 봤어. 만화가 아니니까, 눈을 보고 알 수 있을 리 없지. 그냥 눈싸움일 뿐이야."

"이 동공을 봐 줘!"

"동공을 내보이기 시작한다면 슬슬 거동수상이네. 나는 안과 의사가 아니라고. 이왕이면 한자로 적혀 있었으면 좋았을 텐데."

"무서운 소리 하지 마!"

한자 형태로 상처가 나도록 할 수 있겠냐!

나오에츠直江津의 츠, '津'자가 특히나 지옥이야!

"…으음. 그렇다면 믿어 준다는 거야, 오노노키? 오노노키가 레이니 데빌하고 싸우는 동안에 동시진행으로 펼쳐졌던 나의 모험담을."

"그걸 모험담이라고 말해도 좋을지는 확실치 않지만…. 뭐, 할 거라면 좀 더 나은 거짓말을 해."

"어? 혼난 거야?"

"잘못 말했어. 할 거라면 좀 더 나은 거짓말을 하겠지… 라고 말하려고 했어. 깜빡 본심이 흘러나와 버렸어."

"그게 본심이라면 지금 것은 겉치레구나."

"어쨌든 다른 지침도 없고 말이야…. 그러니까 내가 신경 쓰는 것은 그 어드바이스… 힌트였지, 그걸 내 준 사람이 가엔 씨의 언니였다는 거야. 그것만 아니었다면 나도 이러쿵저러쿵하지 않아.”

“…….”

저쪽 세계에서도 그랬지만, 이쪽 세계에서도 가엔 토오에의 이름은 **그런 것**으로 통하고 있는 듯하다.

직접 만나 본 사람의 감상으로서는… 뭐, 그렇겠구나, 하는 느낌이기는 하지만…. 그리고 그것을 제쳐 두더라도, 나도 딱히 자진해서 나오에츠 고등학교에 가고 싶은 것은 아니다.

그렇다기보다, 가능하면 가고 싶지 않다.

이제 두 번 다시 가지 않겠다는 생각까지 했던 장소다. 졸업식 날에 교무실에서 넙죽 엎드렸던 모교에 대체 어떤 얼굴로 들어가란 말인가.

하지만 이미 시간적으로 봐서는 방과 후일까?

…그렇다면 교내에 사람도 그리 많지 않을 무렵인가. 숨어들기에는 좋은 찬스이긴 한데…. OB라고는 해도 졸업해서 이미 외부인인 내가 학교에 숨어들면 크게 혼날 것 같은 기분도 든다(혼나는 것으로 끝나면 그나마 다행일까).

“그렇지…. 그렇게 되면 나는 어떨지 몰라도, 오노노키는 눈에 띄는데….”

“확실히 나의 귀여움은 어디에서나 시선을 한 몸에 모아 버리지.”

“…….”

그런 의미에서가 아니라, 고등학교 안에 어린 여자애가 있으면 어쩔 수 없이 눈에 띈다는 의미인데…. 농담으로서도 별로 오노노키가 할 것 같지 않은 농담이어서, 역시 이 오노노키와 내가 아는 오노노키와는 다소의 오차가 있는 듯하다.

조금 전에 진짜로 폭발했던 것도 그 베리에이션이라고 생각하고 싶다. 그건 그렇고, 이제 어떻게 할까 하고 생각하고 있는데.

"그렇지. 그러면 분담할까."

오노노키가 그렇게 제안했다.

"레이니 데빌이 얽히지 않는다면, 요컨대 배틀이 벌어질 걱정이 없다면 내가 귀신 오빠와 동행할 필요는 없잖아. 귀신 오빠가 나오에츠 고등학교로 향하는 사이에, 나는 나대로 다른 루트로 찾아볼게."

"다른 루트?"

"응. 뭐, 지금 떠올랐는데 말이지…. 가엔 씨의 언니가 말하는 대로 하기는 너무너무 싫어서, 어떻게든 나오에츠 고등학교에 가지 않아도 될 구실은 없을까 하고 생각한 끝에 간신히 떠올랐는데 말이지."

"거기까지 가면, 경계 같은 게 아니라 그냥 싫어하는 것뿐이잖아. 얼마나 나오에츠 고등학교에 가기 싫은 거야."

"나는 블랙 하네카와를 만나 볼게."

그렇게 말했다.

"만나 본다고 할까, 찾아본다고 할까…. 역시 어째서 블랙 하네카와가 귀신 오빠를 구했는가 하는 것은 커다란 의문이니까. 그것은 해소해 두자고."

"어, 어디에 있는지 짚이는 곳이 있어?"

"없지만. 뭐, 없다고 해서 찾지 않는 것도 태만이겠지. 고양이 찾기도 가끔씩은 나쁘지 않아. 탐정의 업무 같아."

"하긴…."

토오에 씨의 힌트를 거절하기 위한 이유로서는 충분히 유효한 것으로 보인다…. 나오에츠 고등학교에 가도 무슨 일이 있을지는 알 수 없지만, 블랙 하네카와와 콘택트를 취할 수 있다면 그것은 틀림없이 커다란 전진이다.

가령 발견할 수 있었다고 해도 그 녀석에게 이야기를 듣는 것은 상당히 고생스럽겠지만…. 그 녀석이 누구에게 부탁을 받고 나를 구하러 왔는가는 가능하면 확실히 해 두고 싶다.

"그리고 이것은 아마 헛걸음이 될 거라고 생각하지만, 그 전에 다시 한 번 나는 시노부를 찾아가 보려고 해."

"어. 그건 걱정이네…. 괜찮겠어?"

"설마 너에게 걱정을 받는 날이 올 줄이야."

"그러니까 왜 좌충우돌 콤비 같은 소릴 하는 거야. 왜 좌충우돌 콤비나 초등학생 남녀의 2지선다냐고. 예시의 베리에이션이 너무 적잖아."

"걱정 마. 봤잖아? 나에게는 시노부의 오라가 잘 통하지 않아…. 어디까지나 잘 안 통한다는 것이지 통하지 않는다는 것은 결코 아니지만… 뭐, 귀신 오빠가 가는 것보다야 낫겠지. 중간에 끊긴 이야기의 나머지를 들을 수 있을지도 몰라…. 본인이 아니면 이야기하지 않겠다고 그 의외로 주장이 강하고 제멋대로인 공주님은 말하겠지만—그래서 어제는 한밤중에 귀신 오빠를 깨운 거지만—그 부분을 어떻게 좀 해 달라고 리버스 넙죽 엎드리기를 해서 부탁하고 올게."

"그렇구나. 미안해, 나를 위해서 고개를 조아리게 해서… 리버스 넙죽 엎드리기는 뭐야?"

"주로 몸을 뒤로 젖혀서, 등으로 엎드린다는 오의야."

"공주님을 앞에 두고 그런 거만한 포즈를 취하는 너는 대체 어떻게 된 사람이냐고. …그건 어느 정도로 잘될 것 같아? 짚이는 게 없다든가 헛걸음이 된다든가 하는 소릴 했는데, 혹시 나오에츠 고등학교에 가는 것보다 그쪽이 성공률이 높아 보인다면 나도…."

"이건 내가 그 나오에츠 고등학교에 가고 싶지 않기 때문에 생각해 낸 안이라고 말한 것을 잊지 말아 줬으면 해…. 여기서 동행하게 되면 답례로 나중에 나오에츠 고등학교에도 동행해야 하게 되잖아."

당당하게 그런 소리를 해도 말이지.

얼마나 토오에 씨를 싫어하는 거냐고.

"나는 그것을 위해서 일부러 귀신 오빠가 동행하기 어려울 만한 안을 생각한 거야. 블랙 하네카와를 쫓는 것에는 기동력이 없는 귀신 오빠는 방해가 되고, 시노부를 방문하면 귀신 오빠는 바짝 졸아 버리고…. 어때, 졌어?"

"졌어."

이로정연理路整然하다.

하고 싶지 않은 일을 하지 않기 위해서 이론을 세워 가는 실력은 본받고 싶다. 핑계는 아니지만, 이것에 비하면 욕실의 수면에는 아무것도 비치지 않았지만 그 대신 칸바루의 어머니와 만나서 혼욕한 끝에 등에 메시지를 받았다는 내 보고는 필시 의미불명이었을 것이 틀림없다.

"그러면 세 시간 뒤 정도에 이곳에서 집합해서 키타시라헤비 신사로 가기로 하자. 현지 집합보다는 여기서 만나서 나의 '언리미티드 룰 북'으로 점프하는 편이 시간을 최대한 유효하게 쓸 수 있을 거야. 귀신 오빠는 나오에츠 고등학교로 나무를 하러, 나는 블랙 하네카와와 시노부를 빨래하러 갈게."

"예시 패턴을 늘리려고 하다가 실패하지 마. 의미를 알 수 없게 되었잖아. …뭐, 내 쪽에 위험은 없다고 생각하지만, 너는 조심해. 시노부는 어떨지 몰라도 블랙 하네카와는 이 세계에서도 충분히 위험하니까. 그 녀석은 에너지 드레인을 사용하니까."

"에너지 드레인은 나에게는 별 의미가 없어. 시체니까."

"아, 그렇구나. 그건 몰랐네."

"위험하다고 하자면 나는 귀신 오빠 쪽이 위험하다고 생각해. 배틀은 없겠지만, 가엔 씨의 언니의 지시대로 행동했다가 곱게 끝날 것이라고는 생각되지 않아. 뭔가 있을 거라고 생각해."

"……."

솔직히 나에게는 그 정도의 위기감은 없는데…. 토오에 씨에게는 오노노키가 그렇게까지 경계하는 뭔가가 있는 건가.

그러나 그 강한 경계는 다른 각도에서 보면 높은 평가라고 생각할 수도 있다. 배틀이 없다고 한다면 혼자서라도 가 볼 가치가 있을 것이다.

"그렇게 되면, 일단 집에 돌아가서 교복으로 갈아입고 가는 편이 좋을까…? 고등학생인 척을 해 두는 편이."

두 번 다시 입을 일 없다고 생각했던 교복을 다시 한 번 입게 되는 것이다. 오이쿠라는 여동생들하고 외출했을 테니, 방에 돌아가도 만날 일은 없다.

"그러네. 그렇다면 바래다줄게. 내버리는 것 같아서 미안하니까, 그 정도는 해 줄게."

"내버리는 것 같아서 미안할 행동은 가능하면 하지 말아 줬으면 하는데…."

뭐, 그 부분은 오노노키와 가엔 씨와의 관계성에도 관련되는 부분이겠고, 원래부터 오노노키는 후의로 나에게 협력해 주고 있다.

블랙 하네카와의 무서움을 알고 있는 나는 "그러면 바래다주는 것만 부탁할게. 하지만 너도 무리는 하지 마."라고 다시 한 번 다짐을 받고, 브리핑을 마치고서 의식을 다음 행동으로 전환했다.

하지만 나는 이때, 좀 더 깊게, 좀 더 무겁게 오노노키의 염려를 받아들였어야 했다. 가엔 토오에의 무서움을, 나는 전혀 알지 못했다.

그녀의 지시에 따라서 그 뒤에 나오에츠 고등학교로 향한 나는, 수많은 괴이담을 목숨이 위태로워지면서도 헤쳐 나왔던 나는, 그러나 예전에 경험했던 적 없는 모골이 송연해지는 최상의 공포와 직면하게 된다.

027

…그렇게 말해도, 그 공포와 직면한 것은 토오에 씨에게 지시받은 나오에츠 고등학교에서가 아니다.

그 전 단계에서의 일이었다.

오노노키가 데려다줘서 일단 귀가한 아라라기 가의 코요미룸, 즉 코요미 & 소다치 룸에서 무시무시한 사태와 맞닥뜨렸던 것이다.

뭐라고 할까, 보스전을 앞두고 장비를 갖춰 두자든가, 회복아이템을 보충해 두자고 생각했는데 무기상 주인에게 습격당해서 게임오버가 된 것 같은 기분이다. 아니, 미리 말해 두자면 오이쿠라가 끔찍한 꼴을 당하는 것을 좋아한다는 오이쿠라 팬에게는 미안하지만, 그 녀석은 없었다.

그 녀석은 다행히 카렌과 츠키히와 함께 쇼핑을 갔다. 아라라기 가에는 아무도 없었다, 거기까지는 딱 좋았다.

완전 좋은 상황이었다.

문제는 내가 자기 방의 옷장을 열고, 칸바루 가에 이어 나오에츠 고등학교로의 스니킹 미션을 강행하기 위한 의장, 즉 교복을 꺼내려고 했던 그때 일어났다.

교복이 없었던 것이다.

어라? 이미 처분해 버린 건가? 그런 말도 안 되는 일이….

아니면 오이쿠라의 옷장 쪽에 섞여 버린 걸까? 하지만 아무리 같은 방에서 살고 있는 몸이라고 해도, 멋대로 옷장을 뒤지지는 않을 텐데…. 그렇게 생각하면서 한쪽 끝부터 한 벌씩, 걸려 있는 옷을 확인해 나가다가, 끝내… 발견했다.

아니.

발견한 것은 교복이 아니다.

모르겠다, 나는 교복이라고 하면 어찌하더라도 자신이 3년간 입어 왔던, 이른바 차이나칼라의 학생복을 떠올리기 때문에 '그것'을 교복이라고 표현하는 문화를 가지고 있지 않은 것뿐이고, '이것'은 '이것'대로 교복인지도 모른다. 적어도 학생이 입는 옷이니까, 교복이라고 표현하는 것에 본래 전혀 지장은 없을 것이다.

세일러 블라우스. 스커트.

여자는 '이것'을 교복이라고 부르고 있을지도 모른다. 다만 여기에서 발생하는 하드 프라블럼은 호칭에 의한 것은 아니라고 생각한다.

"…그런가, 그런가, 그런가."

그런 이야기인가.

이런 이야기인가.

아니, 만약 이 세계가 '좌우 반대'가 아니라 '뒤집힌' 것이라고 가정하고, 하네카와 츠바사가 블랙 하네카와가 되어 있던 것처럼 아라라기 코요미가 오시노 오기로서 여기서 생활하고 있었다면 이런 일도 있을 것이다. 교복 또한, 남자용에서 여자용이 되어 있을 수도 있을 것이다.

신참 메이저 리거에 대한 세례로, 라커룸에 코스튬플레이 의상이 준비되어 있다는 이야기를 들은 적이 있는데, 이것이 이 '거울 나라'의 이방인에 대한 세례인 모양이다. 이제까지는 청바지나 티셔츠, 파카 같은, 말하자면 평소대로의 옷차림만 하고 있어서 깨닫지 못했는데, 아무래도 이것으로 이 세계의 '아라라기 코요미'가 '오시노 오기'였다는 것이 확정되었다고도 말할 수 있었다.

오이쿠라와 같은 방이었던 것이나, 토오에 씨가 혼욕에 망설임이 없었던 것은 그 부분의 앞뒤 맞추기가 어긋났다고 할까, 모순의 표출이었을지도 모른다. 아니, 토오에 씨 쪽에 관해서는 그냥 퍼스널리티라는 기분도 들지만, 다만 오이쿠라의 그 허물없는, 는실난실 찰싹 붙어 오던 느낌이 원래부터 상대가 여자였기 때문이라고 한다면 역시 납득이 가지 않는 것도 아니다.

옷을 갈아입을 때는 방 밖으로 쫓겨났지만, 첫날은 농담하듯이 욕실로 들어오라는 소리도 들었으니까 말이야.

"큭…."

나는 어금니를 깨문다.

입을 수밖에 없는 건가…. 오랫동안 시리즈를 계속해 오면서도 이것만은 피해 왔을 텐데. 이것만은, 이라며. 너무 우쭐해져 있었다는 이야기일까, 나는 다르다, 유녀라든가 성숙한 여인이라든가 칫솔이라든가, 여러 가지로 저지르며 살아오기는 했지만, 그래도 나는 이런 짓은 하지 않는 쪽이었다고 생각하고 있었는데 말이야. 나는 입만 산 타입이라고 생각하고 있었다.

헛소리꾼이라든가 시스터 콤플렉스 중학생이라든가 무도無刀의 검사라든가 전설의 영웅이라든가, 그 주변의 주인공 녀석들과는 다른 캐릭터라고 생각하고 있었는데, 아무래도 나도 버라이어티 담당이었던 것 같다.

좋아, 이렇게 되면 꾸물거리지 않는다.

얼른 입자, 척척 진행하자.

페이지도 얼마 남지 않았다. 이런 것에는 저항하지 않는다는 저항이, 최대의 저항이 된다.

나는 나오에츠 고등학교의 여자 교복을 입기 시작했다. 그런 부분의 앞뒤는 어떻게 맞추고 있는 건지, 아무리 내가 몸집이 작은 편이라고 해도 오기와 나는 사이즈가 전혀 다를 텐데, 그 교복은 맞춘 것처럼 딱 맞았다.

맞춘 것일지도 모른다.

다행히 이제까지의 모험 중에 몇 번인가 여자 옷을 건드릴 기회가 있었으므로 입는 법을 모르는 것은 아니었다. 남에게 입히는 것과 직접 입는 것은 그야말로 좌우가 반대가 되므로 약간 애를 먹었지만 모양새는 났다.

오기가 스타킹 파였던 것이 다행이었다. 패션센스가 결여된 나의 몇 안 되는 고집으로서, 맨다리를 그대로 드러내는 것은 별로 좋아하지 않는다. 남자의 맨다리 정도로 꼴사나운 것도 없다고.

좋아. 갈아입기 완료.

교복으로 갈아입고 곧바로 나갈 생각이었는데, 생각 외로 시간을 잡아먹고 말았다. 나는 계단을 두 단씩 성큼성큼 내려가서 아라라기 가를 뒤로했다.

그때 거울은 보지 않았다.

보고 싶지 않다고.

어설프게 머리카락이 길기 때문에 진심으로 여장을 한 것처럼 보인다고.

밖으로 나오자, 이렇게 불안한 옷차림은 또 없다는 생각이 들었다. 아니, 단순히 처음 입는 옷이기 때문이라는 이야기가 아니라, 스커트란 것은 이렇게나 방어력이 낮은 건가, 하고 아연실색했다.

바람에 대미지를 입는다고요.

여자는 이런 방어구를 입고 고교생활을 보내고 있던 것인가 하고 생각하면, 존경하지 않을 수 없다. 특히 하네카와에게 사과하고 싶다.

그러나 지금은 스코틀랜드 문화에 이해를 보이고 있을 상황도 아니다. 어쨌든 나는 BMX에 올라타고(스커트라면 이렇게나 안장에 걸터앉을 때에 신경을 쓰게 된다는 것을 처음 알았다. 이런 기회라도 없었다면 알 수 없었을 것이다. 그렇구나, 확실히 토오에 씨가 말하는 대로 알고 있다든가 모른다든가, 그런 것은 어떻게 되든 상관없는 것이다. 중요한 것은 이해하는 것이다), 나오에츠 고등학교로 향하는 페달을 밟기 시작했다.

앞으로 두 번 다시… 라는 말은 사실 과장이라고 해도, 적어도 한동안 이런 식으로 통학로를 달릴 일은 없을 것이라 생각하고 있었는데, 고작 하루를 사이에 두고 다시 달리게 될 것이라고는 예상도 하지 못했다.

게다가 그것을 여자 교복 차림으로 달리게 될 것이라고는 더욱 예상도 하지 못했지만… 그러나 뭐, 어느 쪽이라고 해도 이것은 나에게 통학로가 아닌 것이다.

그렇게 생각하면 조금 슬프기도 했다.

뭐가 어떻게 되더라도 나는, 남자 교복을 입든 여자 교복을 입든, 자전거를 타든 도보로 가든 이미 고교생이 아닌 것이다.

직함 없는 나.

그렇다면 나는 어디에 있더라도 이세계에 있다는 이야기일지도 모른다. 그렇지만 그런 생각에 잠긴 채로 자전거 페달을 밟는 것은 위험하므로, 나는 의식적으로 사고를 전환한다.

전환하고 생각해 보니, 조금 이상하다고도 생각한다. 그렇다, 이상하다. 조금이 아니라 상당히 이상하다.

이상하다.

이 세계에 아라라기 코요미가 있었다면, 그것은 오기일 것이라는 생각이 있었기에 교복이 여자용이 되어 있는 것을 별다른 위화감 없이 받아들여 버렸는데, 하지만 그 이론으로 말하자면 모든 옷이 여자용이어야 한다.

청바지나 티셔츠, 파카, 그리고 잠옷 정도는… 뭐. 남녀공용이니까, 라고 조금 전에 납득했는데, 속옷을 간과하고 있었다.

만약 옷이 전부 여자용이 되어 있었더라면 어젯밤에 목욕을 하고 나온 시점에서 그 사실을 깨닫지 않으면 이치에 맞지 않는다.

오기의 팬티를 입은 시점에서, 혹은 이너웨어로 브래지어를 한 시점에서 나는 그 사실을 깨달았을 것이다. 이것은 어떻게 된 일이지?

물론 이 세계에서는 너무 이치에 맞기를 요구하는 것 쪽이 잘못이겠지만…. 내가 오기의 위치에 들어가는 것 자체에 무리가 있으니 진지하게 앞뒤 맞추기를 하려고 하지 않는 편이 좋겠지만, 그렇지만 이것은 조금 생각해 두는 편이 좋지 않을까 하는 기분도 든다.

왜냐하면… 반대이기 때문이다.

뒤집혔기 때문이다.

오노노키나 오이쿠라, 시노부의 예를 생각해 보면 내가 품은 기묘한 감각의 '정체'는 확실하다.

이를테면 오노노키는 이세계로부터 나타난 나에게 기묘한 위화감을 느꼈고, 그것에 대응하려고 자기개조를 행했다. 다시 말해 봐도 정말 터무니없는 짓을 하는 동녀인데, 어쨌든 그렇게 내가 아는 오노노키 요츠기에 다가갔다.

오이쿠라는 이세계에서 온 손님인 나에게, 그 사실은 알지 못하면서 '평소대로' 접하는 것에서 생겨나는 부조화에 고민하고 있는 듯하다. 원래부터 총명한 오이쿠라이니, 서서히 진상을 깨달아 가고 있을지도 모른다.

시노부도, 이미 이 세계의 '아라라기 코요미'에 대한 기억이 흐릿해지기 시작했다는 말을 했다. 그녀 안에서의 상식이, 나의 상식과 바뀌기 시작하고 있는 것이겠지.

그것이 세계에 대한 악영향.

이분자異分子인 내가 주는 영향. 그러나 어제 시점에서는 아직 내 것뿐이었던 내 의복이, 오늘이 되자 오기의 옷으로 변해 있다는 것은 이상하지 않나?

벡터가 반대방향 아닌가?

어제 오기의 속옷을 입고, 오늘 남자 교복을 입는다면 변화의 방향성으로서 있을 수 있는 일이다. 하지만 차이나칼라의 교복이 스커트로 변해 있다니….

"……."

간과할 수 없을 정도로 이상하다…는 기분도 들지만, 그 정도의 모순은 이제 별 상관없지 않나 하는 기분도 든다.

어떻게 되든 상관없지 않은가 하고.

후배의 어머니와 욕실에 들어갈 만한 녀석이 이제 와서 그런 사소한 것에 이러쿵저러쿵해 봤자 설득력이 떨어진다고 스스로도 생각한다. 나 자신이 이미 이치에 맞는 행동을 하고 있다고는 말하기 어려운 것이다.

그렇다, 그것.

요컨대 내 쪽에서 세계에 영향을 주고 있는 것과 반대로, 세계 쪽에서 나도 영향을 받고 있다는 이야기인가?

내가 오기가 **되어 가고 있다**…?

복장뿐만이 아니라, 이제부터 저런 식의… 뭐라고 해야 할까, 성격이 나쁘다기보다는 성격이 안 좋은 여자가, 되어 버리는 건가?

말도 안 된다고 생각하는 반면, 그것은 충분히 있을 수 있는 일이었다. 그렇다기보다, 그쪽이 훨씬 정당하다.

온도는 높은 쪽에서 낮은 쪽으로 이동한다.

그렇기에 내가 세계에 주는 영향이 높다…고 해도, 그러나 고작 한 방울의 따뜻한 물이 수영장 가득한 냉수에 줄 수 있는 영향 따윈 어차피 미미할 것이다.

눈 깜짝할 사이에 동화되고.

나도 냉수의 일부가 된다.

그냥 물이 된다.

그렇다면 시노부가 말했던 것처럼 한시라도 빨리, 정말로 한시라도 빨리 나는 원래 세계로 돌아가야만 한다.

돌아가지 않으면… 상실한다.

그리고 소실한다.

무슨 일이 있더라도 나는 나인 채로 있어야 할, 그 내가 사라져 간다.

내가 아니게 된다.

졸업하고, 직함을 잃은 것처럼.

아라라기 코요미가 사라져 없어진다.

그것이야말로 모골이 송연해지는, 최상의 공포였다.

028

그 무렵에 나와 개별행동 중인 오노노키 요츠기는 어땠는가 하면, 오시노 시노부… 라기보다는 오시로 시노부, 전성기는 전성기라도 인간시절의 전성기, 키스샷 아세로라오리온 하트언더블레이드와의 알현을 마치고 성 밖으로 나와 있는 참이었다. 내가 교복을 입을지 말지로 망설이고 있던 사이에, 상당한 행동력이다. 이 부분의 액티비티는 내가 아는 전문가, 오노노키 요츠기와 한 치도 다르지 않았다.

성격의 고약함을 보충하고도 남는 유능함… 이라고는 해도, 알현에서 얻은 것이 있었는가 하면, 그것은 없었다고 말할 수밖에 없었던 듯하다.

나중에 오노노키가 했던 말에 의하면,

"뭐, 그런 식으로 거물인 체해도, 어디까지나 그 여자는 괴물이 아니니까. 특이성은 카리스마에 한정되어 있어. 전지전능인 것은 아니야."

라고 했다.

시체이기에 영향을 받기 어렵다고는 해도, 키스샷 아세로라오리온 하트언더블레이드의 그 '위광'이 전혀 통하지 않는 것은 아닐 터이므로, 도중에 이야기를 끝낼 수밖에 없었기 때문에 소득이 없었다는 견해도 가능하다. 소득이 없었다는 것은 유감이었지만, 그러나 오노노키 요츠기의 이 개별행동의 주된 목적은 어디까지나 '가엔 이즈코의 언니의 지시대로는 움직이지 않는다'라는 점에 있었으므로 그래도 상관없었다고도 할 수 있었다.

내 입장에서는 웃기지 말라고 해야 할 이야기지만, 오노노키 요츠기를 상대로 무슨 소리를 해 봤자다. 그렇게 무익한 일은 없다.

루트에서 벗어나서 업무를 땡땡이치고 있는 것이라면 몰라도, 업무 자체는 제대로 진행되고 있으니 트집을 잡을 상황은 아니다. …그러기는 고사하고, 이것이 업무인지 어떤지도 수상한 것이다.

"그건 그렇고."

그렇게 오노노키 요츠기는 성과를 올리지 못한 알현에 대해서는 깨끗이 잊고, 다음 행동으로 넘어간다. 요컨대 블랙 하네카와 찾기다.

블랙 하네카와는 '뭔가'를 알고 있다.

알고 있는 것뿐일지도 모르지만, 알고 있다.

그렇다면 그것을 추궁해 봐야 한다.

그녀가 있는 곳에 대해서는 단서가 전혀 없으므로 마을 안을 이잡듯 뒤질 수밖에 없다. 아니, 짚이는 곳이 하나, 없는 것도 아니었다.

내가 했던 말이었다.

쿠치나와 씨, 이 세계에서의 센고쿠 나데코가 블랙 하네카와에 대해서 알고 있는 듯이 말했었다. 그것은 단서라고 해도 좋을 것이다.

쿠치나와 씨가 그 부분에 대해 이야기할 생각이 없는 것 같아서 센고쿠 나데코를 상대로 강하게 나서기 힘든 나로서는 깊이 파고들 수 없었지만, 오노노키 요츠기에게는 그런 문제가 전혀 없다.

얼마든지 돌격할 수 있다.

그리고 쿠치나와 씨가 대답해 줄지 어떨지는 알 수 없지만, 게다가 쿠치나와 씨의 소재도 알 수 없지만.

다만 쿠치나와 씨의 '친구'라고 할까… '다음 대'가 있는 장소라면 더할 나위 없이 확실했다.

이미 오노노키 요츠기도 몇 번이나 방문한 익숙한 장소라고 해도 좋은, 키타시라헤비 신사다.

그렇기에 가장 빠른 좌표를 설정할 것도 없이.

"'언리미티드 룰 북'…."

그렇게.

무감정하게, 무표정으로 그녀는 말하고, 비약했다.

이번에는 등에 지고 있는 방해자인 나, 곧 '짐' 없이 최고속도로 비행했고, 그리고 십여 초 뒤에는 키타시라헤비 신사의 경내에 착지했다.

충격을 체내—시체 내—로 흡수해서 착지점을 파괴하지 않는, 환경친화적인 착지는 과연 대단하다고 말해야 했지만, 그때.

"음."

그렇게 오노노키 요츠기의 무표정이, 흔들렸다.

웃은 것도 멋진 표정을 지은 것도 아니었지만, 임무에 맞춰서 설정했을, 굳어 있었을 무표정이 흐릿하게 풀렸다.

날림공사로 만든 성격이었다고는 해도, 완전한 업무 모드 중이다. 오노노키 요츠기가 놀란 것은 오히려 자신에게 그런 감정의 흐트러짐이 있었다는 것 쪽이었지만, 그것은 이곳이 '이세계'이며 자신이 '이세계 측'이기 때문이라고 치고… 다시 한 번 눈앞의 풍경을 본다.

거드는 말을 해 두자면, 이것은 딱히 오노노키 요츠기가 아니라 누구라도 놀랄 장면이었을 것이다.

하치쿠지 마요이 대명신과 쿠치나와 씨.

이 두 명, 즉 두 신이 그곳에 있었다. 그것만이라면 오히려 기뻐할 일이다. 하치쿠지 누나에게 이야기를 듣고 쿠치나와 씨를 찾는다는 앞으로 해야 할 스텝을 생략할 수 있으니, 너무 물 흐르듯 흘러가는 전개를 경계하게 될지는 몰라도 그것을 받아들일 수 없는 것은 아니다.

하지만 그 두 명과 함께 술판을 벌이고 있던 제3의 인물…이라기보다, 유녀.

땋은 머리에 안경을 쓴 초등학생을 보면 누구라도 말을 잃을 것이다. 초등학생이 술판에 참가하고 있으면 그야 누구라도 말을 잃을 것이다.

"말도 안 돼…. 이번의 유녀 성분은 나 한 명에게 일임되어 있었을 텐데…."

오노노키는 심각한 듯이(무뚝뚝한 어조가 아니라) 중얼거리면서, 부끄러운 것도 아닌데 얼굴이 붉어져 있는 유녀에 대해 추궁한다.

"응? 응냐?"

그렇게.

혀가 잘 돌아가지 않는 느낌으로, 유녀는 칠칠치 못한 미소를 지으면서 대답했다.

"하네카와 츠바사냥? 냐하하."

"……."

그것으로 오히려 냉정해진다.

물론 오노노키 요츠기는 하네카와 츠바사의 여섯 살 때 모습을 모른다. 그렇다기보다, 오노노키에게는 하네카와 츠바사와의 접점이 거의 없다.

블랙 하네카와에 대해서도 어디까지나 나에게 전해 들은 정도의 지식밖에 가지고 있지 않다.

그러니까 만취한 유녀가 하네카와 츠바사라는 말을 듣는 것으로, 오히려 납득이 갔을 정도다. 뭐, 적어도 평범한 유녀가 주정뱅이가 되어 있는 것보다야 사건성은 낮을 것이다.

그런 상황에서.

"하치쿠지 씨. 이거, 어떻게 된 일이야?"

그렇게, 연령적으로 말하면 유일하게 이 자리에서 합법적으로 술을 마실 수 있는 누나를 향해 질문을 던졌다. 그녀도 그녀대로 거나하게 취해 있었지만,

"응? 아아."

하고 의외로 이성적으로 대답했다.

땅바닥에 책상다리를 하고 있는 모습은 오히려 신 같은 대범함이 없다고 말하지 못할 것도 없었다.

"하네카와 츠바사에게는, 너 정도는 아니라고 해도 뒷면이 여럿 있다는 이야기야. 유소년기 무렵에 있었던 일도 저 애에게는 번듯한 뒤편이자, 표면…. 다만 지금 그 호랑이가 등장하지 않은 것을 보면, 그것에 대해서는 제대로 해결해 보였다는 것일지도 몰라."

"……?"

일단의 설명인 듯한 말을 듣고, 오노노키 요츠기는 고개를 갸웃했다. 하네카와 츠바사를 둘러싼 사건의 외부에 있던 오노노키 요츠기에게는, 그런 말로는 전해지지 않았다.

무슨 말을 하는지 알 수 없다.

다만 알 수 없는 것을 그대로 넘기는 것은 오노노키 요츠기의 특기, 필살기라고도 할 수 있었다. 어쨌든 주정뱅이로부터 올바른 정보를 적절히 들을 수 있을 것이라는 생각은 들지 않으므로, 요점만을 다시 확인하기로 했다.

"어쨌든 블랙 하네카와, 하네카와 츠바사의 다른 패턴이라고 생각하면 되는 거지? 이미 나는 귀신 오빠에게 조교당한 결과, 이 세계를 올바르게 파악할 수 없지만."

조교라는 어수선한 단어를 쓰고 있지만, 실제로 그것은 절실한 사태였을 것이다. 이 세계의 '당연'을, 이미 오노노키 요츠기는 '당연'이라고 받아들일 수 없게 되어 있다.

논리와 이론을 중시하는 성격으로.

자신을 개조해 버렸다.

"으응, 그게 맞아. 샤샷!"

그렇게 끄덕인 것은 역시 술에 거하게 취한 쿠치나와 씨였다. 센고쿠 나데코와도 오노노키 요츠기는 직접적 접점이 없었지만, 그러나 그녀에 관해서는 상당한 인연이 없는 것도 아니다.

어디까지나 내가 아는 세계에서의 일이지만—그 부분의 기억은 있고, 그러면서도 동시에 없기도 하다—이 경우에는 어떨까?

"하네카와 츠바사의 경우에는 진짜 다중인격이었으니까 말이야. 나하고는 달리. 샤샤샤."

"그래…."

끄덕이면서도 오노노키 요츠기는 이것은 이것대로 헛걸음이었다고 냉정히 판단하고 있었다. 쿠치나와 씨는 고사하고 현재 수색 중이었던 하네카와 츠바사를 한발 빨리 발견할 수 있었던 것은 안성맞춤이라는 것을 넘어서 작위적으로 느껴지는 전개였지만, 그러나 주정뱅이들밖에 없는 이 상황에서는 오히려 루트가 끊어진 것이나 마찬가지다.

아직 술이 들어가지 않았더라면 블랙 하네카와의 새로운 분신이라고도 할 수 있는 여섯 살 하네카와에게 이야기를 들을 수 있었을지도 모르지만…. 아니, 상대가 여섯 살이라는 건 술에 취했든 취하지 않았든 마찬가지일까….

이 부분의 판단은 조금 어설프다고 할까, 하네카와를 모르는 오노노키 요츠기로서는 어쩔 수 없는 오판이었지만(여섯 살이건 취했건, 하네카와는 하네카와이므로 뭔가를 물어보면 그것에 대한 반응은 있었을 것이다), 그렇다고 해도 이대로 빈손으로 돌아갈 수는 없었으므로, 둘러앉은 그 세 명의 고리 안에 끼는 형태로 그곳에 앉았다.

물론 술판에 참가할 생각으로 앉은 것은 아니다. 시체인 그녀에게 알코올 따윈 그냥 보존용액일 뿐이다.

만약 제삼자 기관이 심사하는 상황에서, 이 장면에서 오노노키 요츠기의 적절한 행동을 가정한다면 개별행동을 중단하고 나오에츠 고등학교로 향하고 있는 나하고 합류한다…는 것이겠지만, 사지를 찢길지언정 그것만은 절대 피하고 싶었던 오노노키 요츠기는 그 선택지를 깨닫지 못한 척을 했다.

혹은 정말로 깨닫지 못했는지도 모른다.

너무 싫어서.

"태평스럽네. 귀신 오빠가 큰일이 났는데, 다들 술판을 벌이고 있다니."

인간은 켕기는 일이 있을 때에는 타인을 나무라게 되곤 하는데, 그것은 시체가 되어서도 마찬가지인지, 오노노키 요츠기는 세 명(중 둘은 신)에 대해서 쓴소리를 했다.

그녀도 신이라고 하자면 신이므로(식신이다) 이 부분의 상하관계는 딱히 불경에 해당되지 않을지도 모르지만.

"응, 괜찮은 것 같아. 그 부분은."

그렇게 대답한 것은 하치쿠지 누나였다. 술에 거하게 취했기 때문에 어색해진 목소리가 한층 더 어색해진 느낌이지만, 그러나 중심 부분은 묘하게 또렷한 어조였다.

“나도 조금 전에, 얘, 츠바사한테 들은 건데… 그래서 지금, 축배를 들고 있는 거야.”

“축배. 냐하하하.”

뭐가 재미있는 것인지 웃는 유녀.

쿠치나와 씨도 역시, 거기서 “샤샤샤샤샤~.” 하고 웃는다.

어쩐지 결말이 나 버린 듯한 분위기에 제대로 끼어들지 못해서 오노노키 요츠기는 불편함, 분위기의 어색함을 느끼지 않을 수 없었지만(느끼는 것이다), 그렇다고 해서 분위기를 파악하고 떠나갈 수는 없다.

그런 짓을 했다간 나오에츠 고등학교에 가야만 하게 된다. 말도 안 된다.

“여러 가지로 착각을 하고 있었다는 이야기야. 나도, 다른 사람들도. 물론 아라라기 군도 말이지.”

그렇게 하치쿠지 누나는 말을 이었다.

“너도…일까? 아니, 그런 게 아니라, 좀 더 자세히 말하면, 이 세계 자체가, 다대한 착각의 산물이라고 말해야 할까.”

“이해가 잘 안 되는데.”

오노노키는 언제까지 주정뱅이의 의견을 듣고 있어야 할지 판단을 내리지 못하면서도, 상대의 말을 번역해서 자기 나름대로 해석했다.

“이렇게 생각하면 되는 건가? 당신들의 차분한… 이라기보다, 도를 넘어선 그 태도에서는, 이렇게 생각돼. 이미 사태는… 사건은 종결되어 있다, 라고."

"정확히 말하면, 종결로 향하고 있다, 냥."

여섯 살 하네카와가 대답한다.

어조는 영 못 미덥다.

"향하고 있는 것은, 물론, 아라라기 군 본인이겠지만… 원래부터, 그뿐인 이야기를 하자면, 그것뿐인 이야기였다냥. 아라라기 군이, 자각할 때까지의 이야기…. 우리는, 그 애가 깨닫는 것을 기다리고 있으면, 그것으로 족했다냥."

"깨닫는 것을…?"

"**파트너의 존재를 깨달으면**…. 다만 그 파트너가 **실수로 갇혀버렸던** 것이 사태를 조금 복잡하게 만들었던 것이다냥…. 그렇지 않았더라면 첫날에 끝났을, 끝의 다음이다냥. 그러니까 내가, 으냐으냐으냐, 조금 움직이게 되었던 것인데냥… 고롱고롱."

"……."

상당히 중요한 말을 한 것처럼 생각되기도 하지만, 그러나 역시 요령부득하다. 다만 그래도 왠지 모르게.

요컨대 왠지 모르게, 자신의 일은 끝났노라고, 오노노키 요츠기는 이때 직감했고, 그리고 실감했다.

나머지는 그저, 여기서.

나오에츠 고등학교를 경유한 아라라기 코요미가 돌아오기를, 이 세 명의 주정뱅이들과 함께 기다리고 있으면 되는 것이라고, 이해했다.

그 이해는 일을 하나 마친 성취감과는 완전히 인연이 먼, 그렇기는커녕 획득하기 직전의 뭔가를 잃어버린 듯한 상실감을 동반한 실감이었다.

뭐, 좋다.

언젠가 이런 날이 올 것이라고 생각하고는 있었다.

029

나오에츠 고등학교에 도착하고, 자전거 주차장에 BMX를 세우고 나서 학교 안을 걸어 보니, 어쩐지 분위기가 일변해 있음을 느꼈다.

그것은 단순히 좌우가 역전되어 있기 때문은 아니었다. 이제 이곳은 내가 와야 할 장소가 아니라고 완곡하게 거절당하고 있는 듯한 기분이 들었다.

기분의 문제이겠지만.

졸업한다는 것은 이런 것일까. 그렇게 실감한다. 나는 고등학교를 졸업하고, 어딘가 후련해진 듯한 기분이었지만… 뭐랄까, 이렇게 보니, 컨베이어벨트처럼 순서가 왔기 때문에 쫓겨난 것이나 다를 바 없는지도 모른다.

이전에 오기하고 중학교를 방문했을 때도 비슷한 생각을 했는데, 고작 하루가 지났는데도 이런 기분을 느끼게 되는 법인 듯하다. 쓸쓸한 것하고도 다르고, 공허한 것하고도 다르지만, 역시 이것은 기분의 문제일 것이다.

그런 생각을 하면서 나는 건물 안에 들어갔다. 토오에 씨는 내 등에 '나 오 에 츠 고 교'라고밖에 적어 놓지 않았다.

그래도 상당히 구체적인 좌표이기는 했지만, 그러나 나오에츠 고등학교는 결코 작은 학교가 아니라서 이후의 움직임을 정하기가 어려웠다…고는 해도, 우선 발길을 향해야 할 곳은 내가 마지막으로 사용했던 교실일 것이다.

센조가하라 히타기와 하네카와 츠바사하고 보냈던 교실.

그곳에 무엇이 있는지, 혹은 누가 있는지는 알 수 없지만, 나는 계단을 올라서 최상층에 도달한다.

다행히 그동안 누구와도 지나치지 않았다.

방과 후가 되어서 학생들은 모두 빠져나간 것 같다. 레이니 데빌, 즉 칸바루 스루가는 출석조차 하지 않은 듯한데, 그 녀석, 이 세계에서는 괜찮은 걸까? 애초에 학교에 다니고 있는지가 아무래도 수상한데…. 토오에 씨의 말로 보면 그 부분의 앞뒤는 맞지 않아도 괜찮은가.

그런 생각을 하면서, 나는 아직 그립다는 느낌도 들지 않는 교실의 문을 열었다. 결론부터 말하면, 그 교실에는 아무것도 없었다.

깨끗하게 청소된 교실의 분위기에서, 그때까지 이상의 거절의 느낌을 받았을 뿐이고, 물론 아무도 없었다.

"……."

헛심 썼다는 이야기일까? 아니, 토오에 씨가 지시한 장소에 아무것도 없는 경우가 있을 리 없다. 그렇다면 다른 장소?

이제까지 사용했던 적 있는 교실이라든가, 체육관이라든가 넙죽 바닥에 엎드렸던 교무실이라든가, 혹은 몇 번인가 괴이 배틀의 무대가 되었던 운동장이라든가…. 그렇게 짚이는 곳이 없는 것도 아니지만, 어느 곳이나 감이 오지 않는다.

이거다 싶은 느낌이 없다.

애초에 토오에 씨는 나에게 익숙한 장소에 뭔가가 있다는 말은 하지 않았다. 하지만 파트너를 찾으라는 말의 의미를 포함해서 생각하면, 그녀는 역시 아라라기 코요미에 얽힌 어딘가를 힌트로서 보여 준 것이 아닐까 하고 예상할 수 있다….

하지만 그렇다고 한다면 1학년과 2학년 때 사용했던 교실일 가능성은 없겠네…. 이미 내가 사용하지 않게 되고 후배들이 사용한 지 1년, 혹은 2년이 지나서, 나와의 인연은 이 교실보다 훨씬 엷다.

여기가 아니라면 이 주변도 아니겠지…. 가능성이 높아 보이는 것은 역시 괴이와 얽혔던 운동장일까?

아니면 체육창고.

그곳은 괴이와 인연이 있다기보다는 하네카와와 인연이 있는 장소이지만…. 그렇다면 갑자기 그곳을 탐색하는 것은 왠지 모르지만 조금 꺼려지는걸.

그러다가.

거기서 나는 전혀 다른 가능성을 깨달았다. 인연이라고 하자면 나에게, 3학년을 보냈던 이 교실보다 훨씬 인연이 깊은 교실이 있음을 깨달았다.

내가 그리 화려하다고는 할 수 없는 고교생활을 보내게 된 원인이라고 해야 할 교실이며… 시간이 멈춘 장소.

그리고 그렇다면, 그곳에 있을 인물도 확실했다. 갑자기 답이 눈앞에 디밀어진 기분이었다.

오이쿠라가 좋아하는 수학 퍼즐에서는 흔한 이야기다. 난해하게 보이는, 해답을 낼 수 없다고 생각되던 문제도, 어느 순간 갑자기 출제자의 의도를 깨달으면 금방 풀려 버릴 때의 그 느낌.

과연.

…이라고밖에 생각되지 않는다.

나는 교실을 나섰다. 더 이상 나의 교실이 아닌 교실을 나선다.

030

깜짝 놀랄 정도로, 간단히 그녀는 그곳에 있었고,

"여어, 늦으셨네요. 기다리다 목 빠지는 줄 알았어요, 아라라기 선배."

…라는 자신의 삼촌 같은 대사로 나를 맞이했다.

오시노 오기.

오기.

나오에츠 고등학교 1학년인, 나의 후배.

삼촌, 즉 오시노 메메처럼 따라한 것은 어제의 앙갚음인지도 모른다. 그렇다면 상당히 모양새가 난다.
과연 친척이다.
그렇다.
"그렇다기보다, 뭔가요, 그 차림은? 하지 마세요, 저의 코스프레 같은 건."
"그런 너도 내 코스프레를 하고 있는 것 같은데…?"
되묻는다. 오기는 나오에츠 고등학교의 교복, 요컨대 차이나 칼라의 교복을 입고 있었다. 그런 차림으로 교실의 책상 위에 앉아 있었다.
1학년 3반의 책상이다.
다만 **현재의** 1학년 3반도 아니고, 그리고 또한 **현존하는** 1학년 3반도 아니다. 내가 예전에 재적했고, 그 뒤에 후배들이 사용한 교실도 아니다. 그런 것이 아니라.
오기가 전학 온 지 얼마 되지 않았을 무렵에 나와 그녀가 길을 잃고 들어왔던, 그리고 **감금되었던**, 구조도를 보기로는 나오에츠 고등학교에 본래 존재하지 않는, 교실의 유령. 1학년 3반의 망령.
굳이 말하자면.
아라라기 코요미와 오시노 오기의 시작의 장소.
"뭐, '이것'은 단순한 장난이에요. '그것'도 그냥 장난이었지만요…."
그렇게 오기는 우습다는 듯 말했다.
뺨을 부풀리고 있는 것이, 웃음이 터지려는 것을 참고 있다는 느낌이었다. 내 코스프레 차림이 그렇게나 우스운 걸까?

"여기 올 때까지 아무도 딴죽을 걸어 주지 않은 건가요? 아니면 한 타이밍 늦은 딴죽의 대기 상태였나요? 아라라기 선배. 교복이 제 교복하고 바뀌어 있다고 해서, 일부러 그것을 입고 올 필요는 전혀 없었을 텐데."

"아."

"'아'가 아니라고요. 정말이지, 어리석네요. 뭐, 그것이 당신의 장점이라고도 할 수 있지만요. 걱정 마세요, 그렇게까지 끔찍하지는 않아요."

위안이 안 된다고.

그렇게 생각하면서, 나는 자기 자리를, 당시에 사용했던 자기 자리를 찾아서 그 자리에 앉았다. 시계를 확인하니, 좌우가 반전되어 있기는 했지만, 그때와 달리 그 바늘은 움직이고 있었다. 그때 움직이기 시작했던 시간은, 그 뒤에 멈추지는 않았던 듯하다.

그 밖에 아무도 없는, 오기와 단둘인 것은 그때와 마찬가지이지만. 아니, 단둘이 아니라 혼자라고 말해야 할까?

오기는, 나의 분신이니까.

내 그림자이며, 나의 현신이니까. 거울에 비친 나 자신이니까.

오시노 오기. 요컨대.

그녀야말로 나의 파트너다.

"…그런데, 어라? 이상하지 않아?"

"어라. 뭐가 말인가요? 아라라기 선배? 이상한 건 아무것도 없어요."

오기가 고개를 갸웃거렸다.

장난치고 있을 때의 동작이다.

"아니…. 네가 이 세계의 아라라기 코요미라고 하면, 네가 없으니까 나는 네가 되어 가는 거다, 세계로부터 그런 압력이 있는 것이 아닐까 하고 생각하고 있었는데 말이야…. 네가 여기에 있다면, 어째서 내 교복이 너의 것하고 바뀌어 있었던 거야?"

왠지 모르게 이 세상의 오기, 요컨대 이 세계의 '아라라기 코요미'는 나와 바뀌어서 원래 세계로 간 것이 아닐까, 하는 생각도 하고 있었는데, 여기에 있다는 이야기는 그렇지 않았던 건가?

아니, 오기는, 이런 표현은 좀 그렇다고 생각하지만, 이 세계관 이상으로 뭐든지 가능하니, 두 사람이든 세 사람이든, 있을 수 있을지도 모른다. 한 명이 원래 세계로 가고, 다른 한 명이 이렇게 여기에 남아 있다든가….

"여러 가지 생각을 하시네요, 아라라기 선배. 그러니까 생각이 너무 많은 거예요. 블랙 하네카와 씨에게도 그렇게 전했을 텐데요."

"어… 전했다고? 블랙 하네카와에게? 그건 어떤…."

어떤 의미고 저떤 의미고 있겠는가.

그 고양이에게 나를 구출해 달라고 의뢰한 사람이 오기였다는 이야기일 뿐이다. 어쨌든 나 자신이니까 일단 그렇다고 생각해 버리면 의문의 여지없이 납득할 수 있었다.

하네카와하고 오기는 사이가 나쁜 정도가 아니었으니까 그럴 가능성을 이제까지 생각하지 않았는데, 세계관이 뒤집혀 있다면 거기에 협조의 여지도 있을 것이다.

"생각이 너무 많다는 건가…. 적당히 생각하고, 적당히 이해해야만 한다…."

"그건 토오에 씨의 의견인가요? 하지만 이치에 의한 풀이에는, 어찌하더라도 한계가 있지요. 제가 말하는 것도 뭐하지만요."

오기는 히죽히죽 웃었다.

속을 알 수 없는 웃음이다.

"아뇨. 안심하세요, 아라라기 선배. 여기가 골이에요. 여기부터 새로운 목적지가 있거나 하지는 않아요. 저기요, 아라라기 선배."

"왜 그러는데."

그렇게 경계하면서 대응하는 나.

만약 그녀가 이제부터 답 맞추기를 하자고 말한다면, 그야 경계한다. 파트너를 찾으라는, 이제까지 몇 번이나 들었던 말의 의미가 그대로 범인을 찾으라는 의미였다면.

오기의 너무 빠른 리벤지 설은 딱히 부정되었던 것이 아니다. 이제부터 시작되는 것은 수수께끼 풀이가 아니라, 범인의 고백일지도 모르는 것이다.

"꿈이라는 결말이라고 생각하지 않으셨나요?"

"어? 아, 그건…."

경계하고 있는데, 타이밍을 흐트러뜨리는 듯한 말을 듣고 나는 김이 새려고 했다. 뭐야, 젠체하는 건가?

"그야 생각했지. 한두 번이 아니었어. …그렇다기보다, 이런 상황에서 그렇게 생각하지 않을 녀석이 있겠냐? 이론에 맞지 않고 모순투성이인, 인과관계를 무시하는 세계…. 명석몽明晳夢이라고 하던가? 지금도 그냥 꿈속인 게 아닐까 하고 생각하고 있어."

"그러네요. 칸바루 선배의 어머니와 혼욕하거나, 저의 교복을 입거나, 꿈같은 꿈인 걸요."

"아니, 그것들이 내 소망이었던 것처럼 말하지 마."

"지옥에서 불씨를 빌리러 온 것 같던 오이쿠라 씨가 그런 식으로 명랑하게 살고 있는 모습은, 그래도 보고 싶다고 생각하셨던 거 아닌가요?"

"지옥에서 불씨를 빌리러 온 것 같던 오이쿠라 씨라니…."

그 관용구*를 활용하는 녀석, 처음 만났어.

뭐, 사실상 나 자신이지만 말이야…. 또한 더 이상 없을 정도로 오이쿠라에게 어울리는 말이네.

"다만 꿈이라고 한다면 좀처럼 설명이 안 된다고 할까…. 바라고 있지 않던 일도 일어나고, 내가 모르는 일이 너무나 많아."

"후후후. 하지만 어떨까요. 모르는 건 꿈에 나오지 않는다는 말도, 사실은 근거가 없어요. 사람은 악몽도 꾸고 말이죠."

※그 관용구 : 지옥에서 불씨를 빌리러 오다(地獄から火を取りに来たよう). 몹시 수척하고 볼품없는 모습을 말하는 일본어 관용구.

"그 생각도 하기는 했는데 말이지…. 그렇다면 역시 이 세계는 내 꿈이라는 이야기야? 나는 집에 있는 침대에서 잠들어 있고, 아직 깨어나지 못하고 있다는 거? 여동생들이 깨우지 않으면 나는 이렇게나 잠자리에서 일어나지 못하는 건가?"

"혹은 졸업식의 귀갓길에 저의 BMX를 타고 신나게 달리다가, 하치쿠지 씨나 토오에 씨처럼 교통사고를 당해서 입원했고, 지금은 한창 생사의 기로를 헤매고 있는 중…. 이건 생사의 갈림길에서 꾸고 있는 꿈…."

"……."

"뭐, 그런 사태가 벌어지려 하면 시노부 씨가 당신을 구하지 않을 리가 없지만요. 그런 걸 두고 너무 생각이 많다고 하는 거예요."

예시예요, 라고 말하는 오기.

여전히 하는 말은 명확해도 무슨 말을 하고 싶은지 수수께끼인 여자애다. 이것이 나의 파트너이자 또한 분신이라고 하니, 좀처럼 받아들이기 힘들다.

블랙 하네카와를 받아들여 보인 하네카와의 위대함을 새삼 깨닫게 된다.

"그러면 이런 건 어떨까요? 오기적的으로는 상당히 유력한 가설인데요."

"뭔데, 또. 이왕 이렇게 되었으니, 얼른 말해 봐."

"괜찮아요, 그렇게 대비하지 않으셔도. 가설은 이것으로 마지막이에요. 아라라기 선배. 지금부터 2년 전, 당신은 이 교실에서 오이쿠라 소다치와 갈라서셨죠?”

“…응.”

뭐, 소꿉친구였던 그 애와는, 그것보다 훨씬 전부터 갈라섰던 것이나 마찬가지였지만 결정적이었던 것은 그날, 그때다.

“네, 그렇고요. 그리고 키스샷 아세로라오리온 하트언더블레이드와 만난 것이 지금으로부터 1년 전의 봄방학. 그 뒤로 많은 일들이 있으셨죠. 하네카와 선배와 인연이 생기고, 센조가하라 선배와 사랑하는 사이가 되고, 마요이와 친구가 되고, 칸바루 선배와 놀고, 센고쿠하고 관계를 회복하고…. 삼촌이나 카게누이 요즈루, 카이키 데이슈에 오노노키 요츠기, 테오리 타다츠루, 그리고 시시루이 세이시로, 여러 이름과 여러 곳에서 만나셨죠.”

“…그게 어쨌는데? 이제 와서 총집편이야? 졸업식을 마치고, 이제 와서 새삼스레 사인장이라도 만들라는 이야기야? 아니면, 색종이로 롤링페이퍼라도 만들게?”

“그.”

오기는 나의 익숙지 않은 농담을 무시하고, 그런 식으로 말했다. 나에게 마지막 가설을 제시했다.

“그 전부가 꿈이었다면, 어쩌시겠어요?”

이번 이야기가 아니라.

이제까지의 이야기 전부가 꿈이라는 결말이었다면.

031

키스샷 아세로라오리온 하트언더블레이드와 사투를 벌이고.
오시노 메메에게 구원받고.
하네카와 츠바사—블랙 하네카와와 맞서고.
센조가하라 히타기를 계단 아래서 받아 내고.
하치쿠지 마요이를 집으로 바래다주고.
칸바루 스루가와 사랑의 쟁탈전.
센고쿠 나데코를 주술로부터 해방하고.
블랙 하네카와와 다시 맞서고.
오시노 시노부와 화해하고.
카이키 데이슈를 추방하고.
오노노키 요츠기와 싸우고.
카게누이 요즈루의 묵인을 받고.
하네카와 츠바사에게 고백받고.
하치쿠지 마요이를 구하지 못하고, 헤어지고.
시시루이 세이시로와 대결하고.
오이쿠라 소다치와 재회하고.
센고쿠 나데코를, 역시 구하지 못하고.
테오리 타다츠루의 표적이 되고.
그리고 오시노 오기와 결판을 냈다.
그런 1년이, 1년에 걸친 우리의 이야기가 전부 꿈이었다? 나는 이세계로 길을 잃고 들어온 것이 아니라, 그냥 잠에서 깨어난 것뿐이다?

많은 사람이 매일 아침 그러는 것처럼.

그냥, 깨어난 것뿐이라고?

그 슬픔과 기쁨과 쓸쓸함과 분함과 괴로움과 즐거움과 웃는 얼굴과 우는 얼굴과 말과 강함과 생과 사가… 전부 내가 꾼 꿈에 불과하다?

이 앞뒤가 맞지 않는 모순된 세계야말로 진짜 세계이며, 원래 세계이며, 내가 원래 존재했던 세계다?

어느 쪽에서 봐도, 어느 쪽이나 가짜…. 시노부는 그런 식으로 말했는데, 그러나 가짜였던 것은 나의 세계 쪽이었다?

나만이 가짜였으며.

세계는 계속 보편적이었다.

다음 날 아침, 나는 평소처럼 잠에서 깨어난다.

"…그 전부가 꿈이었다면."

나는.

아라라기 코요미는 대답했다.

"아주 좋은 꿈을 꾸었다고 말하며 기지개를 켜고, 분명 행복한 기분으로 오늘 하루를 살아갈 수 있을 거야."

"꿈같은 대답이네요."

그러면 이 가설은 철회하죠.

그렇게 오기는 어깨를 으쓱해 보였다. …뭐라고?

"아뇨, 그러니까 가설의 철회예요. 이건 아니라고. 그러면 잡담은 이 정도로 하고, 슬슬 본론으로 들어가죠."

"잡담?!"

아니, 아니, 아니, 아니!

상당히 진지한 느낌이었잖아, 지금 거!

그런 느낌으로 전작을 깔끔하게 마무리해 놓고 이렇게 뒤집는구나, 망쳐 놓는구나, 같은 위험함이 연출되었잖아!

"핫하~. 천하의 오기도 그 정도의 배짱은 없어요."

"이런 악질적인 페인팅을 거는 시점에서 상당한 배짱이라고…. 어, 그러면 아닌 거지? 지금까지의 이야기가 전부 꿈이었다는 결말은 아닌 거지?"

"보증할게요. 지금까지의 이야기가 전부 꿈이었다면 대체 어느 정도로 긴 꿈을 꾸고 있는 거냐는 이야기가 되잖아요…. 그러고 보니 요전에 이야기했던가요? 호접지몽에 대해. 인간인 제가 나비가 된 꿈을 꾸고 있는지, 아니면 나비인 제가 인간이 된 꿈을 꾸고 있는지…. 과연 어느 쪽이 꿈이란 결말일지."

"으응…. 뭐, 꿈이란 결말도 그런 식으로 이야기되면 시사하는 바가 많겠지만."

"하지만 아라라기 선배. 이 이야기, 확실히 시사하는 바가 많기는 하지만, 결정적인 구멍이 있다고 생각하지 않으시나요?"

"구멍?"

몇 천 년 전부터 이야기되고 있는 유명한 에피소드에서 구멍을 발견했다는 것일까…. 그거 참 대담하네.

"역사적 사실에 도전한다는 것도 역사 미스터리의 일환이라고요. 고문서에 기록되어 있다고 해서 그 에피소드가 절대적인 건 아니에요. 혼노지의 변*은 진짜로 있었는가? 라는 식으로."

"그런 식으로 호접지몽은 정말로 있었는가? 라는 생각이야?"

"없었다는 것이 저의 결론이에요. 그건 고대 철학자의, 일종의 사고실험이었을 거예요. 그야말로 가설이고 예시죠. 요컨대 이런 거예요. '꿈을 꾸고 있었다. 나는 꿈속에서 한 마리 나비였으며 꽃에서 꽃으로 날아다녔다. 눈을 떴다. 나는 인간이었다. 하지만 문득 생각한다, 이것은 나비인 내가 인간이 된 꿈을 꾸고 있는 것일 뿐이 아닐까…'."

"모순은 없다고 생각해. 적어도 이론상으로는 부정할 수 없어."

"감정적으로 부정한다면 이렇게 되죠. '나비가 된 꿈 같은 건 안 꾼다고!'"

과연 나의 분신.

나와 똑같은 어조, 나와 똑같은 느낌의 딴죽이었다. …그리고 한 박자 쉰 후.

"그 어떤 황당무계한 꿈속에서라도, **나 자신이 자신이 아닌** 일은 없지요. 아니면 있나요? 아라라기 선배. 나비가 된 꿈을 꾸신 적이. 나비가 아니어도 상관없지만, 개라든가 새 같은 것이 된 꿈."

그렇게 오기는 말했다.

※혼노지의 변(本能寺の變) : 일본 전국시대에 아케치 미츠히데가 모반을 일으켜서 오다 노부나가가 죽게 된 사건. 이후 도요토미 히데요시가 실권을 잡는다.

…없네.

응, 확실히 없다….

지금까지의 인생에서 여러 꿈을 꾸어 봤지만, 시점은 항상 자신이었다. 자신이 내가 아니었던 적은 없다.

가령 백보 양보해서 나비가 된 꿈을 꾸었다고 해도 그것은 '나비가 된 나'일 뿐일 것이다. 애초에 나비에게 인간이 된 꿈을 꿀 정도의 사고능력이 있을 것이라고 생각되지도 않는다.

"그렇죠. 꿈이란 늘 본인에 의한 1인칭 시점이에요. 나비에게 거울 인식은 불가능하겠죠. 뭐, 그렇기에 비유의 일종이에요. 알기 쉽게 하기 위해 나비 같은 걸 예로 들었던 거겠죠. 말하자면 과장된 꿈이에요."

그렇게 오기는 말했다.

"꿈이라는 결말이 금지된 이유는, 비겁하기 때문이 아니라 리얼리티가 없기 때문이에요. 설득력이 결여된다. 이제까지의 전부가 꿈이었다는 말을 들어도, 아라라기 선배는 납득하실 수 없을 테죠."

"…뭐, 그야 그렇지. 하지만."

이제 와서 오기의 이런 고약한 장난에 화를 내 봤자 소용없겠지만, 그러나 너무나도 진실에 바짝 다가간 거짓말에, 뭔가 한마디 해 주고 싶어진다. 선배로서도, 파트너로서도.

뭘 어떻게 하고 싶은 거냐고, 이 녀석은.

쓸데없이 나를 혼란스럽게 만들지 마.

"그렇다면 이번에는 내 몸에 대체 무슨 일이 일어난 거야? 이

쪽이 꿈이란 이야기도 아니잖아? 저쪽 세계, 이쪽 세계. 거울 속, 거울 나라…. 좌우가 반대가 되질 않나 표리가 뒤집히질 않나, 뒤죽박죽이라서 머리가 어떻게 되어 버릴 것 같다고. 네가 뭔가를 알고 있다면 부디 알려 줬으면 좋겠어. 오기, 너는 대체 뭘 알고 있는 거야?"

"저는 아무것도 몰라요. 당신이 알고 있는 거예요, 아라라기 선배."

그리고 이해하는 것도 당신의 일이겠죠… 라고 말하는 오기.

"이해하는 게 느려서, 그런 식으로 꼴사납게 저의 코스프레 같은 걸 하게 된 거라고요."

"아…, 맞다."

꼴사납다는 것은 말이 심하다고 생각하면서도, 그것에 대해서는 받아칠 말이 없어서 거의 부끄러움을 얼버무리듯이 나는 질문을 던졌다.

"이 세계가 설령 어떤 세계이더라도, 네가 여기에 그렇게 있는 이상, 내 옷장의 교복이 여자용으로 변화할 이유는 없다고 생각하는데, 우선은 그 부분을 설명해 주지 않겠어?"

"설명할 것은 거기부터가 아니라고 생각해요…. 그리고 그 부분에 대해서는 이미 설명했잖아요."

"어? 아니, 들은 기억이 없는데?"

"'그것'은 장난이라고 말했잖아요. 처음에."

"……?"

들었던가? 아, 말했었지. 하지만 의미를 제대로 이해하지는 못했다. 내가 오기의 코스프레를 하고 있고, 오기가 내 코스프레를 하고 있는 것이 마치 고약한 장난 같다는 의미라고 생각하고 있었는데….

"말하지 않고 넘어가는 것이 나은 일이겠지만, 그러면 촌스러운 짓이라는 것을 알면서도 그 점에 대해 상세히 해설해 드리면, 아라라기 선배가 너무 느긋하게 오이쿠라 선배하고 찰싹 붙어 는실난실하고 계시는 것 같아서 제가 교복을 바꿔 놓았던 거예요."

"말하지 않고 넘어가도 좋을 리가 없잖아!"

그런 능동적인 행동을 그 한마디로 어떻게 읽어 내란 거야!

그렇다면 뭐냐고, 이 무의미한 드레스체인지는!

"그렇게 화내지 마세요. 아뇨, 저도 예상 밖이었다니까요? 교복에 변화가 있는 것을 보면 아라라기 선배가 조금은 초조해 하지 않을까 하는 기대가 있었는데, 초조해 하기는커녕, 설마 스타킹까지 신으실 줄이야…. 입지 않겠죠, 보통은."

초조해진 건 저였다고요, 황급히 학교 전체에 결계를 쳤어요, 라고 오기는 말했다.

아무래도 내가 학교에서 누구에게도 들키지 않고, 누구와도 마주치지 않을 수 있었던 이유는 단지 운이 좋았기 때문은 아닌 것 같다.

요컨대 교복의 변화, 반대 벡터로의 변화는 오기의 장난이었다는 이야기로 정리되는 듯하다.

"참고로, 하는 김에 자백하자면, 츠키히 씨가 얼굴을 씻어 주고 있을 때, 세면대 안에 보인 얼굴이 웃은 것도 저의 짓이에요."

"하는 김에 자백할 만한 일이 아니잖아… 어? 너, 그런 일도 할 수 있는 거야?"

"네. 뭐, 아라라기 선배하고 저는 동일인물이니까, 그 정도는 할 수 있어요. 그렇다기보다, 이 교실에 갇혀 있던 저에게 가능한 일은 그 정도였죠. 어느 쪽이나 그것도 아라라기 선배의 위기감을 부채질하기 위해서였지만요…."

"……."

그렇구나… 라고 오기에 대한 분노를 느끼는 한편으로, 우선은 안도한다.

내가 내가 아니게 된다든가, 아라라기 코요미가 사라진다든가, 적어도 지금 그런 상황은 아닌 듯했다. 하지만 그것은 내가 세계로부터 압력을 받지 않는다는 이야기일 뿐이지, 내가 세계에 가하는 압력까지 없어진 것은 아니다.

오기가 나를 '초조하게 만들려고 했다'고 말하는 것은, 요컨대 '얼른 돌아가라'라는 뜻이며 바람이었다고 해석해야 할 것이다.

그렇게 생각하면, 이 장난을 규탄해서는 안 될 것이다. 아마도 그런 인저리 타임도 없다.

"하지만 돌아가라는 말을 들어도 어떡해야 돌아갈 수 있는지를 모른다고, 오기. 아니면, 너라면 시노부처럼 게이트를 만들 수 있다는 거야? 아니, 애초에 너는 나의 더블로서의 오기야, 아니면 이 세계의 아라라기 코요미로서의 오기야, 어느 쪽이야? 어쩌면 혹은 그 양쪽 다일지도 모르겠지만…."

"저는 아라라기 선배의 더블이에요."

이 질문에는 예상 외로 간단히 답해 주었다. 오기가 질문에 일문일답으로 대답해 주는 경우는 거의 없으므로 나는 당황해 버렸다.

간단히 대답해 준 이유가 있다고 한다면, 앞으로 할 이야기가 길기 때문일까…. 오기는 잡담은 이제 끝이라고 말했는데, 이미 본론에 들어와 있는 걸까? 아니면 아직 도움닫기 중일까. 하다 못해 서장에는 들어와 있으면 했다.

"당신의 오시노 오기예요."

"그런 표현은 쓰지 말아 줄래…. 안 그래도 너의 정체가 판명되어서 거리감을 잡기 어려워진 참이야."

"매정하시네요. 아라라기 선배, 의외일지도 모르겠지만, 저는 이래 봬도 감사하고 있다니까요? 당신이 몸을 던져서 '어둠'의 제재에서 저를 구해 준 것에 대해 보답하고 싶다고 생각하고 있어요."

뻔뻔스런 어조라서 전혀 믿을 수가 없지만, 그런 식으로 말하면 무시할 수도 없다.

정말로 의외이지만 말이야.

"나의 더블…. 하지만 그렇다는 이야기는, 나하고 같이 이 거울 나라로 왔다는 거야? 뭐, 흡혈귀인 시노부와 달리, 너라면 너인 채로 이쪽으로 올 수 있을지도 모르겠지만…. 그렇다면 또 사라졌던 문제가 부활하네. 이 세계에 있었을, '뒤집힌 아라라기 코요미'는 대체 어디에 있는 거야?"

"……."

어라.

오기가 질문에 순순히 대답하지 않는 것은 늘 있는 일이지만, 말이 없다니, 이것은 이것대로 별일이다. 삼촌과 마찬가지로, 어쩌면 삼촌 이상으로 수다스러운 애인데.

"오기?"

"거울의 반사율 이야기… 누군가에게 들으셨던가요?"

내가 부르자, 오기는 그렇게 말하며 나를 응시했다. 그, 빨려 들어갈 것 같은 검은 눈동자다.

"누군가에게라니…. 네가 내 더블이라면 내 동향은 전부 파악하고 있을 거 아냐? 오이쿠라에게 들었어."

"오해가 있는 것 같네요. 저는 딱히 아라라기 선배의 모든 것을 파악하고 있는 건 아니에요. 그렇지 않다면 존재하는 의미도 없고요. 겹치면서도 어긋나 있기 때문에, 저는 저의 비판자일 수 있어요."

오이쿠라 선배인가요.

뭐, 어울리는 역할이네요, 라며 웃었다.

"네, 거울의 반사율은 일반적으로 약 80퍼센트. 보통은 그만큼 흐려져 있다고 표현하지만, 달리 표현하면 약 20퍼센트가 반사될 때에 깎여 나간다, 말하자면 '사형'에 처해지고 있다는 의미도 있겠네요."

"'사형'…."

그렇다.

비율이 큰 만큼, 어쩔 수 없이 8할 쪽을 주체로 보게 되는데, 나머지 2할을 주체로 본다면… 아니, 보이지 않는 것이다.

그곳에 빛이 없으니까.

흡수되어, 튕겨 나오지 않으니까.

"…그렇다면 요컨대… 이 세계에는 원래부터 아라라기 코요미는, 없다…?"

나는 '없는 쪽'의 20퍼센트였다는 건가?

그렇다면 아무리 찾더라도 보이지 않을 만하다. 있는 것을 발견하려는 것은, 없는 것을 발견하려는 것보다는 쉽다. 어떤 이를 발견하려고 해도, 없으면 발견할 수 있을 리가 없다. 나는 거울에 흡수되어 반사되지 않는 측의 빛이었던 건가… 아니, 잠깐.

그럴 리가 없잖아.

어제, 거울 속에 흡수되기 전에 나는 거울에 비친 자신의 모습을 확인했고, 그 일이 있었던 곳부터 이번 이야기가 시작되었다. 가령 내 흡혈귀성이 증대되어서 거울에 비치지 않을 때에 그랬다면 몰라도, 그렇지는 않았다.

그리고 만약 그 부분의 이론은 빼놓고, 어쨌든 당신은 거울에 반사되지 않는 20퍼센트 측이라는 말을 듣는다면 그것에 납득할 수도 있다. 그렇지만 궁극적으로는 '그래서 어떻다는 건데?'라는 이야기다.

거울에 흡수되는 빛이니까 거울 속으로 빨려 들어갔다는 이야기도 아닐 것이다. 그래서는 나만이 흡수되지는 않았을 것이다.

"…오기, 그것도 가설이야?"

"아뇨, 아뇨. 아라라기 선배의 지레짐작이에요. 가설을 이것 이상으로 조합할 생각도, 아라라기 선배의 마음을 빨아들일 생각도 없어요. …그렇죠, 뭐라고 말해야 할까요. 그야말로 지레짐작이에요."

오기의 그런 말에 나는 답답한 기분에 시달린다. …지레짐작.

확실히 그것을 반복한 결과가 지금 상황인지도 모른다. 지레짐작만 반복해 온 고등학교 생활이었는지도 모르지만.

"하지만 저는 아라라기 선배의 그런 성급함도 결코 싫어하지는 않지만요. 아라라기 선배의 자상함이라고 할까, 잘라 버려지는 20퍼센트를 동정해 버리는 부분도."

"……?"

이리, 이리~ 라며 오기는 거기서 나에게 손짓을 했다. 선배를 손짓으로 부르다니 뭐 이런 후배가 다 있나, 라고 생각했지만 이런 행위는 칸바루에게 많이 당해서 익숙하므로 아무렇지도 않다.

나는 자리에서 일어나서 오기가 있는 곳으로 이동한다. 지금 깨달았는데, 그녀가 앉아 있는 자리는 당시에 오이쿠라가 앉아 있던 자리였다.

정말이지, 일일이 연출하기를 좋아하는 후배다.

"헤~이."

다가간 나에게, 그런 목소리와 함께 하이터치를 요구한다. 뭐냐고.

"헤~이."

호응했다.

짝, 하고 상쾌한 소리가 난다.

"…그래서, 뭐야, 이건?"

"아뇨, 아뇨."

그렇게 말하는 오기.

"저하고 아라라기 선배는 거울 면의 동일인물, '뒤집힌' 존재이기는 하죠. 그렇지만 사이에 거울 면을 끼게 되면 이렇게 손과 손을 마주칠 수는 없잖아요?"

"……."

어딘가에서 그런 생각을 했었지. 어디였더라.

거울 면이란, 엄밀히 말하면 유리를 사이에 낀 '뒷면'에 도포된 은막을 가리키니까, 거울 상과 손을 맞대려고 해도 유리의 두께만큼 틈이 생긴다….

"토오에 씨가 등을 씻어 줄 때예요. 왜 그 충격적인 사실을 없었던 일로 만들려고 하시나요."

"아, 그랬던가. 시추에이션은 그렇게 중요하지 않아서 까맣게 잊고 있었어. …유리의 두께가 중요한 거야?"

"중요한 것이 아니라 중후重厚한 거예요. 요컨대 거울 속에 들어가려고 한다면, '거울 나라'로 여행을 떠나려고 한다면, 우선 **유리를 물리적으로** 통과해야만 하니까요."

우선 '통과하는 후프*'가 필요해지는 거죠, 라고 오기는 도라

※통과하는 후프 : 〈도라에몽〉에서 등장하는 비밀도구 중 하나. 바닥이나 벽에 설치하면 후프 크기의 통로가 생긴다.

에몽의 비밀도구로 예시를 들었다.

거울 속으로 들어간다는 판타지한 행위에 그런 물리현상을 끌어들이는 것도 이상한 느낌이지만….

“수면이라든가 윤이 나는 철판에 직접 비치는 것이라면 몰라도, 거울이 되면 일단 유리가 성문이 되어서 가로막고 있다는 건가…. 뭐, 하는 말은 이해가 되지만… 그게 어쨌는데?”

“어쨌냐고 물어보시면 그것이 답이라고 말씀드릴 수밖에 없겠네요. 예전에 이 교실에 갇혔을 때, 제가 말했잖아요.”

“응? …이런저런 말들을 들었다고 생각하는데, 어떤 거 이야기야?”

“흡혈귀는.”

흡혈귀는 허가 없이 방에 들어갈 수 없다.

아, 말했었다. 그래서 갇혀 있었던 거라는 둥, 나올 수 없었다는 둥. 그리고 그 특성으로 보면 흡혈귀성을 띠고 있는 나에게는 ‘거울 안에 들어간다’ 이전에 ‘유리를 통과한다’는 행위 쪽이 훨씬 어렵다….

거울 속에 들어가는 것은 흡혈귀성을 ‘저쪽’에 놓고 오는 것으로 가능했다고 해도, 유리를 통과한다는 것은 인간도 불가능…. 그런 이야기를 하자면 전부 불가능하지만.

이 애는 무슨 말을 하려는 거지?

결국 지금도 가설을 가지고 장난치고 있는 것으로밖에 생각되지 않는데…. 아니면 이미 해답에 가까이 다가가 있는 걸까?

“생각이 너무 많은 건 좋지 않지만, 생각이 없는 것도 좋지 않아요. 이것에 대해서는 말씀하신 대로예요. 그리고 사고방식이 반대예요, 아라라기 선배."

"응?"

"유리의 저편으로 지나가는 것은 불가능하더라도, 유리의 이쪽으로 **끌어들이는** 것은 흡혈귀도 가능해요."

"응?"

"조금 전에, 만약 꿈이란 결말이었다면 어땠을까 하는 이야기를 했잖아요? 뭐, 그런 건 아니었지만, 그래도 어떨까요? '이곳'이 진짜 세계라는 점까지는 아직 부정할 수 없다고 생각하지 않으시나요?"

오기의 말이 잘 이해가 되지 않았다.

어느 샌가 또 이야기가 바뀌어 있다는 기분이 든다. …하던 이야기로 돌아온 건가?

"아니, 아니. 오기. '이곳'이 진짜 세계라고 한다면, 그건 역시 '저쪽'이 가짜 세계라는 이야기잖아. 꿈속이 됐건, 거울 속이 됐건."

"저쪽을 '거울 속'이라고 생각하는 게 아니라, 이쪽을 '거울 밖'이라고 생각하면 되는 거예요. 모르시겠어요?"

"모르겠어. 점점 더 모르겠어. 안이든 밖이든, 그런 건 마찬가지 아니야?"

이쪽이 '거울 밖'이라고 한다면, 결국 내가 있던 세계는 '거울 속'이었다는 이야기가 되지 않는가. 아니, 아직 고려하지 않은 가능성이 딱 하나 있다.

나 스스로는 생각해 낼 수 없는 가능성이지만, 오기에게 재촉받아서 생겨난 가능성. **꿈이란 결말의 반대**다.

내가 원래부터 거울 나라의 주민이며, 지금 거울 밖으로 쫓겨났다고 한다면. 하지만 그것도 결국 가치관의 문제일 뿐일 것이다.

그렇다고 해도 내가 나인 것에는 변함이 없으니 오기의 질문에는 전혀 답이 되지 않는다.

내가 유리를 투과할 수 없는 이상, '거울 나라'에는 들어갈 수도 나올 수도… 끌어들인다? 지푸라기라도 잡으려고 하는 물에 빠진 사람을, **끌어올린다**?

나 자신은 헤엄칠 수 없지만, 수온을 확인하듯이 찰팍찰팍 수면에서 노는 정도는… 아니.

가령 수면에서.

유리를 사이에 둔 거울 면에서 '저쪽'을 끌어들이려고… 내가 대체 무엇을 인도했다는 거지?

"20퍼센트."

예요, 라고.

오기는 말했다.

"본래는 흡수되어 **튕겨 나오지 않았던 빛을**, 당신은 떠내고, 구해 냈어요. **게이트를 열어서** 이쪽으로 구출했어요. 아라라기 선배, 그 결과 당신은 이 세계를 '거울 나라'로 '만든' 거예요. '거울 나라'에 온 것이 아니라, '거울 나라'를 **끌어왔다는** 이야기예요. 마치 '나라 땅 끌어오기 이야기*'처럼요."

032

…라는 건, 물론 농담이에요.

오기가 그렇게 뒤를 이어 주기를 기대했지만, 그러나 그런 말은 이어지지 않았다. 오기는 "한 걸음 잘못 디뎠다간 대참사였죠, 정말로."라고 겁주듯 말했다.

즐거워 보인다.

"거울 나라에 당신이 말려든 것이 아니라, 당신이 거울 나라를 말려들게 한 거예요, 아라라기 선배."

"……."

"뭐, 나라라든가 세계라든가 하는 소릴 해 봤자, 영향이 있던 것은 기껏해야 이 동네 하나 정도지만요. 하지만 앞으로는 조심해 주세요, 아라라기 선배. 선배한테 어느 정도의 자각이 있는지는 모르겠지만, 당신은 전설의 흡혈귀를 모시고 있으며 신사의 신하고도 우호적인 관계를 쌓고 있고, 그러면서 온갖 괴이의 온갖 요소를 지닌 저와 동일인물이시니까요. 저를 보고 뭐든지 가능하다고 말씀하셨는데, 당신도 상당히 뭐든지 가능해요."

※나라 땅 끌어오기 이야기(國引き物語) : 일본 이즈모 지방에 전해져 내려오는 전승으로, 자기 나라 땅이 살기에 너무 좁아서 다른 나라의 땅을 잘라서 가져온다는 내용.

범인은, 오기가 아니라.

나였다는 이야기인가. 아니, 어느 쪽이라고 해도 그건 아라라기 코요미이며, 이제까지 해 오던 대로의 일인극, 그 속편이기는 하다.

그렇기는 하지만.

"…이미 대참사 아니야? 다른 시간축의, 세계를 멸망시킨 시노부와 좋은 승부잖아. 마을 하나를 엉망진창으로 만들다니…."

"아뇨, 아뇨. 어차피 가짜예요. 나라 끌어오기라고 해도, 물리적으로 물체를 끌어낸 게 아니라 기분상의 문제니까요. 저쪽도 가짜라면 이쪽도 가짜. 시노부 씨가 말씀하신 대로죠. 마을 전체에 '기분 탓'을 초래한 것뿐이에요. 사실 과거의 사건은 '역사'로서 바뀌지 않았잖아요? 사라졌던 빛을, 놓쳤던 빛을 고집스럽게 구제한 것뿐…. 잊혀 있던 자들을, 남겨져 있던 마음을 아주 조금 여러분들에게 기억나게 만든 것뿐이에요."

위험한 상태였던 것은 확실하지만요, 라고 오기는 나를 격려하듯이 말했다. 실제로는 격려하는 것이 아니라, 단순한 심술이겠지만.

"지금부터 적절하게 대응하면 아무 문제없어요. 그렇죠, 아라라기 선배 스타일로 말하면, 여러분들이 조금 좋은 꿈을 꾼 정도예요."

"…적절하게 대응이라…."

나는 단숨에 맥이 탁 풀린 듯이 자리에 앉았다.

"그것을 위해서는 여러 가지로 알려 줘야 할 것들이 있는 것 같은데."

"네. 물론 그것을 위해 제가 있는 거예요. 뭐, 전문가의 손을 빌릴 정도의 일은 아니에요. 곧바로 반응한 오노노키 요츠기는 과연 대단했지만, 우리들 선에서 충분히 처리할 수 있는 범위의 괴이담이에요. …하지만 앞으로는 정말로 주의해 달라고요? 우리는 전문가 녀석들에게 점찍혀 있는 감시대상이라는 것을 잊지 마시길."

"……."

확실히… 오싹하네.

이번 일을 가엔 씨에게 들켰다고 생각하면…. 아니, 모든 것을 아는 가엔 씨이니 이미 파악하고 있을지도 모르지만.

일련의 사건을 해결해서 간신히 평정을 되찾은 마을에 또다시 소동이 벌어지게 되면 얼마나 혼나게 될지…. 혼나는 것으로 끝나지 않을지도 모른다.

"아뇨, 파악되어 있을지는 모르지만, 혼낼 수는 없다고 생각해요, 그 사람도. 가엔 토오에의 존재를 이 마을에 **놓고 간** 것은 그 사람일 테니까요. 그것이 효과를 발휘했다고도 할 수 있겠지만, 역시나 일부러 한 짓은 아니겠죠. 하지만 토오에 씨가 없었더라면, 아라라기 선배가 이 교실에 도달할 때까지 좀 더 시간이 걸리지 않았을까요?"

"잘 이해가 안 되네…. 그렇게 나를 초조하게 만들고 싶었다면, 오기, 이런 교실에 숨어 있지 말고 우리 집으로 만나러 오면 됐을 텐데."

"그러니까, 갇혀 버렸었다니까요. 이 교실이 제가 있을 곳으로 설정되어 버린 것 때문에. **이곳**이 저의 미련… 착오라고 할까, 불운이라고 할까…. 장소 선정에 실패했어요. 그래서 멀리 에둘러 간섭하는 정도밖에 할 수 없었던 거예요. 저는 뭐든지 가능할지도 모르지만, 만능에서는 거리가 멀어서요."

"……."

"가엔 씨가 토오에 씨를 놓고 간 것은 씁쓸한 기억이기 때문이겠지만, 하네카와 선배의 경우에는 단순한 미련이겠죠. 여러분들과 작별하는 것이 어지간히 괴로웠던 모양이에요. 마치 여섯 살 난 어린애 같네요. 뭐, 그렇기에 연동할 수 있었다고 할 수 있겠지만요…."

그러면서도 웃는 얼굴로 떠나갔으니, 정말 그 거유는 어리석기 짝이 없네요, 라고 오기는 웃었다. 여전히 하네카와는 싫어하는 듯하다.

그렇지만 거울 나라도 아니었는데 이번에 그 하네카와와 공동전선을 펼쳤다는 것은, 그래도 오기에게도 변화는 생겨나 있다는 걸까.

내가 변했던 것처럼.

오기도 변하는 걸까.

"하네카와가… 그런 마음으로 떠나갔다니. 친구인데 전혀 알아주지 못했네."

"친구라고 해서 전부 훤히 들여다보는 건 그 거유 선배도 싫어하겠죠. 감추는 것, 숨기는 것이 많은 분이니까요. 오이쿠라 선배도 이 마을을 떠날 때, '아라라기 군하고 좀 더 사이가 좋아지고 싶었어'라는 마음을 간파당하고 싶다고는 생각하지 않았겠죠."

"……."

"인간이었던 시절의 키스샷 아세로라오리온 하트언더블레이드나 생전의 오노노키 요츠기라는 잔해, 아라라기 카렌의 '여자다움'에 대한 콤플렉스. 어른이 될 수 없었던 하치쿠지 마요이. 센고쿠 나데코나 칸바루 스루가의 내부에 숨어 있는 흉포함. 잊힌 것이거나, 잊고 싶은 것이었죠. 남겨졌던 **그런 것**을, 당신은 '이쪽'으로 가지고 왔어요. 그리고 만들었죠. '거울 나라'를."

빛의 마술 같은 것이지만요, 라고 오기는 농담을 했다. 제가 흑마법을 사용한다면 아라라기 선배는 백마법을 사용했다는 거예요, 라고.

그렇구나, 오기가 어둠 속성이라면 그것과 대립하는 나는 빛 속성이라는 건가. 내가 빛 속성이라니, 건방지다고 할까, 완전히 분위기에 눌리는 느낌인데.

"거울은 어디까지나 촉매예요. 촉발이라고 말해야 할지도 모르지만, 그냥 단순한 계기죠. 뭐, 계기가 거울이었기에, 그 영향으로 세계의 풍경이 반전되어 버린 거예요."

"거울 나라에 말려든 게 아니라 내가 거울 나라를 말려들게 했다면… 느슨한 기획 정도가 아니었네. 으음…. 그러면 오노노키나 오이쿠라가 세계에 위화감을 느끼고 있던 것은, 이방인인 내 악영향이 아니라 세계의 불완전함 때문이었던 거야?"

"불완전함이 아니라 과잉, 지나침이죠. 거울 나라에서 20퍼센트를 끌어당겨 와서, 이쪽이 120퍼센트가 되었으니까요. 용량 오버, 흘러넘치는 거예요. 뭐, 어느 쪽이라고 해도 아라라기 선배와의 접촉은 별 관계없어요. 그러니까 아라라기 선배가 그럴 생각이시라면 얼마든지 그 오이쿠라 선배와 마음껏 는실난실할 수 있어요."

다만 그 사람은 토오에 씨나 블랙 하네카와 씨와 마찬가지로 실체가 아니지만요, 라고 말했다. 그것은 정말 가슴을 쓸어내리게 되는 이야기였다. 그렇다기보다, 그렇다면 오이쿠라가 뭔가 잘못되어 이 마을에 돌아오기 전에 사태 수습을 꾀해야만 한다.

"꾀해야만…. 아니, 그렇다기보다, 그렇다면 원상복구는 할 수 있는 거지? 앞뒤가 안 맞는 이 세계를, 앞뒤가 맞는 세계로."

"원상복구라는 것하고는 조금 다르죠. 2할 늘리기로, 전진하는 느낌일까요. 일시적이라고는 해도 모두들 각자 잃었던 것을 되찾았으니, 물론 다소의 영향은 남아요. 아라라기 선배가 영향을 준다고 한다면 오히려 그쪽일까요. 예를 들면, 칸바루 선배는 앞으로 한동안 토오에 씨의 꿈이라도 꾸지 않을까요? 그 정도예요."

"…그 정도로 끝난다고 생각하면 되는 건가?"

오기가 나를 두둔해 주는 건지, 아니면 장난을 치는 건지 전혀 알 수 없지만, 그러나 모두에게 폐를 끼쳐 버리긴 했어도 피해를 준 것은 아니라는 사실 자체에는 우선 안도했다.

시노부가 유녀의 몸이 되면서까지 받았던 무해인정이 나 때문에 취소되기라도 했다가는 정말 미안한 전개다.

"핫하~. 그렇다기보다는 좋은 테스트 케이스가 되지 않았나요?"

"테스트 케이스? 무엇의 테스트인데."

"아라라기 선배는 어리석게도 '어둠'에 흡수되었을 저를 구해 주셨잖아요. 삼촌은 그 생각을 지지해 주셨지만 전문가 녀석들이 모두 쌍수를 들고 찬성해 준 것은 아니니까요. 저 같은 위험분자는 사라지는 게 좋았을 거라고 생각하는 분들도 결코 적지는 않겠죠."

참고로 저도 그렇게 생각하는 사람 중 한 명이지만요, 라고 오기는 자학적으로 말했다. 겸손해 하는 발언이 많은 오기이지만, 이것은 정말로 자학적으로 들렸다.

"하지만 이번에 이렇게, 저는 당신의 안전밸브로서 작동했어요. 아라라기 선배가 저를 살려 두었던 의미가 있었다는 이야기예요. 무해인정은 오히려 이것으로 확정적이 되었겠죠. 감시의 레벨은 조금 올라갈지도 모르겠지만요."

"……."

감시의 레벨이라.

식객은 오노노키만으로 족한데 말이야.

"물론… 이대로 이 상황을 방치하면 전력을 다해 짓밟으러 오시겠죠. 가엔 씨도 역시나 각오를 하고 언니와 대결하러 오시겠고요. 그렇게 하시겠어요? 차라리 그것도 있을 수 있는 선택이라고 생각하는데요. 이 앞뒤가 맞지 않는 세계에서 영원히 사는 것도."

“이상한 유혹은 하지 마…. 그런 걸 바랄 리가 없잖아. 얼른 돌아가고 싶어…가 아닌가. 이미 돌아와 있으니까. 어디 보자….”

뭐라고 말해야 좋지?

끌어와 버린 2할의 빛을 거울 속으로 릴리스한다? 어떡해야 그럴 수 있지? 애초에 끌어온 방법도 모르는데….

“빨리 앞으로 나가고 싶다…고 할까.”

“핫하~. 그러니까 제가 있다니까요. 아라라기 선배가 저지른 불미스러운 일의 뒤처리는 제가 하는 거예요. 제가 저지른 불미스러운 짓의 뒤처리를 아라라기 선배가 하듯이요.”

“약간 수지타산이 안 맞는 화친조약 같은 기분이 드는데….”

아니, 무조건 그렇다고 말할 수는 없나.

이번에는 정말로 대참사가 벌어졌어도 이상하지 않았다. 오기도 시노부도 가짜라고 말했지만, 오랫동안 계속 조사된 빛은 스크린에 새겨지는 법이다.

만약 조금 전의 오기의 유혹에 응했더라면 정말로 이 세계가 영원해졌을지도 몰랐을 것이다.

그것을 아슬아슬한 고비에서 제지해 준 오기에게는 한동안 고개를 들 수 없을 것이다. 리벤지가 너무 빠르다고 생각했지만, 그런 것이 아니라 빨랐던 것은 보은이었던 모양이다.

뒤집혀 있기에 은혜 되갚기.

그리 재치 있게 말할 수 없지만.

“어디 보자, 잠깐 기다려 주세요. 지금 꺼낼 테니까요.”

그렇게 말하며 오기는 부스럭부스럭 교복 안에 손을 찔러 넣더니 블루레이 디스크 한 장을 꺼냈다. 그런 것을 어째서 케이스도 없이 교복 안쪽에 넣어 둔 거야. 흠집이 나면 어쩔 거야, 하고 생각했지만… 아니, 블루레이 디스크가 아니다.

왜냐하면 새까맸다.

어둠처럼 새까만 색.

블루레이 디스크라면 적어도 한 면은 거울처럼 비치는 은색일 것이다. 오기가 지문이 묻지 않도록 가장자리를 잡은 손바닥 사이즈의 그 원반형 물체는, 양면 모두 빨려 들어갈 것 같은 흑색이었다.

“어디 보자…. 플레이스테이션 1의 소프트웨어가 그런 느낌이었던가…?”

“용케 아시네요. 하지만 이건 플레이스테이션 1의 소프트웨어도 아니에요. 꼭 알고 싶으시다면, 저희 집에 PSX가 있으니까 그것으로 놀아 드려도 괜찮겠지만, 이래서는 어렵겠네요. 그도 그럴 것이….”

그렇게 말하고서 오기는 그것을 나에게 사이드 스로로 프리스비처럼 던졌다. 이렇게 가까운 거리에서, 받아 내기 어렵게 던지지 말라고. 이쪽은 개가 아니니까, 라고 생각하면서 몸통을 벽으로 삼으며 어떻게든 잡았다.

“보세요.”

그렇게 말하는 오기.

보세요, 라는 말의 의미는 곧 알았다. 중심에 구멍이 뚫려 있지 않다. 이래서는 게임기에 넣을 수 없을 것이다.

수학 교과서에도 실려 있지 않을 것 같은 완전한 원이다. 게다가 새까맣더라도 게임 소프트라면 다소는 뭔가가 비칠 만도 한데, 이 원반에는 아무것도.

지나칠 정도로까지 아무것도, 비치지 않았다.

페인트라도 칠한 것 같은 짙은 흑색.

마치 빛을 전부 흡수하고 있는 것 같은, 암흑.

"……."

나는 흠칫거리며, 폭발물이라도 다루는 것처럼 그 검은 물체를 오기에게 되돌려 주었다. 오기는 "그렇게 겁먹을 것 없는데요."라고 말하고는, 받아 든 그것을 들어 올리더니,

"반사율 제로 퍼센트… 흡수율 100퍼센트의 거울이에요."

라고 말했다.

…거울?

그렇게 검은데?

아니, 그러니까… 반사율 제로 퍼센트인가.

"교실에 갇혀 있어서 한가했거든요. 이 정도의 공작물은, 자리에 있던 물건들로 만들었어요. 그 칠판을 사용해서."

"칠판?"

그쪽을 보자… 가만히 살펴보자, 칠판 한쪽 구석이 비어 있었다. 어떤 도구를 사용해서, 그리고 어떤 기술을 사용해서 칠판을 원반으로 만들었는지는 수수께끼이지만… 참 대단한 DIY다.

내가 고정해 버린 이 교실의 유령, 1학년 3반의 그 일부가 설

마 이런 형태로 계승되어 갈 것이라고는 생각하지 않았는데…. 고시엔의 흙 같은 건가?

“뭐, 그렇죠. 고시엔의 흙과 같은 수준으로 영험하기는 해요. 아라라기 선배, 이후에 키타시라헤비 신사에 가실 예정이죠? 그렇다면 이걸 신사에 바치고 오세요. 이른바 신구神具라는 물건이에요.”

“신구….”

그러고 보니, 거울은 진실을 비추는 아이템으로 고대부터 신성시되는 일도 있었다고 했다. 신구는 고사하고, 때로는 신체神體 그 자체이기까지 했다.

오기가 직접 만든 그 검은 거울도 그러한 도구라는 것일까.

“하치쿠지에 대한, 신 취임 축하선물이라고나 할까요. 역시나 억지로 신의 자리에 앉게 되었던 그 애는 이번 사태에 제대로 대처할 수 없었던 모양이지만, 그래도 애초에 이론적으로 말하면 제가 아니라 그 애야말로 마을을 지키는 신으로서 모든 것을 다스려야만 하니까, 여기서는 그 애에게 공적을 양보하도록 하죠.”

“…마을의 중심지에 있는 그 신사에 이 거울을 놓으면 어떻게 되는데? 반사율 제로라는 건 아무것도 비치지 않는 건 물론이고… 빛을 빨아들여 버리잖아?”

“그러니까 아라라기 선배가 안내해 온, 잃어버렸을 2할의 빛을 이 안에 빨아들이는 거예요. 원래대로라면 흐릿하게 사라져 버렸을 미련이지만, 그런 것을 받아들이는 일도 신의 업무이겠지요. …키타시라헤비 신사는 괴이의 바탕이 모여드는 장소이기도 하니, 세이시로 씨가 죽은 지금은 그런 잡념을 빨아들일 서포트 기구도 필요할 거예요."

확실히.

상황의 흐름에 밀려서 결국 신이 되어 버린 하치쿠지 한 명에게 맡기기에는, 한 마을의 평정이란 것은 너무나도 짐이 무겁다. 너무 기가 막히게 맞아떨어진 앞뒤 맞추기에, 빈틈이라고 할까, 걱정거리가 있다면 그 부분이었다.

물론 가엔 씨의 보조는 있겠지만, 그 사람도 이 마을에만 신경 쓰고 있을 수는 없고…. 그러니까 하나 정도, 그런 신구라고 할까, 반칙 아이템을 가지고 있어도 괜찮을 것이다.

"알았어. 그러면 봉납해 둘게."

"잘 부탁드려요. 참고로, 이 거울은 새하얘지면 교체할 시기예요."

"그런 필터 같은 물건이었어? …어느 정도 지나면 되는데?"

"보통 생각하면 수백 년은…. 하지만 어쨌든 다른 곳도 아닌 이 마을이니까요. 예전에 전설의 흡혈귀가 습격하고 지금은 아라라기 선배가 계신 이 마을이에요. 의외로 몇 달도 못 버틸지도 모르죠."

"…무서운 소리를 하네."

이번에는 정중하게 내밀어 온 검은 거울을, 나도 공손히 받아 든다. 그렇다고 한다면, 역시 이것을 봉납한다고 모든 것이 안심인 것은 아니므로 키타시라헤비 신사에는 서둘러 가는 편이 좋을까, 라는 생각을 하면서.

……응?

"음? 왜 그러시나요? 아라라기 선배."

건네주고 건네받는 와중, 나와 오기가 함께 거울을 드는 구도가 되었을 때.

반사율 제로 퍼센트의 그것이기는 했지만 어쨌든 거울을 사이에 두고, 어느 쪽이 겉면이고 어느 쪽이 뒷면인지 알 수 없는 검은 거울을 사이에 두고 나와 오기가 마주 보았을 때. 잠깐, 하고.

의문이 재연되었다.

아니, 오기의 물 흐르는 듯한 설명에 저도 모르게 모든 수수께끼가 해결되었으며, 선후책까지도 다 정리된 것으로 생각하고 말았는데, 한 가지 중요한 점이 유야무야되어 있다.

내가 그때, 거울 너머 쪽에서, 잃어버린 20퍼센트를 떠내 버렸다는 것은 알았다. 그렇지만 애초에, 어째서 내가 그런 짓을 해 버렸는가 하는 점이 여전히 불명이다.

소멸해 가는 불쌍한 미련을 구제하고, 현현시켰다고 하면 듣기는 좋겠지만, 그러나 나는 그런 숭고한 뜻 같은 것은 없었다.

애초에 나는 반사율 운운하는 이야기 따윈 오이쿠라(의 잔류사념?)로부터 배울 때까지 몰랐으니까.

내가 어제 아침, 거울 면에 손을 뻗은 것은… 그렇다, 거울 속의 나에게 위화감이 느껴졌으니까. 거울에 비친 내가.

멈췄으니까.

"…수면에 떠올랐던 나하고 달리, 그것은 오기가 아니었지? 그러면 대체…."

"그 정도는 스스로 생각해 주세요. 생각하고, 반성해 주세요."

"반성해야만 할 일인가? 역시?"

"네, 그렇죠. 몹시 맹성*해 주세요. …그렇다고는 해도 여기서 너무 생각이 많아도 출발점이니까, 선인을 본받아서 힌트 정도는 드리겠지만요."

그렇게 오기는 검은 거울에서 손을 떼었다.

그리고 말했다.

"당신은, 대체 누구인가요?"

이봐, 그걸 말하라는 거냐. 나는 떨떠름한 얼굴이 되었지만, 그러나 그런 말을 들으면 대답하지 않을 수도 없다. 느슨한 기획도, 마지막에 가서는 나름대로 바짝 다잡아야 할 것이다.

그래서 나는 대답했다.

새까만 거울을 들여다보면서.

"아라라기 코요미. 보이는 그대로의 남자라고."

그리고 나는 이해했다.

그렇구나.

그것은… 내가 남긴 마음이었구나.

※맹성(猛省) : 매우 깊이 반성함.

033

후일담, 이라기보다 이번에는 당일담當日談일까?

어쨌든 다음 날 아침에 두 여동생, 카렌과 츠키히가 깨워 주는 일은 없었고, 나는 혼자서 눈을 떴다. 엄밀히 말하면 자명종의 힘을 빌렸지만, 그 정도는 허용범위 안일 것이다.

물론 나는 방을 혼자 쓰고 있으며 소꿉친구 동거인 같은 건 없다. 키가 큰 여동생이나 완전히 평소대로인 여동생과 지나치거나, 무표정한 인형의 스커트를 들치거나 하면서 외출할 준비를 마치고, 마무리로 세면대의 거울을 바라보며 헤어스타일을 정리할 즈음에 인터폰이 울렸다.

센조가하라 히타기였다.

약속 시간에서 1초도 틀리지 않았다. 그녀가 가지고 있는 것은 시계가 아니라 스톱워치가 아닐까?

어쨌든 나는 "그러면 다녀오겠습니다."라는 인사와 함께 현관에서 밖으로 나갔다.

"안녕, 코요미."

그렇게 나를 향해 대문 너머에서 손을 흔드는 히타기는 트윈테일이었다.

앞으로 고꾸라졌다.

앞으로 고꾸라지면서도 좀 더 상세히 이야기하면, 센조가하라 히타기는 트윈 테일에 미니스커트로, 몸의 라인이 묘하게 강조

되는 조금 작은 듯한 티셔츠 위에 숄을 걸치고 있었다.

어쩐지 하늘에서 떨어진 천녀 같았다.

어라, 또 어딘가 차원이라도 비틀린 거 아닌가 하는 위기감을 느꼈지만,

"언제까지나 하네카와의 뒤를 쫓고 있어도 슬퍼질 뿐이어서 말이야. 과감하게 이미지 체인지를 꾀해 봤어. 어때? 좀 멋져?"

라고 히타기는 말했다.

멋진가, 멋지지 않은가로 말하면 멋지지 않고, 어째서 고등학교를 졸업하자마자 패션이 어린애처럼 되었는가도 수수께끼다. 하지만 물어봤더니,

"여고생이 아니게 되어 버린 지금, 어른스럽다는 말이 앞으로는 칭찬의 말이 아니게 되어 버렸으니까 어려 보이게 꾸며 봤습니다."

…라는 대답이 돌아왔다. 고등학교를 졸업한 것에 대해 히타기는 히타기 나름대로 생각하는 바가 있는 모양이었다. 대체 무슨 생각인가 하는 기분이 들었지만, 여자로서는 아주 진지한 문제인지도 모른다.

"하지만 히타기, 스커트가 너무 짧지 않아? 너는 지나치게 다리가 기니까 상당히 부담스런 느낌이 되었다니까? 남자친구는 걱정이라니까?"

"부담스럽다니, 실례네. 걱정 마. 이건 스커트로 보이지만 실은 반바지의 주위를 스커트풍의 천으로 장식해 놓은 디자인이야. 예쁜 스커트를 입고 싶다, 하지만 팬티를 보이기는 싫다는

숙녀들의 요구에 부응한 멋진 의복이야."

"그런 옷이 있구나…."

모르는 것투성이다.

오기의 스커트를 입고 만족하고 있어서는, 아무래도 답이 없을 것 같다.

"러닝 스커트 같은 것일까. 하지만 정말로 상당히 과감한 이미지 체인지라고."

"후훗. 뭐, 아라라기 군이 대학에 합격했을 때에 최고조를 맞이할 나의 기분을 생각하면, 노출도는 좀 더 올려도 괜찮을 정도야."

"그거, 떨어졌을 때가 지옥 아니야?"

그렇게 만나자마자 그런 이야기를 나누며 분위기를 풀면서 우리는 출발했다. 어디로 가는가 하면, 센조가하라 히타기가 한발 먼저 합격이 결정된 내 지망 대학을 향해서다.

이 표현은 사실은 반대로, 센조가하라 히타기의 지망 대학을 그녀와 같은 대학에 다니기 위해서 내가 목표로 삼았다고 해야 하지만, 앞뒤 순서라는 것은 간단히 뒤집을 수 있다. 오늘 내가 문전박대를 당하면 눈을 까뒤집고 쓰러질 사람도 나일 테고 말이야.

"그래서."

그렇게 버스 정류장까지 가는 도중, 걸음을 내딛으며 히타기가 화제를 던졌다.

"코요미, 이번에는 좀 어땠어? 나라도 괜찮다면 이야기를 들어 줄까 하는데? 이야기를 하면 좀 편해질지도 몰라."

"…결코 재미나지는 않지만, 썩 나쁘지 않은 포지션을 발견했구나, 너."

오이쿠라 쪽하고는 재능이 달랐다.

나도 언젠가 저런 식으로 안전구역에서 남의 모험담을 듣기만 하는 입장이 되고 싶다.

"뭐, 나는 그 왜, 〈형사 콜롬보〉에서 나오는 '우리 안주인'을 목표로 하고 있거든."

"너무 편한 포지션이잖아."

더 이상 위험한 일은 결코 하지 않기로 정한 유명 배우냐. 그렇다고 해도 콜롬보의 아내도 언젠가 한 번 목숨이 위험해졌던 적도 있지만.

"이 마을의 주인은 하치쿠지 씨에게 양보했지만, 코요미의 안주인 포지션은 양보하지 않을 거야."

"기쁜 소리를 하는 것 같으면서도, 설마 네가 한때는 신을 목표로 하고 있었을 줄이야…."

전율스럽기 짝이 없는 사실이었다.

어쨌든 나는 요 이틀 사이에 있었던 줄거리를 히타기에게 이야기했다. 말할 것까지도 없이 요 이틀 동안 그녀도 그것을 체험하고 있었을 테지만, 카렌이나 츠키히, 오노노키로부터 청취하기로는 그 부분의 인식은 모두 흐릿해져 있는 듯하다.

마을 전체에 빛이 흘러넘치며 이세계로 착각할 만한 혼돈이 만들어져 있었는데도, 그것을 아무도 이상하다고 생각하지 않고 왠지 모르게 그냥 지나 보내다가 모두가 오늘을 맞이한 듯했다. 아주 조금, 어제까지보다 진취적으로.

과연, 이치를 내세우는 세계관이라고 할까.

그 부분은 적당히 앞뒤가 맞는 듯하다. 오기가 말했던 것처럼 어차피 기분 문제일지도 모르겠지만, 그러나 오히려 무책임하다는 느낌을 금할 수 없다.

그렇기에 당사자인 나로서는 정리가 되지 않는 부분도 있었으므로, 확실히 여기서 히타기에게 이야기함으로써 다소는 마음이 편해졌다.

“수고하셨습니다.”

다 들은 히타기는 그런 미소와 함께 그렇게 박수를 쳤다. 박수라고 할까, 머리 왼쪽 위에서 두 번 박수를 친다는 움직임이라 마치 플라멩코 같았다.

혹은 닌자라도 불렀는지 모른다.

“꽤나 듣는 보람이 있는 괴이담이었어. 고등학교를 졸업하고 맞이한 첫 사건이기도 해서 분발했다고 할까, 조금 교훈적인 색채가 강한 것이 결점이지만.”

“교훈적인 색채 같은 건 없어. 다 끝나고 돌아보니 슬랩스틱 코미디도 이만한 게 없었다고.”

“코요미의 그, 바람을 피운 건지 아닌지 아슬아슬한 라인을 강하게 공략해 오는 느낌, 결코 싫지 않아. 그 상태로 나를 계속 조마조마하게 해 줘.”

“어떻게 된 여자냐고, 넌…. 나야말로 그런 너에게 조마조마

해. 그리고 이야기의 논점은 그게 아닌데…. 제대로 듣고 있었어?"

"물론이지, 코요미의 이야기를 못 듣고 놓칠 내가 아니야. 코요미도 1년 전에 비해서 정말로 성장했구나. 조력을 받으면서도, 여성들의 조력을 받으면서도 사실상 혼자서 그런 사태를 해결한 것이나 다름없잖아."

"혼자서, 라고는 말할 수 없지만…."

오기는 어떻게 세어야 되는 걸까.

파트너이고, 본인이고.

뭐, 그렇지 않더라도 모두의 덕분이다.

"또 그렇게 겸손한 소리나 하고. 성장했네. 앞으로 아버지라고 불러도 돼?"

"웃기는 소리 하지 마. 뭐냐고, 그 성장은."

"거울은 좌우를 반대로 비추는데, 어째서 위아래는 반대가 아닐까 하는 의문이 들지 않아?"

그런 말을 던지는 히타기.

라인이라고 한다면, 이야기를 바꾸는 라인잡기가 여전히 완벽하다.

"아, 응…. 바닥에 거울을 놓고 그 위에 서면 위아래도 반대가 된다는 그 이야기지?"

"응. 요컨대 상하좌우 같은 것은 보는 시점 문제란 이야기. 하지만 그 시점이라는 것도 잘 알 수 없는 구석이 있다는 생각 안 들어? 코요미도 아직 이과계 지식을 잃지는 않았을 거라 생각하는데… 그 왜, 인간의 눈이 사물을 보는 구조 말이야. 안구가 렌즈가 되어서 빛을 받아들일 때, 상은 망막에 거꾸로 비치잖아?"

"아… 응."

대학 입시의 지식이 아니라 초등학교인가 중학교쯤에서 배우는 인체생리인데, 듣고 보니 기억이 난다. 거울은 거울이어도 렌즈 쪽인가.

"그게 왜?"

"아니, 어릴 적에는 수수께끼였어. 망막에 상은 거꾸로 맺히는데, 어째서 경치는 거꾸로 보이지 않는가."

"아아, 그게, 어디 보자…."

어디 보자? 그건 어째서였더라?

교과서가 아니라 잡학책에서 읽은 적이 있는 것 같은데…. 좌우와 마찬가지로 상하 역시 상대적인 것이니까, 거꾸로 보이고 있어도 뇌가 알아서 조정한다… 였던가?

"요컨대 익숙함의 문제지. 그 왜, 코요미도 왼손잡이를 동경해서 시계를 오른팔에 차거나, 왼손으로 글씨 쓰기를 연습하거나 했었잖아?"

"어지간히 안 잊어 주는구나…."

개인적으로 그것은 20퍼센트 쪽에 포함되어 주기를 바라는 행동이다. 시계는 지금도 오른쪽 손목에 차고 있지만.

지금은 버릇이 되어 버렸다.

버릇이 아니라, 익숙해진 걸까.

"그래서 결국 일의 발단은 뭐였어? 조금 추상적이라 알기 어려웠는데, 코요미의 거울 상은 어째서 거울 안에서 멈췄던 거야?"

"그러니까… 미련이라고. 그 상징이야. 고등학교를 졸업하고서 직함이 사라져서, 다음으로 나아가려고 하는 내가… 놓고 가려고 했던 나 자신."

"……."

"요컨대 내가 어제에 놓고 가려고 했던 미련이지. 그게 아쉬워서 저도 모르게 손을 뻗어 버렸다는 이야기야. 잃어버린 2할을 구제하려고 했다든가 하는 건 역시 결과론적인 이야기며 부산물일 뿐이고, 내가 그때 오래간만에 거울에 비친 자기 자신을 보고 하려고 했던 것은 그저 잊히게 된 뭔가를 떠올리려고 했던 것뿐이야."

그 이외의 전부는 다 말려들어서 생긴 일이다.

내가 나를 위해 한 일에 말려들어서.

오기의 말대로, 맹성해야 한다.

나 한 사람의 감상에, 거울 면 세계에 대한 간섭에 마을 전체를 이틀이나 말려들게 해 버렸으니까.

"그러네. 하지만 모두 상당히 즐겁지 않았을까? 목숨에 별 문제가 있던 것도 아니고."

히타기는 성의 없는 소리를 한다.

그다지 상황의 중요함을 받아들이고 있다고 하기는 어렵다. 역시나 무책임한 관객이다.

"길을 걷다가 지나치는 것만으로도 인간은 주위에 영향을 끼치는데, 그런 일에 너무 신경을 써도 말이지. 나도 상당히 남에게 폐를 끼치며 살아왔지만, 분명 모두 내가 끼친 폐를 극복함으로써 인간적으로 성장했다고 믿고 있어."

"그렇게 자기중심적인 주장이 어디 있냐."

"언젠가 그 사람들이, 그때 내가 폐를 끼쳐 줘서 지금의 내가 있다고 말해 줄 거라 믿고 있어."

"그거, '듣게 되면 패배'인 종류의 이야기잖아."

"의외로 강인하다고, 모두들."

히타기는 그렇게 말하고는,

"모든 것이 '뒤집힌' 그런 세계관 속에서 내가 어떻게 되어 있었을까는 몹시 흥미로운 부분인데."

라면서, 사실대로 말하면 나에게도 흥미로운 부분을 언급했다.

"으음, 결국 만나지 못했으니까. 뭐, 말하지 않는 게 좋은 부분이겠지."

"그냥 만나도 괜찮았는데. 신경을 써 준 것은 기쁘지만, 좀 더 나를 편하게 취급해 줬으면 해. 사치스런 고민일까. …하지만 구체적으로는 어땠어? 코요미의 미련이란 거, 그건 끝낸 거야?"

"끝냈으니까 사태가 수습된 거라고 오기는 말했어. 그렇기에 오기는 검은 거울을 만들 수 있었다고…. 하지만 그게 뭐였는지는 나도 모르겠어."

"어? 그런 거야?"

"응…. 그렇기에 '잊어버린 것'이라고 하더라. 내가 의사적인

'거울 나라'에서 경험했던 사건 중 어느 하나가 내 미련이었을 것이라고…. 혹은 여러 개일지도 모르지만."

그것들은 그녀들의 미련인 것과 동시에 나의 미련이기도 했다고, 오기는 말했다.

그녀들의 20퍼센트이며 나의 20퍼센트이고.

잃어버린, 남겨진 마음이었다.

옛날에 카렌의 스커트 차림을 비웃었던 것을 사과하고 싶었는지도 모른다. 오노노키가 테오리 타다츠루를 공격하게 만들었던 것을 후회하는 마음은, 그것이 인형이었다 할지라도 없어지지는 않았는지도 모른다. 하치쿠지를 구할 수 없었던 것, 그녀를 신으로 만들어 버린 것. 칸바루의 왼팔을 재학 중에 어떻게든 해주지 못한 것. 오이쿠라를 좀 더 빨리 구해 주지 못한 것. 센고쿠에 대해서는 말할 것도 없고… 그리고 시노부를 그림자에 속박하고 있는 것.

1학년 3반… 그 밖에도 여러 가지.

미련은 산더미만큼 있다.

아주 후련한 기분으로 졸업했다고는 말하기 어렵다. 사실은 그것들을 다 털어 냈다고 말할 수도 없을 것이다.

그저 떠올리고, 마주할 뿐.

…아마도 그 정도로 족한 것이다.

그 전부는 짊어질 수 없고, 가지고 갈 수 없다.

하네카와도 오이쿠라도 아니지만, 여행의 짐은 최소한으로 꾸려야 하는 법이다. 가지고 갈 수 있는 트렁크의 크기에는 한도가 있으니까. 하지만.

가끔씩 떠올리는 정도라면 괜찮잖아?

"그래…. 그렇구나. 마음을 남긴다고 쓰고 잔심残心*이라 한다. 헨젤과 그레텔처럼 걸어온 길에 조금씩 마음을 남기고 가는 것도, 그리워하며 돌아볼 때에 편리할지도 몰라."

"잔심이라니, 그건 아마 그런 의미는 아닐 텐데 말이야. …아니, 그런 의미에서도 괜찮을지도 몰라."

"하지만 알 수 없게 되면 신경이 쓰이네. 코요미의 미련이란 어느 것이었을까. 인식이 어긋난 모두의 안에 있던 아라라기 코요미 상이 힌트가 될 것 같은데. 이상적인 아라라기 코요미와… 거울 상의 아라라기 코요미. …라고나 할까. 칸바루의 어머니와 혼욕을 한 것이 못 다한 미련이었다고 한다면, 나는 이렇게 앳된 트윈 테일 같은 걸 하고 있을 수는 없겠지만."

"아마도 그건 아닐 테니 걱정 마. …게다가 딱 한 가지, 확실히 말할 수 있는 게 있어."

그렇게.

나는 옆에서 걷는 히타기의 어깨에 팔을 두르고, 꾹 하고 가까이 끌어당겼다.

"너에 관한 한, 나에게 미련은 없었다는 거야. 앞으로도 계속, 같이 있으니까."

※잔심(残心) : 검도에서 상대에게 타격을 가한 후 곧바로 본래 자세로 돌아와 다음 상황에 대처할 수 있게 자세를 갖추는 것.

"…그런 건 합격 발표를 보고 난 뒤에 하자. 낙방하면 따로 떨어지게 될 테니."

히타기는 현실적이라기보다는 무참한 소리를 했지만, 그러나 내 팔을 뿌리치려고 하지는 않았다. 상당히 용기를 낸 행동이었으므로 그 점에서는 안도했다.

이야기를 하는 도중에 어느 샌가 상당히 걷고 있었다. 이제 횡단보도만 건너면 그곳이 목적하는 버스 정류장이다. 물론 그곳은 목적지가 아니라 어디까지나 도중 지점이며, 우리는 그 뒤에도 전철을 타거나 다시 걷거나, 계단을 오르거나, 육교를 건너거나, 엘리베이터를 타거나 에스컬레이터를 타거나, 또다시 걷거나 해야 하지만.

"그러고 보니… 하치쿠지가 신이 된 이유 중 하나이기도 한, 삼자견제란 거 말이야. 그거 원래는 민달팽이가 아니라 지네였지."

신호가 빨간불이어서 나란히 발을 멈추었을 때 히타기가 말했다.

"지네? 그랬어?"

"응. 이유는 잊었지만, 처음에는 개구리 뱀 지네의 삼자견제였던 것이, 시대가 지나면서 개구리 뱀 민달팽이가 되었다던가…. 뭐, 뱀이 싫어할 것 같은 쪽은 수많은 다리가 달린 지네일지도 모르겠네."

흠.

다리 없는 민달팽이에 대해, 수많은 다리의 지네인가.

이해가 안 되는 것도 아니네.

"뭐, 뱀이든 개구리든 민달팽이든 지네든, 눈으로 보게 되면 움츠러들게 되지만."

"정말이냐. 의외로 너, 그런 건 아무렇지도 않을 것 같은데."

"여자인데요?"

익살을 떨듯이 히타기는 트윈 테일을 각각 붙잡고서 까닥까닥 움직여 보였다.

귀엽잖아….

그런데, 움츠러든다고 하자면.

게다가 수많은 다리라고 하면….

"어디까지나 가끔씩인데, 옛날부터 횡단보도에서 이런 식으로 신호를 기다리고 있다 보면."

그렇게 나는 입을 열었다.

"막상 신호가 파란불이 되었을 때, 어느 쪽 발부터 내딛어야 할지 알 수 없게 되는 경우가 있지. 첫 걸음은 왼발인가, 아니면 오른발인가. 차라리 징크스처럼 어느 쪽 발부터 내딛을지 정해 두면 좋겠지만."

생각해 버리면, 망설이게 된다.

그런 것은 생각이 너무 많은 것이니 얼른 걷기나 하라는 이야기지만, 그러나 그럴 수 있다면 고생할 것도 없다는 이야기이기도 하다. 너무 생각이 많으면 발상의 비약으로 이어지지 않는다고 신물 나게 들었지만, 그러나 생각하지 않는다니, 인간에게는 불가능하다.

앞으로 나아가야만 한다고 머리로는 알고 있어도, 다리가 알

아주지 않는다.
그야말로 몸이 움츠러든 것처럼.
다리가 움츠러든 것처럼. 걷는 법을 잊어버린 지네처럼 뒤엉켜서 한 걸음도 앞으로 내딛을 수 없게 된다.
그런 것으로 운명이 좌우될 리 없다는 걸 알지만, 그래도 좌우 분간도 할 수 없는 지경에서.
마음이 아니라, 몸을 남기게 된다.
"뭐야~, 그런 건."
히타기는 그렇게 말하며 깔깔 웃었다.
예전에는 그런 식으로 쾌활하게 웃는 녀석은 아니었지만, 지금은 말할 것도 없이 기운 넘치는 여자애였다.
"왼쪽인가 오른쪽인가, 어느 쪽 발부터 앞으로 나아가면 좋을지 모르겠다면, 이렇게 하면 되잖아."
신호가 파란불이 된 것을 확인하고.
좌우의 안전을 확인한 뒤에, 꾹, 하고.
센조가하라 히타기는 일단 중심을 낮추고 나서,
"에잇!"
하며 양발을 모아 점프했다.
캥거루가 아니라, 개구리다.
그녀의 어깨를 안고 있던 나는, 전 육상부의 강인한 각력에 잡아당겨지고, 버림받지 않으려 황급히 뒤따라 앞으로 나아간다. 2할 늘려서 전진하는, 빛이 비치는 방향으로 비약한다.
계속 이어져 왔던 이야기를 마치고.

추억을 떠올리고, 미련을 남기고.
여운과 여백을 남기고.
우리는 이어지는 이야기를 향해, 한 번 뛰어오른다.

이제까지의 인생에서 '한 것'과 '하지 않은 것'의 물량의 배분을 생각해 보면 압도적으로 후자 쪽이 많습니다만, 하지만 이것은 생각해 보면 당연한 일로, '뭔가를 하고 있을 때'라는 것은 결국 '다른 전부를 하지 않았을 때'입니다. 좀 더 말하자면 '노력하고 있을 때'는 '다른 전부를 땡땡이치고 있을 때'입니다. 위인전을 읽고 있으면 천재들의 상식을 벗어난 노력에 말을 잃는 일도 종종 있습니다만, 하지만 가만히 생각해 보면 '이 사람들, 인생의 상당 부분을 소홀히 하고 있는데?'라고 생각하지 않을 수 없습니다. 결국 전부는 불가능하니, 뭔가는 포기해야만 한다는 이야기일까요? 어떤 행복을 선택하는 것은 다른 행복을 희생하는 것. 행복의 반대말은 불행이 아니라 다른 행복이라는 느낌인가요? 다 했다! 라고 생각할 때, 중요한 뭔가를 많이 잃고 있는 경우도 종종 있으며, 그런 상황을 반복하는 동안 돌이킬 수 없는 위치까지 일이 진행되어서 돌이킬 수 없게 되어 있다든가…. 그렇다고 해서 여러 가지 일들을 조금씩 한다는 것도 현실적이지 않다고 할까, 그래서는 별 소득이 없고 말이죠. 하지만 일류의 길은 모든 곳에 통한다고도 하고, 어떤 길을 철저히 연구해서 극에 이르면 그것을 다른 분야에도 응용할 수 있게 되기도 하므로, 뭔가를 한다는 것은 물론 아무것도 하지 않는 것보다는 훨씬 나은 일입니다만. 그렇지만 그렇게 되면 '한다'와 '가능하다'의 차이도 상당히 현저해서, '한 일'과 '할 수 없었던 일'이 같아지면 의외로 괴롭습니다. 뭔가 하면 할수록 후회할 일이나 반성할 일이 늘어 간다고 하면 우울해집니다만, '그때 그렇게 하면 좋았을걸'이라는 마음은 의외로 다음으로 이어져 가는 기분도 들지만요.

그런 이유로, 이 책은 이야기 시리즈의 덤입니다. 눈물의 한 권입니다. 시리즈의 사실상의 최종작은 전작인 『끝 이야기 (하)』이므로 이번에는 독서의 원점이라고 할까, '읽든 읽지 않든 상관없는' 한 권을 지향했습니다. 그런 느낌이라 내용은 여러 가지로 간과할 수 없는 모순에 가득 차 있습니다. 복선의 회수 같은 것은 생각하지 않아도 되는 세계관, 이것은 이것대로 즐겁네요. 이것뿐이라면 곤란합니다만. 그런 이유로 미련의 한 권, 『속·끝 이야기』 최종화 「코요미 리버스」였습니다. 아아, 그러고 보니 새삼스러운 이야기입니다만, 부제가 바뀌었습니다. 「코요미 북」이라는 건 어떻게 생각해도 『달력 이야기』의 부제라고 생각을 바꿨거든요.

표지는 행복한 오이쿠라 소다치 씨입니다. 귀엽네요! 상당히 무리해서 관철시킨 안입니다만, VOFAN 씨가 멋지게 완성시켜 주셨습니다. 감사합니다. 이야기 시리즈, 총 열여덟 권을, 지금까지 읽어 주신 여러분들께도 최대급의 감사를 올립니다. 읽어도 읽지 않아도 괜찮은 책을 읽어 주신 것이 무엇보다 기쁩니다.

수고하셨습니다!

니시오 이신

"Don't think. Feel~!"

영화 〈용쟁호투(Enter the Dragon. 1973)〉에서 이소룡이 어린 제자에게 했던 유명한 대사죠. "생각하지 마라, 느껴라." 이번 이야기 중에 아라라기 코요미와 오노노키 요츠기의 대화 속에 몇 번 나왔던 '캥거루와 개구리' 관련 이야기는 이 대사의 언어유희입니다. 원문을 일본어 히라가나로 표기해 보면 이렇습니다.

かんがえるな、かんじるんだ。(생각하지 마라, 느껴라)

かんがる一じゃない、かえるなんだ。(캥거루가 아니라, 개구리다)

언뜻 보기에는 꽤 비슷해 보이죠? 본문 내에서는 이것을 그대로 살리기 힘들다고 판단해서 아쉽게도 한쪽만을 취사선택했는데, 본문 가장 후반부에 (센조가하라 히타기의 점프 시에) 나올 때에는 "Don't think. Feel~!"의 중의적인 표현으로 느껴져서 일부러 후기의 지면을 빌어 언급해 봅니다. 꽤 재미있는 언어유희입니다만 니시오 이신의 언어유희 대부분이 그렇듯, 텍스트로 읽을 때는 재미있을지 몰라도 실제로 소리 내어 말해 보면 역시 좀 그렇군요(…).

『끝 이야기』란 제목의 상중하 3권이 지나가니 그 다음 권 제목은 『속續· 끝 이야기』. 처음에 이 제목을 듣고서 참으로 많은 생각을 했습니다. 하지만 다들 아시다시피 이것으로 끝이 아니죠. 다음 권『바보 이야기(가제)』, 밀린 작업을 어서 마치고 최대한 빨리 보여드릴 수 있도록 노력하겠습니다.

현정수

FAUST BOX

속·끝 이야기

2017년 6월 15일 초판 발행

저자	니시오 이신
일러스트	VOFAN
역자	현정수
발행인	황경태
편집 상무	여영아
편집 팀장	김태헌
편집	노혜림 임지수
발행처	(주)학산문화사
등록	1995년 7월 1일
등록번호	제3-632호
주소	서울특별시 동작구 상도로 282 학산빌딩
편집부	02-828-8838
마케팅	02-828-8962~5

ISBN 979-11-256-4285-5 03830

값 12,000원

※이 책에는 수량 한정 특별부록이 들어 있지 않습니다.